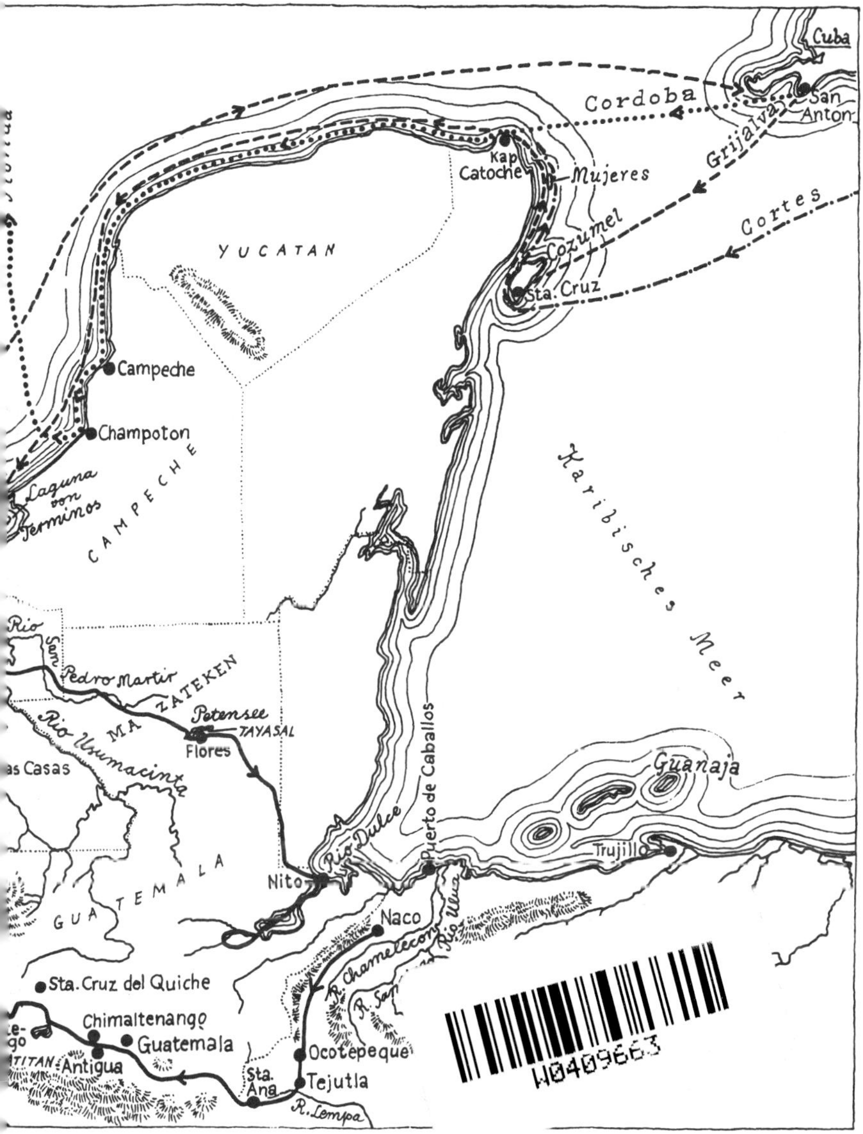

—·—·—·— Anmarschweg von Hernán Cortés 1519. Er folgt ab Cozumel der Spur von Grijalva.

——— Zug von Hernán Cortés nach Honduras 1522-1526

ammann

REVOLUCION SOCIAL

Anna Lanyon

Malinche

Die andere Geschichte der Eroberung Mexikos

Aus dem Englischen
von Christa Krüger

Ammann Verlag

Die Originalausgabe erschien 1999
unter dem Titel »Malinche's Conquest«
bei Allen & Unwin, St. Leonards, Australien.
Das Frontispiz zeigt einen Ausschnitt des Wandgemäldes
»Die Geschichte Mexikos« von Diego Rivera.
Dargestellt ist Malinche mit ihrem Sohn.

Zur Erinnerung an Dr. Bill Owen,
der mir das Haus von Bernal Díaz zeigte.

Erste Auflage
Im 20. Jahr des Ammann Verlags

Homepage: www.ammann.ch

Satz: Dörlemann Satz, Lemförde
Druck und Bindung: Clausen & Bosse, Leck
ISBN 3-250-10428-0

Cortés und Malinche von José Clemente Orozco.

Moctezuma, Cortés, Malinche und Geronimo de Aguilar.

Vorwort

Als Hernán Cortés im Juli 1519 zu dem folgenreichen Abenteuer aufbrach, das wir heute die Eroberung Mexikos nennen, stand ihm eine Indianerin zur Seite. Sie wurde Zeugin der katastrophalen Ereignisse der Folgezeit, und sie nahm aktiv an ihnen teil. Cortés kannte sie als Marina; in der Geschichtsschreibung hat sie den Namen Malinche.

Als ich begann, mich für diese Frau zu interessieren, war ich überrascht, wie wenige zuverlässige biographische Daten über sie vorhanden waren. Jetzt weiß ich, daß mich dies nicht hätte wundern müssen. Durch meine Nachforschungen über Malinche habe ich sozusagen am eigenen Leib erfahren, daß sie ein Musterfall des Problems ist, dessen Definition den französischen Historikern Georges Duby und Michelle Perrot in ihrer Studie *Geschichte der Frauen* so meisterhaft gelungen ist. Duby und Perrot zeigen, daß Frauen nur wenige, flüchtige, schwer zu erkennende Spuren in der Vergangenheit hinterlassen haben und daß diese wenigen erkennbaren Reste nicht einmal die ursprünglichen Spuren der Frauen sind, sondern nur selektive Beschreibungen davon, »gefiltert durch den Blick der Männer, die im Besitz der Macht waren, über die offizielle Erinnerung bestimmten und die öffentlichen Archive beherrschten«. Das gilt für Malinche mit Sicherheit.

Warum also an einem so schwierigen Vorhaben festhalten? Erstens, weil es sehr spannend war, entscheidende Fragmente aus ihrem Leben aufzuspüren, denn ich fand, daß die Geschichte, die sie erzählen – vom Überleben im Zentrum der Katastrophe –, für uns heute, an der Wende zum nächsten Jahrtausend, fesselnd und zugleich beklemmend vertraut klingt – auch wenn die Frau hinter dem Namen Malinche weiterhin ein Rätsel bleibt. Zweitens, weil die Entwicklung und die Manipulation ihrer Legende zu erkennen geben, wie selektiv Gesellschaften bei der Ernennung ihrer Helden und Bösewichter vorgehen – wie stark sie zugunsten einer Ideologie oder nationalen Identität redigieren, weglassen, vereinfachen, verzerren. Malinches Geschichte und was daraus gemacht wurde, könnte uns als warnendes Beispiel dienen.

Die Leser werden in diesem Buch spanische und Nahuatl-Wörter finden – sowie variierende Schreibweisen von Orts- und Personennamen. Diese scheinbar chaotischen Umschriften sind eine Folge der spanischen Versuche, den Klang einer indianischen Sprache, die sie noch nie gehört hatten, so genau wie möglich zu erfassen und nachzuahmen. Wenn solche Varianten in Zitaten auftauchen, habe ich sie übernommen, auch deshalb, weil dieses frühe Stammeln und Verstümmeln interessant ist. Ein Glossar im Anhang dieses Buches gibt Auskunft über die Aussprache einzelner Laute, so daß sich niemand hilflos mit den exotischen Lauten des Nahuatl abmühen muß. Ebenfalls im Anhang findet sich eine Zeittafel mit den wichtigsten Ereignissen.

Viele haben mir bei der Vorbereitung dieses Manuskripts geholfen; ich schulde ihnen allen Dank. Lesley Jackson machte mir von Anfang an Mut, schon als das Buch erst in ein paar hingekritzelten Zeilen auf einem Blatt Papier bestand. Chris Koller und Nanette boten mir in Melbourne ein Zuhause und leisteten mir Gesellschaft, wenn ich zu Forschungszwecken längere Zeit in der Stadt bleiben mußte. Professor Inga Clendinnen half mir in kritischen Phasen mit Rat und Bestätigung weiter. Meine Schwester Louise Wilson und mein Freund Dr. Bill Owen fanden wichtige Dokumente und Artikel für mich, wenn ich selbst sie nicht ausfindig machen konnte. Bills Begeisterung für meine Arbeit tröstete mich in kleinmütigen Momenten. Es ist sehr traurig, daß er den Abschluß des Buches nicht mehr erlebt hat.

In Mexiko halfen mir Rosamaria Zuñiga, Filomena Alvarado Ortiz, Luis de Cuesta, Maria Ramirez und José Guadalupe Morena mit klugem Rat und Freundschaft. Meine Familie, David, Lucie, Anna und Patrick, zeigten Geduld und Verständnis, als sie lernen mußten, mit Malinche zu leben. Meine Eltern haben vielleicht den Stein ins Rollen gebracht, als sie mir vor vielen Jahren *Das Herz von Jade* von Salvador de Madariaga schenkten. Ich danke Bernadette Foley für ihr einfühlsames Lektorieren, Christa Munns und Meridyn Lyle für die Geduld, mit der sie mich in der Schlußphase zu einer weichen Landung führten, und Ruth Grüner für die schöne Ausstattung des Buches. Besonderen Dank schulde ich meiner Verlegerin Jackie Yowell. Ohne ihre unermüdliche Hilfe und Ermutigung hätte ich dieses Projekt schon längst aufgegeben.

Narrawong, Mai 1999 *Anna Lanyon*

I

Präludium

In diesen todbringenden Abend führte mich
Ein vielfaches Labyrinth aus Schritten
Das meine Tage webten
Seit einem Tage der Kindheit.

Jorge Luis Borges, Hypothetisches Gedicht

Die fehlende Figur

Im September 1997 ließ ich mir eine Telefonverbindung zu dem berühmten Museo Nacional de Antropología in Mexiko-Stadt herstellen. Die Vermittlung sagte mir, die Person, die ich sprechen wolle, arbeite nicht mehr dort. Sie sei an ein Institut in Colima, an der Westküste Mexikos, gegangen. Ob ich ihre Telefonnummer haben wolle?

Ich rief in Colima an und wartete gespannt, während die Sekretärin sich auf die Suche nach Rosamaria Zuñiga machte. Wie sollte ich erklären, wer ich war und was ich vorhatte? Würde sie mich für verrückt halten? Ich hörte Schritte auf einem Holzfußboden, dann ihre Stimme: *»Bueno?«* Ich fing an. Ich erklärte, daß ich schon bei meinem letzten Mexiko-Aufenthalt 1994 versucht hätte, sie zu finden. Seitdem interessierte ich mich für sie, denn mir sei zu Ohren gekommen, daß sie wie ich über Leben und Legende Malinches arbeite. Deshalb hätte ich auch endlich den Mut zu einem Anruf gefunden.

Ich hatte mir unnötig Sorgen gemacht. Dies war das erste von vielen Gesprächen mit Rosamaria, am Telefon und in Briefen. Sie sagte mir, sie sei nach Colima am Fuß der herrlichen Vulkane Fuego und Hielo, »Feuer« und »Eis«, gezogen, um dem Schmutz und dem Verbrechen in Mexiko-Stadt zu entfliehen.

Sie war Anthropologin und Linguistin. Außer ihrer spanischen Muttersprache beherrschte sie mehrere europäische und zwei Indiosprachen, Zatopekisch und Nahuatl. Ich erklärte, ich sei ebenfalls Philologin, könne allerdings nur Spanisch und Portugiesisch. Nahuatl interessiere mich sehr, ich verstünde aber kaum etwas von dieser wunderbaren Sprache.

Bei einer Gelegenheit machte Rosamaria eine Bemerkung zur sonderbaren Art unserer Freundschaft: Es sei doch seltsam, daß uns eine Frau zusammengebracht habe, die vor fünfhundert Jahren verschwunden sei. Noch eine andere Äußerung Rosamarias über Malinche geht mir nicht aus dem Kopf. Sie beschrieb diese Frau als die fehlende Figur, die in der Geschichte der Eroberung Mexikos immer präsent ist. Wörtlich sagte sie: *»El personaje ausente siempre presente«* (die abwesende, immer anwesende Person). Noch jetzt, nach all den Jahren, kann ich mir keine bessere Definition Malinches vorstellen.

Malinche hat wirklich gelebt. Es ist wichtig, dies gleich zu Anfang deutlich zu betonen, denn von ihrer Geschichte ist so wenig überliefert, und das Wenige ist so unbestimmt und fragmentarisch, daß man sie für eine Fata Morgana, eine bloße Phantasiegestalt halten möchte. Sogar in Mexiko, wo man sich mit soviel beharrlicher Bitterkeit und Schmerz an sie erinnert.

Wie Rosamaria Zuñiga sagte, Malinche wurde vor fast fünfhundert Jahren geboren. Fünfhundert oder vielleicht etwas weniger. Gesicherte Angaben über ihr Geburtsjahr kann man nicht machen, da es entweder vergessen oder nie aufgeschrieben wurde.

Wir wissen jedoch, daß sie 1519, als die Spanier zum erstenmal auf sie aufmerksam wurden, eine junge Frau war, möglicherweise etwa achtzehn oder neunzehn Jahre alt. Mit anderen Worten, sie war genauso alt wie das außergewöhnliche, katastrophenreiche Jahrhundert, in dem sie geboren wurde.

Damals lebte sie bei den Maya in einer Stadt, die es nicht mehr gibt, an der Golfküste des Landes, das wir jetzt Mexiko nennen. Aber sie war keine Maya. Ihr Geburtsort lag etwa zweihundert Kilometer weiter westlich auf einer schmalen Landbrücke, einem Isthmus, weit außerhalb des Maya-Territoriums.

Sie hatte die Sprache der Maya gelernt, genauer, die Variante der Mayasprache, die in jenem abgelegenen Küstengebiet der Halbinsel Yucatán gesprochen wurde. Sie beherrschte auch Nahuatl, das damals wie heute zu einer ganz anderen Sprachfamilie als die Mayasprachen gehört. Zu Malinches Zeiten wurde es von verschiedenen Völkern in Zentralmexiko gesprochen; die Azteken sind das berühmteste darunter. Nahuatl ist für Malinches Geschichte wesentlich, weil es die Sprache der Azteken war und weil sie es in den Jahren, in denen sie bei den Maya lebte, weiter pflegte. Wie zur Vorbereitung auf ihre zukünftige Rolle.

Gesehen habe ich Malinche zum erstenmal in Mexiko-Stadt, an den Wänden des Palacio Nacional. In Diego Riveras berühmtem Wandgemälde war sie ganz für sich, eine Frau in einem Meer von Konquistadoren und Priestern, Kriegern in Jaguarfellen, geisterhaften Büßern mit spitzen Hüten. Sie stand dort, eingerahmt von einem Torbogen, am Fuß eines großen Treppenhauses. Ihr langes schwarzes Haar war aus dem Gesicht gestrichen. Sie trug die anmutige weiße Baumwolltunika, *huipil*, die ich an den Maya-Frauen im Süden gesehen hatte, und wie diese keinen Schmuck außer Ohrringen und einer langen, zweifach um den Hals geschlungenen Perlenschnur.

Ich sah, daß sie einen kleinen Jungen an sich drückte und daß das Kind sein Gesicht furchtsam in ihrem Kleid vergrub. Sie selbst blickte mit wachsamem Ausdruck auf Hernán Cortés. Sie war von Menschen umgeben, schien aber ganz allein mit ihrem Kind zu sein.

Ich wandte mich an den Freund, der mich zum Nationalpalast geführt hatte.

»Wer ist das?« fragte ich ihn.

»Das ist Malinche«, antwortete er. »Hast du noch nie etwas von ihr gehört?«

Ich schüttelte den Kopf, ließ aber meine Augen nicht von der Frau.

»Sie war Cortés' Fremdenführerin«, sagte er, »und seine ständige Dolmetscherin während der Eroberung.«

»Und wer ist das Kind bei ihr?«

»Der Sohn der beiden«, sagte er. »Wie er heißt, weiß ich nicht, aber er war der erste von uns.«

»Der erste Mexikaner?« fragte ich ihn verwirrt.

»Ja«, sagte er. »Sozusagen. Er war das erste Kind eines spanischen Vaters und einer Indio-Mutter. Der erste *mestizo*.«

Das war im Januar 1974. Als ich über die winterlichen Straßen dieser Bergstadt ging, konnte ich meinen Atem sehen, und selbst im Inneren dieses Palastes war die Luft kalt, trotz der dicken Mauern. Ich stand da und sah Malinche an, und ihre wachsame Einsamkeit und die Zärtlichkeit, mit der sie das Kind in den Armen hielt, berührten mich.

In den nächsten Monaten hörte ich ihren Namen, oder eher eine abgewandelte Form dieses Namens, *Malinchista,* ziemlich häufig. Ich stellte fest, daß Polizisten sich dieses Wort gegenseitig ins Gesicht schleuderten, wie einen Blitzableiter. In meinen Ohren klang es wie ein höhnischer Schlachtruf.

»Warum machen sie das?« fragte ich meinen Freund. »Was meinen sie mit dem Wort *Malinchista?*«

»Es ist ein Schimpfwort«, erklärte er mir. »Es behauptet, daß jemand kein standfester Mexikaner ist. Daß er zu leicht fremden Einflüssen nachgibt. Ein Verräter. Wie Malinche.«

Ich hörte schweigend zu. Ich konnte nichts dagegen sagen. Von Mexiko wußte ich noch sehr wenig und von der Geschichte dieser Frau fast gar nichts.

Morgens stand ich meistens früh auf, um die Zwillingsvulkane zu beobachten, die sich über der Stadt auftürmten, schneebedeckt, abweisend; hoch über dem größeren schwebte eine beunruhigende Rauchfahne. Damals war es noch möglich, im rosigen Frühlicht einen Blick darauf zu erhaschen, bevor sie hinter ihrem Wolkenvorhang verschwanden.

Als Kind sagte ich mir gern ihre wundersamen vielsilbigen Namen vor. *»Popo-cat-épetl«* flüsterte ich, und *»Iztaccíhuatl.«* Ich wußte sogar, was sie bedeuteten: »Rauchender Berg« und »Weiße Dame«. Diese ausgefallenen, zauberkräftigen Worte waren meine erste Begegnung mit dem Nahuatl, aber in meiner Unkenntnis hielt ich sie für Spanisch, die offizielle Landessprache.

Eine Reise nach Mexiko-Stadt hatte ich mir sehnsüchtig gewünscht. Für mich war es die ewige Stadt des amerikanischen Kontinents. Aber mit ihrer Modernität hatte ich nicht gerechnet. Wer tut das schon? Die verschmutzte Luft trieb mir beißende Tränen in die Augen, und in ihrem Lärm und ihrer unübersichtlichen Vielfalt fühlte ich mich verloren. Trotzdem fand ich meinen Weg zu den abgeschirmten Plätzen der Altstadt, den schiefen baufälligen Palästen und Kirchen, den engen Gassen, die auf den großen zentralen Platz, den Zócalo, fuhren.

Ich spürte den Schock des Wiedererkennens, der sich einstellt, wenn man ein Gebäude oder eine Straßenlandschaft mit eigenen Augen sieht, die man aus Zeichnungen und Stichen, Gemälden und Fotografien schon längst kennt. Moctezumas Stadt, Cortés' Stadt. Die älteste ununterbrochen bewohnte Stadt des amerikanischen Kontinents. Das war das Mexiko-Stadt meiner Vorstellung. Die Stadt enttauschte mich nicht.

Jeden Tag ging ich durch die schöne Alameda Central. Dieser friedliche Waldpark war einst der offizielle Verbrennungsplatz der Stadt, die *quemadura*, wo Folterknechte Juden und Ketzer eigenhändig dem Tod auf dem Scheiterhaufen zuführten. Das wußte ich, aber ich hatte Mühe, mir inmitten solcher Schönheit eine derartige Grausamkeit vorzustellen.

Ein paar Straßen weiter sah ich eine riesige gefiederte Schlange, die Aztekenhände aus Stein gemeißelt hatten, ohne zu ahnen, daß ihre geheiligte Skulptur eines Tages den Eckstein eines fremdartigen Palastes bilden sollte, der auf den Ruinen ihrer stolzen Stadt aus dem Boden gestampft werden würde. Ich saß in einer primitiven spanischen Kirche, die ein älteres, einem früheren Gott geweihtes Heiligtum verdrängt und ausgelöscht hatte. Wie jeder, der nach Mexiko-Stadt kommt, spürte ich an all diesen Orten noch den Puls der indianischen Vergangenheit. Aber bei diesem ersten Besuch sah ich Malinches Haus nicht und wußte auch nicht, daß es still und vergessen ganz in der Nähe der Plaza de Santo Domingo stand.

Ich weiß nicht mehr, wo ich bei meinem ersten Aufenthalt in Mexiko-Stadt wohnte. Ich glaube, es war irgendwo im Bezirk Tacuba, in einem Zimmer in einem oberen Stockwerk, vor dessen Fenster jede Nacht eine unerträgliche Neonreklame flimmerte und meinen Schlaf störte.

An meinem Abreisetag blätterte ich beim Frühstück in einem zerlesenen Kunstbuch aus einem Regal in der Hotelhalle und las, daß es noch ein zweites Bild von Malinche in Mexiko-Stadt gab.

Ich bat die Concierge um eine Wegbeschreibung, ließ mein Gepäck bei ihr stehen und nahm den Bus zu dem großen Platz im Zentrum. Ich lief an der Kathedrale vorbei durch die Calle Donceles, fest entschlossen, das Bild vor meiner Abreise noch zu sehen.

1923 wurde das alte Jesuitenkolleg San Ildefonso eine staatliche Schule, die *Escuela Nacional Preparatoria*, und Diego Rivera stattete die Korridore mit leuchtenden Wandgemälden aus. Während der Arbeit lernte er Frida Kahlo, seine spätere Frau, kennen. Das Kolleg ist reich an großer Kunst, es hat nicht nur Wandbilder von Rivera, sondern auch von José Clemente Orozco, seinem großartigen Konkurrenten.

Ein Gemälde von Orozco wollte ich sehen: Cortés und Malinche.

Ich hastete durch die Flure und Hallen, suchte und suchte, konnte das Bild aber nicht finden. Die Zeit wurde knapp, bis ich endlich einen Aufseher fand, der mir sagte, ich solle durch den Innenhof gehen, auf der anderen Seite eine Treppe hinaufsteigen, die ich vorher nicht gesehen hatte, auf dem ersten Absatz stehenbleiben, mich umdrehen und zurückblicken.

Ich ging die Treppe vom Innenhof aus hinauf und drehte mich dann um, wie geheißen. Da sah ich sie im Schatten, an der schrägen Unterseite des Treppenaufgangs. Ein sehr lebendiges Bild, das dem Betrachter fast aus dem grauen Stein entgegenspringt. Orozcos Malinche trägt keinen Schmuck. Sie ist nackt, düster, grüblerisch. Der Kupferton ihrer Haut leuchtet aus der Dunkelheit unter dem Treppenhaus, aber sie schlägt die Augen nieder und läßt die Arme hängen. Sie scheint fast ohne Bewußtsein, unbegreiflich, hermetisch verschlossen, schweigsam, erdrückend.

Hernán Cortés steht da, geisterhaft bleich, aber unbezwinglich, er streckt einen Arm wie eine Barrikade quer über ihren Körper. Drängt er sie zurück, oder schützt er sie? Ich konnte es nicht erkennen. Er hält ihre Hand fest umschlossen und starrt voll Zorn aus dem Bild auf die Welt, furchtlos, unerbittlich an ihrer Seite. Ihm zu Füßen liegt ein bezwungener Indio-Krieger mit dem Gesicht nach unten, den Arm gegen die ungerührte, blicklose Malinche erhoben.

Orozcos Malinche ist ein verstörendes Porträt voll intensiver Sinnlichkeit, und mir kam es so vor, als habe der Künstler es absichtlich an dieser dunklen Stelle unter den Treppen verborgen. Aber da irrte ich mich. Als ich später mehr von den stürmischen Auseinandersetzungen um Malinche erfuhr, die für alle Zeiten weiter wüten, sah ich das

Bild anders. Ich verstand es als ein trotziges öffentliches Denkmal des Malers zu Ehren dieser illegitimen Mutter des modernen Mexikos.

Beim nächtlichen Abflug aus Mexiko sah ich abschiednehmend auf den breiten Lichterteppich unter mir und den seltsamen dunklen Fleck in seiner Mitte, den letzten Überrest des Sees, in den einst die alte aztekische Hauptstadt gebaut war.

Als wir nach Norden über die Sierra flogen, dachte ich an das Wandgemälde im Palacio Nacional und an das Bild unter der Treppe im Colegio de San Ildefonso. Ich ging zwar fort, aber ich vergaß Malinche nicht.

Es dauerte noch drei Jahre, bis ich wieder nach Australien zurückkam. Dann studierte ich Sprachen. Ich hatte mir ein tastendes, zögerndes Spanisch angeeignet, aber ich schämte mich über dieses Provisorium und wünschte mir etwas Besseres. Dazu kam, daß ich, wie viele andere in diesen Jahren, meine Liebe zu lateinamerikanischen Dichtern entdeckt hatte. Allen, die es hören wollten, erklärte ich: »Ich würde auch Spanisch lernen, nur um Pablo Neruda und Borges und Mistral und Juana Inez de la Cruz im Original lesen zu können.«

In den Jahren danach wies eine unserer Professorinnen uns gern und häufig auf die Komplexität der Übersetzungsarbeit hin. Es sei entscheidend, sagte sie, um jeden Preis die vollkommene Symmetrie von Klang und Bedeutung zu erhalten, die der Dichter sich in langen dunklen Nächten einsam erkämpft habe.

Sie fragte: Sollen wir überhaupt versuchen, Lyrik zu übersetzen? Ist das möglich? Bisweilen habe sie noch immer Zweifel daran. Sie warnte uns: Wenn wir das Werk eines

Dichters liebten, könnten wir die Übersetzung als Verrat empfinden.

»Traduttore, traditore« murmelte sie in solchen Momenten des Zweifels, mit wissendem Lächeln. »Übersetzer, Verräter: zweisprachig – doppelzüngig ... weise Worte, meint ihr nicht auch?« Jedesmal, wenn ich sie so reden hörte, schweiften meine Gedanken von der Arbeit ab. Ich sah aus dem Fenster, mein Blick glitt über die Baumkronen auf dem Universitätsgelände, den See und die Gänse, die im Schilf Schutz suchten, und ich dachte an Malinche.

Übersetzerin war sie ebenfalls gewesen, aber unter weit gefährlicheren Lebensumständen, als mich jemals erwarten würden. War sie auch eine Verräterin? Ich wußte nicht, was ich denken sollte. Und obwohl ich mich mit ganz anderen Vorhaben hätte beschäftigen sollen, ich begann, nach ihr zu suchen.

Ich nahm an, eine Biographie Malinches würde sich in der Universitätsbibliothek finden. Ich dachte, das sei leicht, aber es war ein Irrtum. In den vielen großen Geschichten der Spanischen Conquista war sie gewöhnlich nur eine Fußnote, wenn es hochkam, waren ihr ein oder zwei Absätze gewidmet, manchmal aber nur ein irreführender Verweis im Register: Marina, *siehe* Malinche. Malinche, *siehe* Marina.

Eine Frau mit mehreren Namen, unklarer Herkunft, unbekanntem Ziel. Wer war sie? Warum tat sie das, was sie tat? Hatte sie ihr Volk verraten, wie man mir in Mexiko sagte? Zu welchem Volk gehörte sie überhaupt?

Eines lernte ich schnell und zu meinem großen Bedauern. Obwohl Malinche in allen entscheidenden Momenten der Eroberung dabei war, obwohl sie für Cortés sprach, obwohl die Sätze, die sie in seinem Auftrag zu sagen gelernt hatte, sorgfältig aufgezeichnet wurden, hinterließ sie doch kein einziges Wort in eigener Sache, keine Äußerung, der wir entnehmen könnten, was sie von den apokalyptischen

Ereignissen hielt, an denen sie teilhatte. Es ist eine der vielen ironischen Seiten ihrer Geschichte, daß sie berühmt für ihre Stimme war, aber für uns unhörbar bleibt.

Das Wenige, das wir von ihr wissen, stammt fast ausschließlich aus den Berichten eines einzigen spanischen Augen- und Ohrenzeugen, eines alten Konquistadors. Er hieß Bernal Díaz del Castillo. Er sagte, er habe Malinche gekannt, und die fragmentarischen, flüchtigen Angaben, die er in seiner *Geschichte der Eroberung Mexikos* über Malinche macht, waren von unschätzbarem Wert für mich.

Bernal Díaz war dabei, als die Maya im Jahr 1519 Malinche Cortés zum Geschenk machten. Er beobachtete sie, als sie mit den Spaniern von der Küste in die Berge hinaufzog und über die höchsten Pässe nach Tenochtitlán vordrang, die abgelegene Hauptstadt der Azteken, deren hochragende Pyramiden und Tempel dort standen, wo heute Mexiko-Stadt ist. Er schrieb auf, daß Malinche dem Konquistador Cortés ein Kind gebar und daß sie später für kurze Zeit wieder mit ihrer Familie auf dem Isthmus vereint war. Díaz erzählte mir mehr von Malinche als alle anderen Geschichtsschreiber, deren Bücher ich gelesen hatte, und seine Worte besaßen die bezwingende Überzeugungskraft eines Augenzeugen.

In seinen Schlußkapiteln gibt Díaz genaue Auskunft über die Schicksale seiner ehemaligen Waffenkameraden. Er schreibt: Dieser Mann erlag seinen Wunden, jener starb in hohem Alter, dieser ertrank, und jener fiel in der und der Schlacht. Zeile für Zeile Angaben nach Art eines Appells, den ein alter Soldat zu Ehren seiner toten Kameraden hält. Aber über Malinches Schicksal sagt er nichts.

1988, einige Jahre nach dem Abschluß meines Studiums, nahm ich an einem Seminar zur mexikanischen Geschichte teil. Es kam zur Diskussion über die große Dichterin Sor Juana Inés de la Cruz aus dem siebzehnten Jahrhundert, und ich war sehr überrascht, als im Lauf dieser Diskussion der Name Malinches fiel. Diesen Namen hatte ich nicht mehr gehört, seit ich aus Mexiko abgereist war.

Der Redner äußerte: »Es ist interessant, die Bewunderung für Sor Juana mit der Verachtung zu vergleichen, die man einer gewissen Malinche entgegenbringt.« Ich schaute mich unter den anderen Teilnehmern um und sah an ihren Gesichtern, daß sie noch nie etwas von ihr gehört hatten.

»Malinche war Hernán Cortés' Fremdenführerin während der Conquista und seine Mätresse«, erklärte er. »Heutzutage gilt sie in Mexiko als Landesverräterin.« Er sah sich die ratlosen Gesichter seiner Zuhörer an und fragte: »Haben Sie schon einmal das Wort *Malinchista* gehört?« Nein, hatten sie nicht, aber ich kannte es, und ich zuckte zusammen, als er dieses abwertende Wort so laut aussprach.

Ein paar Tage danach unterhielt ich mich mit einem Mitstudenten vom historischen Seminar. Wie ich interessierte er sich für Mexiko, und so erzählte ich ihm, daß ich mit dem Gedanken spiele, Malinche zum Gegenstand eines Forschungsprojekts zu machen.

»Malinche? Warum ausgerechnet Malinche?« fragte er und sah ehrlich erschrocken aus.

Zögernd antwortete ich: »Vielleicht, weil sie so starke Auswirkungen auf Mexiko hatte.«

»Aber welche Auswirkungen«, sagte er kopfschüttelnd. »Warum nicht Forschungen zum Leben von Sor Juana oder Josefa Ortiz de Dominguez, der Führerin der Unabhängigkeitsbewegung?« fragte er. »Warum suchst du dir nicht ein erbaulicheres Thema?«

»Die Erfahrungen von Frauen in dieser Welt sind meistens wenig erbaulich«, gab ich zurück. »Außerdem meine ich, was mit Malinche zu Lebzeiten und nach ihrem Tod geschehen ist, das läßt sich verallgemeinern, es ist nicht nur eine mexikanische Geschichte.«

Mexiko-Stadt

Erst 1994 kam ich wieder nach Mexiko-Stadt. Der Freund, der mir zwanzig Jahre zuvor die Wandmalereien im Nationalpalast gezeigt hatte, war bei dem Erdbeben von 1985 umgekommen, und ich kannte niemanden sonst in der Stadt.

Ich kam in den frühen Morgenstunden an, *durante la madrugada*, und war nach den kalten Herbstnächten der südlichen Erdhalbkugel, die ich gerade hinter mir gelassen hatte, ganz unvorbereitet auf die warme, ruhige Luft. Ich nahm mir ein Taxi vom Flughafen ins Zentrum der Altstadt. Wir fuhren auf alten Straßen, vorbei an geschlossenen Türen und leeren Balkonen.

Ich war verwirrt und desorientiert zu dieser späten Stunde nach meiner langen Reise, aber der Fahrer war jung und neugierig. Er wollte wissen, was ich in Mexiko-Stadt zu tun hatte; also unterhielten wir uns eine Weile, und was er sagte, beruhigte meine Nerven. Er war stolz auf seine Stadt, und als ich ausstieg, wünschte er mir Glück. Er wartete, bis ich die schmucklose Pforte des Hotels öffnete, das irgendwann in einem längst vergangenen Jahrhundert einmal ein Kloster gewesen war. Ich hatte es ausgesucht, weil es gleich neben der Biblioteca Nacional lag, in der ich arbeiten wollte.

Der Pförtner gab mir den Zimmerschlüssel und deutete auf eine eindrucksvolle alte Marmortreppe, die sich vom Patio zum darüber gelegenen Stockwerk emporwand. Eindrucksvoll, aber nicht stabil. Beim Hinaufsteigen spürte ich, wie sie unter meinen Füßen schwankte. Ich fand mein Zimmer auf halber Treppe. Eine kleine Zelle, sauber geschrubbt und karg, durch die Glasscheibe in der Tür sickerte spärliches Licht.

Es war ein melancholischer Freitag gegen Ende der Fastenzeit. Nicht daß ich mich daran erinnert hätte, ich hatte kirchliche Feiertage schon seit vielen Jahren nicht mehr beachtet. Aber in Mexiko hat das Kirchenjahr noch immer viel mehr Bedeutung als das Sonnenjahr.

Ein Magazin auf dem Tisch in meinem Zimmer enthielt eine Liste der Prozessionen, die in der Osterwoche in und um die Hauptstadt stattfinden sollten. In der Vorstadt Iztapalapa zum Beispiel war ein junger Mann für die Rolle des Jesus im örtlichen Passionsspiel ausgewählt worden. Diese Rolle hatten vor ihm sein Vater, sein Großvater und sein Urgroßvater gespielt. Er sagte, er wolle sich der Aufgabe in Ehrerbietung und Demut unterziehen, genau wie seine Vorfahren.

Ich wusch mir das Gesicht am Waschbecken und legte mich auf das harte, saubere Bett, und die Stille verstörte mich. Seit Monaten hatte ich mich auf den Lärm gefaßt gemacht, der mich hier im Zentrum der am dichtesten besiedelten Stadt der Welt erwarten würde, aber das komplizierte, traurige alte Herz dieser Stadt war schweigsam während der ganzen langen durchwachten Nacht meiner Rückkehr, und ich hörte nur die undurchdringliche Stille der Straßen unter mir.

Am Morgen ging ich vier Querstraßen weit in der falschen Richtung, bis ich merkte, was ich getan hatte. Ich war zu lange fort gewesen. Ich mußte kehrtmachen und die geraden schmalen, im sechzehnten Jahrhundert angelegten Straßen in entgegengesetzter Richtung entlanggehen; diesmal war ich achtsamer, bis sich plötzlich der große offene Raum des Hauptplatzes vor mir öffnete und ich an seinem Rand stehenblieb, den Klang der Morgenglocken im Ohr.

Ich ließ den Blick über die unordentliche Silhouette der Heiligtümer und Tempel mit den krummen Mauern auf dem Platz ringsum schweifen und sah, daß in der Zeit, die ich weit weg in ruhigeren Gegenden zugebracht hatte, die Erdbeben der Stadt immer wieder zugesetzt und ihre seltsame Symmetrie durcheinandergeworfen und neu geordnet hatten.

Ich schaute zur Kathedrale hinüber und sah mit Schrekken, daß der Boden unter ihr abgesackt war: Die mächtige Kathedrale neigte sich und drohte hilflos zu kentern wie eine riesige sinkende Galeone. Da war sie wieder, die unheimliche, bedrohte Schönheit, die ich vergessen hatte.

Dort, woher ich komme, an der Südküste Australiens, glüht die Sonne im Sommer rot durch einen dichten Rauchvorhang, weil die Wälder brennen. In Mexiko-Stadt leuchtet die Sonne das ganze Jahr glutrot an einem düsteren, giftverschmutzten Himmel, und ihr grelles Licht verstärkt die Fremdartigkeit dieser alten hochgelegenen Stadt mit ihren durcheinanderliegenden Schichten einer langen Vergangenheit im Schutz wachsamer Vulkane.

Ich stand eine Weile in Betrachtung und Erinnerung versunken da, während Soldaten konzentriert ihr Morgenritual abwickelten, nämlich die Flagge vor dem Nationalpalast hißten. Während sie damit beschäftigt waren, ging ich zur Nordwestecke des Platzes hinüber und weiter durch die Calle Republica de Brasil zur Plaza de Santo Domingo.

Eine Kolonnade aus Steinsäulen flankiert die Westseite dieses kleineren Platzes, und in ihrem Schatten bereiteten sich Drucker auf die Tagesarbeit vor. Einige waren ins Gespräch vertieft, und als ich stehenblieb, um Atem zu schöpfen, hörte ich ein wenig mit. Sie redeten von der Krise im Süden, bei den Maya in Chiapas, von der Wahl des Präsidenten im kommenden August. Sie führten ihre ernsten Gespräche weiter, und ich ging auf das Haus zu, dessentwegen ich die ganze weite Reise gemacht hatte.

Das Haus Republica de Cuba Nummer 96 ist in dunklem, warmem Sonnengelb gestrichen. Seine Balkone blicken auf den schattigen Klosterhof des Platzes; das Haus ist sehr alt. Es war eines der ersten spanischen Häuser, die auf den Ruinen der Aztekenstadt errichtet wurden, und laut Überlieferung wohnte Malinche am Ende ihres Lebens darin. Seither hat das Haus viele Leben miterlebt. Jetzt ist es eine Grundschule. Als ich an jenem Morgen davorstand, kam kein Laut aus seinem Inneren, und das massive Tor aus dem sechzehnten Jahrhundert war fest verschlossen.

Mir fiel ein, daß es Samstag war. Als Außenseiter vergißt man die Alltagsroutine im Leben anderer Leute leicht. Ich schaute zu den Balkonen hinauf, spürte aber, daß ich beobachtet wurde, und zögerte, denn ich wollte mit meinem Interesse an diesem Haus einer Verräterin niemandem zu nahe treten. Aber mir lag sehr daran hineinzugehen, nachzusehen, ob in diesen Mauern noch ein leises Echo von Malinche nachhallte.

Am Montag darauf stellte ich mich zu den Müttern, die auf dem Platz vor Malinches Haus auf ihre Kinder warteten. Ich spürte, daß sie mich musterten. Endlich wurde der Riegel zurückgeschoben, und das schwere Tor sprang auf. Vor mir standen aufgereiht im Portal die Schüler, die Mädchen in blauen Kleidern mit weißen Kragen und Schürzen, die Jungen mit blauen Hemden und grauen Hosen. Sie beobachteten mich, als ich eintat.

Zur Linken, wo sicherlich einst der Torhüter gesessen hat, war ein kleines Büro. Ein hochgewachsener Mann stand an dem einzigen Schreibtisch im Zimmer und sah aufmerksam einen Stapel Papiere durch. Ich fragte ihn, ob ich mich in diesem Haus, das einst Malinche gehört hatte, umschauen dürfe. Er war, wie sich zeigte, der Schulleiter und stimmte meiner Bitte freundlich zu.

Ich wollte wissen, ob er solche Wünsche gewohnt sei, aber er schüttelte den Kopf. Nein, sagte er, nie komme jemand auf der Suche nach Malinche hierher, dazu gebe es auch kaum Grund, denn wie ich sehen würde, sei nur sehr wenig aus ihrer Zeit noch erhalten. Nur die Küche im oberen Stockwerk zu Linken. Er ging mit mir in den Flur und zeigte, was er meinte. Nur der Raum dort oben sei mehr oder weniger unangetastet. Ich dankte ihm, drehte mich um und schlüpfte an den draußen vor seinem Büro spielenden Kindern vorbei in den Innenhof.

In Mexiko-Stadt sind die Straßen und Gassen in der Altstadt voll von zauberhaften Patios. Durch offene Tore kann man einen Blick hineinwerfen, es sind elegante Inseln der Ruhe, seit dem sechzehnten und siebzehnten Jahrhundert, als man sie den Vorbildern in Cordoba und Granada nachbaute.

Der Schulleiter hatte mich jedoch zu Recht auf die Enttäuschung vorbereitet, die mich in diesem Haus erwartete. Von der Straße aus wirkte es noch weitgehend so wie zu Malinches Zeit, aber innen war es wie ausgeweidet. Es war eine ganz gewöhnliche Schule, seit vielen Jahren schon. Mir sank der Mut, als ich in dem Hof stand, dessen Steinpflaster mit Asphalt überzogen war, und rings um mich eingezogene Teilungswände aus Zementplatten sah. Ich hatte das Gefühl, in diesen unkenntlich gemachten Innenräumen würde ich keine Spur von Malinche mehr finden.

Am Fuß des Treppenhauses zur Galerie stand eine kleine Frau und beobachtete mich. »Kann ich Ihnen helfen, *Señora?*« rief sie mir zu. Sie lächelte, als ich auf sie zuging. Die schwarzen Haare waren im Nacken zu einem straffen Knoten zusammengedreht, das Gesicht rund und glänzend. Sie trug ein blaues Baumwollkleid, und ihre Schuhe waren sehr abgenutzt. Ich erklärte, warum ich gekommen war, und sie begrüßte mich. Sie war die Lehrerin der vierten Klasse. Ihre Schüler standen um uns herum, während wir uns unterhielten.

Auf dem Weg zur Küche bestätigte sie, was der Schulleiter mir gesagt hatte. »Hier drin hat sich nichts verändert«, sagte sie, während sie die Tür öffnete. »Soweit wir wissen, ist alles noch mehr oder weniger genauso wie zu Malinches Zeit.«

Ein kahler, primitiver Raum mit wenig Licht, nur für Dienstboten. Ich strich oben über die Feuerstelle, wo einst die Töpfe gehangen hatten, und bückte mich zum Herd, wo vor langer Zeit das Essen gekocht worden war. Jetzt war die Küche eine Abstellkammer, zu klein für jede andere Verwendung, und blaßblau gestrichen, aber die Lehrerin hatte recht; in diesem Raum war offenbar kaum etwas verändert worden. Wahrscheinlich hatten ihn seine unmöglichen Maße und die ungeschickte Lage geschützt: Man konnte ihn wirklich kaum in das Hauptgebäude der Schule integrieren.

Ich stellte mir Malinches Tage in diesen Mauern vor. Als ich dort in der unseligen Kammer kniete, um mich herum die stummen, aufmerksamen Kinder, zweifelte ich daran, daß sie je wirklich Herrin dieses Hauses gewesen war.

Als wir die Kammer verließen, fragte ein Schulkind die Lehrerin, was ich in der Schule wolle. Ich sei wegen Malinche gekommen, erklärte ich. Da sah mich das kleine Mädchen zum erstenmal wirklich an. »Ich habe sie gehört«, sagte es mit leiser, fester Stimme. »Ich habe gehört, wie sie weint, wenn sie über die Galerie und durch die Zimmer geht.« Der Junge neben dem Mädchen nickte eifrig dazu.

»Ich auch«, sagte er atemlos, und ich sah die beiden Kinder an und war gerührt von ihrer Aufregung.

Ich wollte sie gern genauer fragen, aber ich merkte der Lehrerin an, daß sie die heidnische Begeisterung der beiden für dieses unselige Gespenst mißbilligte. Sie wandte sich an mich und sagte: »Señora, ich arbeite seit fünfundzwanzig Jahren hier. Ich war viele hundert Stunden allein im Haus, auch nachts, und ich habe diese Frau nie gehört. Das ist Aberglaube, nichts weiter.« Sie war eine vernünftige, intelligente Frau, und angesichts ihrer Entrüstung hielt ich es für besser, meine Neugier zu zügeln.

Wir verließen die alte Küche und stolperten mit den Kindern weiter durch die Hülle von Malinches Haus in das Zimmer der vierten Klasse. Die Lehrerin und ich nahmen Platz, die Kinder umringten uns, und als alle zuhörten, fragte ich sie, was sie von Malinche halte. Ich wußte, daß Mexikaner auf jeden Fall gern von ihr redeten.

Sie saß aufrecht auf ihrem Stuhl, dachte erst einen Augenblick nach und sagte dann: »Es ist so: Viele Leute behaupten, sie sei eine Verräterin. Das wissen Sie vermutlich.« Ich nickte. »Aber ich arbeite hier in ihrem Haus ...« Die Kinder paßten genau auf. »Und so denke ich, sie war einfach ein Frau und sonst nichts.« Die Lehrerin sah ihre Schüler streng an: »Einfach eine Frau, wie Sie und ich. Sie hatte schlechte Karten im Leben, aber sie hat das Beste daraus gemacht. Wissen Sie, sie muß ganz jung gewesen sein, als sie mit Cortés zusammen war, und dann ist sie hierher in dieses Haus gekommen, das war dann das Ende ihrer Tage.«

Also hat Malinche vielleicht in diesem verwohnten alten Zimmer ihren Alltag zugebracht. Ich sah mich um, schaute den nackten Fußboden an, das Durcheinander von Tischen und Stühlen und diese Kinder mit den glänzenden Augen. Ich ging zum Balkonfenster hinüber und blickte über den Platz zu der schönen Iglesia de Santo Domingo. Damals in der frühen Zeit, als sie hier wohnte, war die Kirche noch nicht gebaut. Hätte sie 1526 hier gestanden, so hätte sie außer den Trümmern aztekischer Tempel kaum etwas gesehen.

Ich wendete mich wieder der Lehrerin zu. »Haben Sie irgend etwas darüber gehört, wie oder wann sie gestorben ist?«

»Nein, leider gar nichts«, antwortete sie. »Es ist so lange her. Ich glaube, niemand weiß mit Gewißheit, was mit ihr geschehen ist.«

Sie kam zu mir ans Fenster, und wir standen schweigend dort.

Ich erzählte der Lehrerin von meinem Plan, nach Süden zu fahren, an den Isthmus, wo Malinches Leben begonnen hatte. »So weit bin ich nie gekommen«, sagte sie staunend. »Dort unten ist eine andere Welt.«

»Ich bin schon einmal dort gewesen«, sagte ich, »während meiner ersten Mexikoreise. Aber damals habe ich nicht auf den Isthmus geachtet. Ich hatte nicht begriffen, daß er etwas mit Malinche zu tun hat. Deshalb muß ich wieder dorthin zurück.«

Die Kinder hatten das Interesse an uns verloren. Sie spielten ein Schreibspiel an der Tafel, aber deren Oberfläche war in so schlechtem Zustand, daß die Kreide kaum haftete. Die Lehrerin hieß sie zu bleiben, wo sie waren, während sie mich hinausbegleitete. Wir gingen über die Innengalerie zur Treppe, an der alten Küche vorbei und hinunter zum Büro neben der Pforte. Sie öffnete den Aktenschrank und suchte in den Ordnern.

»Ja, hier ist es.«

Sie hielt mir ein einzelnes Blatt Papier hin, die Geschichte Malinches in der Version der Schule.

»Nehmen Sie nur, wir haben noch mehr Kopien«, sagte sie.

In der Hitze des stillen Nachmittags setzte ich mich an der Ecke der Palma- und Tacubastraße in ein kleines Café mit Blick auf die nach vorn geneigte Kathedrale. Die Erzählung der Kinder hatte mich nicht vollkommen überrascht, denn ich wußte, daß ihre Geisterfrau in Mexiko eine lange, melancholische Geschichte hat, daß sie angeblich weinend und klagend durch die Straßen der Altstadt läuft und nach ihren Kindern ruft, daß manche Leute sie *La Llorona*, die »Weinende« nennen. Aber andere sagten wie diese Schulkinder, sie sei Malinche.

Zwei Tage später senkte sich eine schwere braune Staubwolke auf die Stadt. Ich kehrte am Nachmittag in mein Hotel zurück, mir war übel, mein Gesicht glühte vor Fieber, und ich schlief mehrere Stunden.

Am frühen Abend wurde ich wach und suchte in meinem Notizbuch nach einer bestimmten Telefonnummer, die ich anzurufen versprochen hatte. Ich nahm den Hörer des Telefons an meinem Bett und wählte die Nummer. Endlich antwortete eine Stimme, und ich fragte, ob ich mit Filomena Alvarado sprechen könne. Man bat mich zu warten, ich hörte Geschirr klappern und das leise Gemurmel einer Unterhaltung. Dann sagte eine gepflegte Stimme: »Hier ist Filomena Alvarado.«

Ich stellte mich vor, erklärte, daß mir ihre Schwester in Australien Geschenke für sie mitgegeben habe, und sie schrie auf vor Überraschung. »Können wir uns heute abend sehen?«, fragte sie. Wir verabredeten Zeit und Ort des Treffens.

Ich legte den Hörer auf die Gabel, sank wieder auf das Kissen und lauschte dem dunklen Brummen eines Jets hoch über mir. An diesem Tag war ich zu schnell durch die Straßen gelaufen, ohne an die Höhe, die stickige Luft und die Sonne zu denken.

Später am Abend schluckte ich ein paar Aspirin mit einem Glas desinfiziertem Wasser hinunter und ging von meinem Hotel aus zwei Querstraßen weiter zu der Adresse, die Filomena mir genannt hatte. Ein warmer Wind wehte über den Platz, die Kathedrale leuchtete in der Dunkelheit. Mitten auf dem Platz kauerte eine Gruppe Maya in ihrer Zelt-Botschaft und hielt Mahnwache für ihre Landrechte, wie seit Monaten schon. Auf Spruchbändern erklärten sie, erst wenn sie ihre Ziele erreicht hätten, würden sie in den Dschungel von Chiapas zurückkehren. Abgesehen von der stummen Präsenz der Maya schienen die Straßen wie ausgestorben.

Ich fand die angegebene Adresse, eine schmale alte Pforte in Donceles, nicht weit von der Kathedrale. Ich klopfte, und nach ein paar Minuten öffnete mir eine Frau. Filomena Alvarado sah ihrer Schwester sehr ähnlich: die gleichen großen leuchtenden Augen, das gleiche schmale ausdrucksvolle Gesicht. Als ich sie näher kennenlernte, merkte ich, wie unvermittelt ihr Ausdruck von Ernst zu Lachen wechseln konnte. Sie führte mich in ein kleines Wohnzimmer, in dem mehrere Frauen stumm vor dem Fernsehapparat in der Ecke saßen.

»Haben Sie schon gehört?« fragte sie und zeigte auf den Bildschirm. Eine Reporterin stand irgendwo im Korridor eines Krankenhauses und sprach eindringlich in ihr Mikrophon; sie berichtete von einer Schießerei, die am selben Tag stattgefunden hatte.

»Es ist der Präsidentschaftskandidat«, flüsterte Filomena. »Colosio.« Er war am Nachmittag in einem Kugelhagel umgekommen, in Tijuana an der Grenze zu den Vereinigten Staaten. Wir sahen im Film aus unmittelbarer Nähe, wie die Schüsse ihn trafen, während sich Bewunderer um ihn drängten. Wir sahen, wie er blutete, als sie ihn in größter Eile zum Krankenhaus trugen. Während wir den Fernsehbericht verfolgten, begann draußen auf den Straßen und Plätzen die stumme, verzweifelte Trauer der Stadt.

Politische Morde sind in Mexiko selten. Dies war der erste seit über sechzig Jahren. »Ich habe Colosio nicht bewundert«, sagte mir Filomena. »Gewählt hatte ich ihn nie. Aber dies ist der Wahnsinn, den wir sonst mit den Vereinigten Staaten assoziieren. Bei ihnen werden so viele Politiker umgebracht, und bei uns kommt das kaum je vor.«

Wir hörten bis tief in die Nacht zu, wie Mexikos angesehenste Kommentatoren ihre Meinungen zu diesem quälenden Moment in der Geschichte ihres Landes äußerten. Am Ende war ich so niedergeschlagen, daß ich nicht allein in mein Hotel zurückgehen wollte, also machte mir Filomena ein Lager zurecht. Ich schlief gegen Morgen ein, als die Glocken von der anderen Seite des Platzes herüberhallten und Hände, die niemand sah, alle Mauern der Kathedrale mit einer schmerzgeprägten Botschaft versahen: *México repudia la violencia.* Mexiko ist gegen Gewalt.

Isthmus

Oft starrte ich die Landkarte Mexikos an, zeichnete den seltsamen explosiven Umriß des Staates mit dem Finger nach und überlegte, welcher Form er am meisten glich: einer Rauchsäule, einem bedrohlichen Tornado oder gar einem verzogenen, zur Seite gedrehten Stundenglas. Wenn ich den Finger an den gewundenen Grenzlinien entlang nach unten wandern ließ, kam ich zu einem schmalen Mittelteil, einem Isthmus, der die Berge und Wüsten des Nordens trennte von den Lagunen und Regenwäldern des Südens. Dies sei der Isthmus von Tehuantepec, sagte mir der Atlas.

Diese schmale Landenge ist eine sehr alte Kulturlandschaft. Mehr als ein Jahrtausend vor Christus erbauten die Olmeken auf den locker mit Palmen bewachsenen Ebenen die ersten großen Tempel und Pyramiden Mesoamerikas. Noch lange nachdem die Olmeken untergegangen waren, wirkte die Erinnerung an ihre Glanzzeiten in einer Reihe weiterer Kulturen nach – denen der Maya, der Tatopeken, Tolteken, Totonaken –, die sich über die gesamte Länge und Breite, die Regenwälder und Berge Mesoamerikas ausbreiteten.

Aber die letzte und kurzlebigste dieser großen Kulturen, die der Azteken, gewann auf dem Isthmus nie Macht. Dieses tiefliegende Delta mit seiner sengenden Hitze und seinen aggressiv unabhängigen Königreichen markierte die Grenzen der Azteken-Hegemonie im Mexiko des sechzehnten Jahrhunderts, so wie die Pyrenäen einst eine natürliche Barriere zwischen dem islamischen Spanien und dem christlichen Europa bildeten.

Dies erklärte der Herrscher Moctezuma nach seiner Gefangennahme dem Konquistador Cortés. Er sagte, sein

Herrschaftsgebiet reiche nicht bis zum Isthmus, und diese Information gab Cortés in seinem nächsten Bericht an den spanischen König weiter. Er schrieb darin: »Die Menschen in dieser Provinz sind weder Vasallen noch Untertanen des Mutezuma *(sic)*, sondern seine Feinde.«

Der Isthmus ist die Wiege der mexikanischen Kultur und auch der Ort, an dem Malinches Leben seinen Anfang nahm. Die Reiseführer berichten, sie sei eine Aztekenprinzessin gewesen. Aber das ist falsch. Sie kam vom Isthmus, wuchs auf zwischen den Ruinen olmekischer Tempel, in den Marschen und Mündungsgebieten dieses alten Landstreifens, dessen angeschwemmter Boden zum stillen warmen Wasser des Golfs abfällt.

Die Orte, nach denen ich suchte, hatten klingende, schwer faßbare Namen: Potonchan, Xicalango, Paynala, Jaltipan, Olutla, Texixtepec. Die drei ersten gibt es nicht mehr, sie sind so gut wie vergessen, die drei anderen sind winzig, archaisch und sogar auf dem Isthmus selbst kaum bekannt. Aber alle sind sie mit Malinches Geschichte verknüpft.

Hernán Cortés sagte, sie stamme aus »Putunchan«. In einem Brief vom Oktober 1520 berichtet er dem spanischen König: »Meine Dolmetscherin ist eine Indio-Frau aus Putunchan.« Er meinte Potonchan. Das war die Maya-Stadt an der Ostseite des Isthmus, wo er sie 1519 fand.

Aber das – sehr fragmentarische – Quellenmaterial deutet darauf hin, daß Malinches eigentlicher Geburtsort weiter zur Mitte des Isthmus hin lag. Viele Jahre nach Malinches Tod bezeugten etliche alte Konquistadoren in einem Gerichtsprozeß um Eigentum, den die Tochter anstrengte, sie hätten gehört, daß Malinche ursprünglich entweder aus Olutla oder Texixtepec stamme. Malinches Enkel hatte seine Großmutter nicht mehr kennengelernt, aber er behauptete 1604 in einem anderen Gerichtsprozeß, sie sei in einem Ort namens Jaltipan geboren.

Olutla, Texixtepec, Jaltipan. Orte, die nur für Spezialisten oder Exzentriker interessant sind. Drei dicht zusammengedrängte Nachbardörfer in der Umgebung der heutigen Hafenstadt Coatzocoalcos am Golf. Alle drei kommen als Geburtsort in Betracht.

Bernal Díaz del Castillo, der Soldat und Chronist, hatte einen vierten Vorschlag, der nicht wie die drei anderen auf bloßem Hörensagen beruhte. Er schrieb, Malinche habe ihm erzählt, sie komme aus dem Ort Paynala, der damals etwa acht Wegstunden von Coatzocoalcos entfernt lag und zu dem andere Ortschaften gehörten. Acht Wegstunden sind ungefähr vierzig Kilometer. Aber in der ganzen Region gibt es keinen Ort dieses Namens, und schon gar nicht im Umkreis von Coatzocoalcos.

Bei meiner Suche nach Malinches Herkunft fürchtete ich oft, ich würde mir nie einen Weg durch dieses Gewirr von widersprüchlichen Behauptungen bahnen können, aber schließlich kam ich nach dem Durchforsten meiner Landkarten und Monographien doch zu einer möglichen Lösung. In der Gegend um Coatzocoalcos kursiert noch heute eine Geschichte, der zufolge die Einwohner von Jaltipan gegen Ende des sechzehnten Jahrhunderts aus ihrem alten Wohnsitz am Ufer des Flusses Coatzacoalcos flohen, um den Überfällen der Seeräuber zu entgehen, die von der Küste aus stromaufwärts vorgedrungen waren. Die Flüchtlinge aus Jaltipan sollen in einen Ort namens Paynala geflohen sein.

Es ist eine schwache Spur, die nur auf mündlicher Überlieferung beruht, aber sie erscheint mir plausibel. Sie bietet eine brauchbare Erklärung für das Verschwinden Paynalas, denn die Neuankömmlinge aus Jaltipan könnten den Zufluchtsort allmählich ihrer alten Stadt anverwandelt und umbenannt haben. Diese Hypothese erlaubt uns, zumindest zwei der widersprüchlichen Angaben, die von Malinches Enkel und die von Bernal Díaz, in Einklang miteinander zu bringen. Olutla und Texixtepec, die beiden von den Zeugen im Eigentumsstreit genannten Orte, könnten gut die zu Paynala gehörigen Ortschaften sein, die Díaz erwähnt.

Wie immer es um die Wahrheit in dieser Frage steht, eines ist gewiß: In diesem Trio obskurer Ortschaften ist Jaltipan der wahrscheinlichste Geburtsort Malinches; es hat die stärksten und stichhaltigsten Argumente auf seiner Seite. Deshalb wollte ich so unbedingt dorthin fahren.

Jaltipan liegt glühend heiß in einem Delta mörderischer Hitze, im schmalsten Teil des Isthmus, genau südlich der Hafenstadt Coatzocoalcos. Ich machte mich früh auf den Weg, um die Hitze zu vermeiden, aber die Marktfrauen waren noch früher gekommen, im Morgengrauen schon, mit ihren Chilis, Tomaten, purpurroten Maiskolben und der traurigen Last aus lebenden Leguanen, denen die Vorderbeine mit einer Schnur auf dem Rücken zusammengebunden waren.

Eine der Leguanverkäuferinnen sah mich an, ihre Augen funkelten spöttisch. »Die essen wir, wußten Sie das?« fragte sie und zeigte mit dem Kinn auf die gefangenen Echsen.

»Ich weiß«, antwortete ich, »und Armadillos eßt ihr auch, stimmt's?«

»Nein«, entgegnete sie, »die haben wir schon alle aufgegessen!«

Sie war klein und elegant mit ihren glänzend schwarzen Zöpfen und der kunstvoll bestickten Bluse, und sie schüttelte sich vor Lachen über meine Bestürzung. Aber ich war eine Neuheit, und sie wollte reden.

Sie erzählte mir, sie komme an Markttagen nach Jaltipan, wohne aber in der Nähe von Texixtepec. Sie wollte wissen, was ich im Dorf zu tun hätte, und ich erzählte ihr, daß ich

Malinches wegen gekommen sei. »Ja, dies ist Malinches Land, stimmt.«

Sie fragte mich, ob ich über Tacamichapa Bescheid wisse, aber ich verstand nicht, was sie meinte.

»Tacamichapa« wiederholte sie. »Das ist eine schwimmende Insel, da unten im Chiquito«, und sie zeigte nach Süden, in Richtung des Flusses. Dann bückte sie sich und zeichnete mit einem Stöckchen die Andeutung einer Landkarte in den Staub zu unseren Füßen.

Dann zeigte sich, was sie mir von Tacamichapa erzählen wollte: Nach der Conquista hatte Hernán Cortés Malinche die schwimmende Insel geschenkt; einen Sumpf ohne einen festen Boden, auf dem man hätte gehen können, ein Gelände, auf dem außer Schlangen und Moskitos nichts gedieh. Ein grausames Geschenk voller Verachtung oder nur ein böser Scherz, den man sich am Ort erzählte? Ich wußte nicht, was ich von ihrer Geschichte halten sollte, aber die Leguanverkäuferin sagte mir, so habe sie es gehört.

Jetzt war der Markt voller Leute, und sie hatte zu tun. Während sie eine Kundin bediente, beobachtete ich an der Mauer hinter ihr einen winzigen Kolibri, der mit schwirrenden, nur als Schimmer erkennbaren Flügeln über einer Geißblattkaskade schwebte und den Schnabel tief in die Blüten tauchte. Als sie die Kundin abgefertigt hatte, bat ich sie, mir zu erzählen, was sie von Malinche halte.

Ich erklärte: »In Mexiko-Stadt sagen die Leute, sie sei eine Verräterin gewesen.«

»La capital?« sie schniefte verächtlich. »Da oben, das ist eine andere Welt.« Aber sie dachte über meine Frage nach.

»Sie soll sehr schön gewesen sein«, sagte sie, »*muy, muy hermosa,* und klug .« Sie zögerte einen Augenblick und überlegte. »Aber vielleicht nicht klug genug ... wenn Tacamichapa alles war, was sie für ihr Mühe bekam.« Und sie lächelte ihr sardonisches Lächeln.

»Weißt du, was zum Schluß mit ihr geschah?« fragte ich. Meine ständige Frage, sie war absurd, und ich erwartete auch nicht im Ernst, daß ich eine Antwort bekommen würde, aber trotzdem stellte ich sie, wie unter Zwang. Ich suchte nach dem kleinsten Anhaltspunkt, dem Schimmer einer Möglichkeit oder Phantasievorstellung.

»Wer weiß«, erwiderte die Leguanverkäuferin. »Vielleicht lag sie am Ende unter dem Erdhaufen neben dem Gemeindehaus, das erzählen die Leute. Aber in der Nacht hören wir sie manchmal. Wir hören sie vom Fluß her kommen.«

»Was hört ihr?« fragte ich.

Säuberlich und methodisch baute sie auf der vor ihr liegenden Strohmatte eine Pyramide aus Minitomaten auf, aber sie unterbrach die Arbeit und sah zu mir hoch, ungläubig, als müsse ich das eigentlich wissen. Und ich wußte es auch, noch bevor sie den Mund aufmachte.

»Wie sie um ihre Kinder weint, das hören wir.«

Auf dem Dorfplatz von Jaltipan standen alte Kapokbäume, und eine unbefestigte Straße führte von dort zum Dorfrand. Ich folgte ihr, die Erde federte weich unter meinen Füßen, aber kurz hinter den ärmlichen Hütten und winzigen Maisfeldern endete der Weg plötzlich im Schatten eines dichten grünen Blätterdachs. Ich las, daß dies Sträßchen La Calle de la Malinche hieß. Es war nach ihr benannt.

Neben dem Gemeindehaus war der Erdhügel, unter dem nach der lokalen Überlieferung Malinche begraben liegt. Kaum zwei Meter hoch, nur ein grasbedeckter Erdbuckel, wie ein Hügelgrab aus der Bronzezeit, von dem niemand weiß, was darunterliegt. Vielleicht ein vergessenes Fragment aus der Olmekenkultur, vielleicht auch gar nichts.

In Mexiko, vor allem im Süden des Staates, sind solche Hügel nichts Ungewöhnliches. Manchmal liegen Tempelruinen und Reste von Pyramiden verborgen unter dem Gewirr aus Erde und Ranken, aber die meisten werden nie ausgegraben. Dazu wären unendlich viel Geld und intensive Arbeit nötig.

Ein alter Mann fegte das Pflaster vor dem Gemeindehaus. Er versicherte mir, es sei wahr, daß Malinche hier begraben liege. Auf seinen Besenstiel gestützt, erklärte mir der Alte in vollem Ernst, Malinche sei, nachdem Cortés sie verstoßen habe, hierher zurückgekehrt, denn hier sei sie geboren, und hier habe sie sterben wollen.

In den folgenden Monaten sprach ich mit mexikanischen Archäologen, und keiner von ihnen hielt die Geschichte für glaubwürdig, daß dieser Hügel Malinches Grab sei. Aber die Fachleute mögen sagen, was sie wollen, in Jaltipan hält sich die Legende ebenso wie die Erinnerung an Malinche.

Ich ging langsam zurück zu den Kapokbäumen auf dem Dorfplatz, setzte mich in den dichten Baumschatten und hing meinen Gedanken über diesen Ort nach, der immer noch Malinche für sich beansprucht. Ich sah, wie sauber die Gebäude waren, wie nüchtern und neu: der betonierte Platz, an dem ich saß, die plumpe Kirche gegenüber, das Gemeindehaus. Jaltipan hat alle Beweisspuren seiner Vergangenheit getilgt, aber unter der Hülle aus freudloser Modernität ist es immer noch ein uralter Ort. Die olmekischen Ruinen von San Lorenzo sind nur 30 Kilometer entfernt. Das Dorf hat mitten im olmekischen Kernland die Jahrhunderte überdauert.

Malinches Geschichte ist mexikanische Geschichte, und trotzdem bleibt ihr wildbewegtes Leben unverständlich, wenn man nicht ganz und gar vom heutigen Mexiko absieht. Weder dem Namen nach noch als nationale Einheit existierte dieses Mexiko damals, zu Beginn des sechzehnten Jahrhunderts, als Malinche geboren wurde. Käme sie morgen zurück, würde sie das Land nicht wiedererkennen, denn die alten politischen und kulturellen Grenzziehungen, die ihr Leben bestimmten, sind längst aufgehoben. Das Mexiko, das ich 1994 sah, war von europäischer Hand nach europäischen Vorstellungen und Bedürfnissen geformt.

Welche Stellung hatte Jaltipan also in der präkolonialen Zeit, bevor die Spanier kamen? Aus erster Quelle, von Moctezuma selbst, haben wir das Zeugnis, daß die Stadt nicht zum Aztekenreich rechnete. Wir wissen auch, daß sie nicht zum Herrschaftsgebiet der Maya gehörte; dazu lag sie viel zu weit westlich. Nach Lage der Dinge, soweit sie uns bekannt sind, war Jaltipan vermutlich eine kleines unabhängiges Fürstentum wie damals auch andere Städte auf dem Isthmus. Aber wer waren die Menschen, die in Jaltipan lebten, Malinches Stamm?

Die Wahrheit der kulturellen Identität Jaltipans liegt begraben unter der Last der spanischen Kolonialpolitik. Als Spanien nach der Conquista Ordnung machen wollte, indem es Mexiko säuberlich in einzelne Provinzen aufteilte, richtete es sich dabei nur nach seinen eigenen Bedürfnissen und nahm keine Rücksicht auf traditionsgebundene kulturelle und politische Grenzen. Dies stellt für uns ein Dilemma dar, das jedem Kenner australischer und afrikanischer Geschichte vertraut ist: Wie soll man die Vergangenheit der Ureinwohner eines Landes entziffern, wenn ihre Vielfalt nivelliert, in eine europäische Schablone gepreßt oder auch ganz ausgelöscht wurde?

Karten der Sprachgebiete können uns jedoch Informationen geben, die rein geographische Karten nicht liefern. Karten von Sprachgebieten mit ihren hübschen Flicken und geometrischen Mustern zeugen von Kulturen und Sprachen, die von Machtgebieten überdeckt wurden, von Stämmen, die im Zuge der Conquista vertrieben wurden, von kleinen Sprachinseln in Gebieten, in denen man sie nicht vermutet hätte. Zum Beispiel nimmt man allgemein an, daß Malinche aus Jaltipan stamme und daß Nahuatl ihre

Muttersprache sei. Verwunderlich ist jedoch, daß, wie man den Karten der Sprachgebiete entnehmen kann, im Umkreis von Jaltipan ursprünglich nicht Nahuatl gesprochen wurde.

Als Malinche geboren wurde, hatte ohne Zweifel der Zug der Nahuatl Sprechenden aus dem Westen schon begonnen. Sie hatten ihre Sprache mitgebracht und trieben einen »Nahuatl-Keil«, wie die Anthropologen sagen, in dieses alte Olmekenland. Klar ist aber auch, daß die Dorfbewohner in Jaltipan weiterhin ihre eigene Sprache benutzten und an ihr festhielten, obwohl die Einwanderer einen verächtlichen Namen dafür prägten: *Popoluca,* das ist das Nahuatl-Wort für »Plappern«. Das Plappern der Fremden, eine barbarische Mundart.

Kein Zeugnis, nur der verächtliche Name, den die Eindringlinge dieser alten Sprache gaben, ist bis heute erhalten geblieben, wie zur Erinnerung an die Geringschätzung, die sie ihrer neuen Heimat auf dem Isthmus entgegenbrachten. Die Sprache Popoluca hatte in den Augen der Einwanderer keinen Stellenwert, aber sie war seit langem auf dem Isthmus heimisch, und ihre Wurzeln sind sehr alt. Sie gehört zur Zoque-Sprachgruppe. Womöglich war sie einst die Sprache der Olmeken. War sie auch Malinches Muttersprache? Hat Malinche Nahuatl als erste Fremdsprache gelernt, entweder in Jaltipan oder später an einem der Orte, durch die sie kam?

Dies sind keine müßigen Fragen. Wenn wir Antworten darauf hätten, würden wir etwas von Malinches kultureller Identität begreifen. Zum Beispiel könnten sie uns verraten, ob Malinche zu den neuen Einwanderern aus dem Westen gehörte oder zu einer der alteingesessenen Familien auf dem Isthmus. Aber Bernal Díaz erwähnt Popoluca nicht, wenn er Malinches Sprachkenntnisse aufzählt.

Das ist nicht verwunderlich. Wenn wir uns mit Malinche beschäftigen, sehen wir nur das, was Männer wie Bernal

Díaz gesehen haben, hören nur, was sie gehört haben, und lesen nur, was sie für berichtenswert hielten. Ganz gleich, wie viele indianische Sprachen Malinche beherrschte, für Díaz war nur Nahuatl wichtig. Deshalb mußte in seinem Augenzeugenbericht auch nur ihre Kenntnis dieser Sprache festgehalten werden.

Als ich Luis de Cuesta über den Platz kommen sah, war es immer noch früh. Er setzte sich neben mich auf die Steinbank. »So«, sagte er gelassen, »nun haben Sie Jaltipan doch noch gesehen.«

Ich hatte Luis am Tag zuvor im Nachbarort Acayucan kennengelernt; dort arbeitete er im Tourismusbüro. Er hatte mich auf die Geschichte von Paynala und Jaltipan aufmerksam gemacht. Wie ich war er auf dem Isthmus Außenseiter, und wie ich interessierte er sich für Malinche. Wir hatten uns hier auf dem Platz verabredet, weil er mir ihren Garten zeigen wollte.

»Sehen Sie die Bäume dort?« fragte er und zeigte auf einen dunklen Umriß von Blattwerk, den man hinter dem Gemeindehaus gerade noch erkennen konnte. »Da ist der Garten.«

Wir traten aus dem Schatten in die gleißende Hitze und gingen auf den Grabhügel zu, erreichten ihn, drangen durch ein dahinterliegendes dichtes Gebüsch und traten dann in eine schattengesprenkelte lichte Welt aus üppig wuchernden Schößlingen, Kapokbäumen, ausladenden Feigen, Zapoten und Palmen. Der Garten lag nur ein paar Meter seitlich der Straße, aber kein Wegweiser führte zu ihm, er war ganz verborgen und namenlos. Ohne Luis hätte ich ihn nie gefunden.

Die Stelle, an der wir standen, befand sich auf gleicher Höhe mit der Straße hinter uns, aber dann fiel der Boden plötzlich ab zu einem tiefer gelegenen Rechteck ungefähr von der Größe der alten Ballspielplätze, die man in den Maya-Tempelanlagen weiter im Süden sieht. Vorsichtig gingen wir über Steinstufen hinunter zu dieser zweiten Ebene, Insekten umsummten uns, und wir blickten hinauf und hinüber zu den alten Steinmauern von Malinches Garten.

Das Gras unter unseren Füßen war sorgsam gemäht, Steinsitze rahmten den Platz ein, ein steinerner Aquädukt senkte sich von der Straße herab. Der Garten hätte sich in der erstickenden Hitze dieser Gegend angeboten als kühler Zufluchtsort, aber Luis sagte, die Dorfleute benutzten ihn kaum, obwohl sie ihn sorgfältig in Ordnung hielten. Nie komme jemand hierher, erzählte er mir. Den Leuten sei es lieber, alles im hellen Licht der Straßen oberhalb des Gartens zu sehen und dort gesehen zu werden.

»Kann es je ihr Garten gewesen sein?« fragte ich Luis.

»Ich glaube nicht«, antwortete er. »Jedenfalls nicht in seiner jetzigen Gestalt. Diese Anlage entstand im frühen achtzehnten Jahrhundert.«

Ich rechnete und sagte: »Also zweihundert Jahre nach ihrem Tod.«

Er nickte. »Aber etwas von ihr muß der Ort ausstrahlen, eine Spur ihres Lebens hier wird sich erhalten haben, das glaube ich bestimmt.«

Als ich Luis bat, mir zu erzählen, was er von Malinche wisse, gab er wieder die übliche, mir inzwischen wohlbekannte Geschichte zum besten, und in den Ästen über unseren Köpfen raschelten die Loris. Er redete von ihrer Kindheit im Exil bei den Maya, von ihrer Schönheit und ihrem Mut, von ihrer Liaison mit Hernán Cortés, erzählte, wie sie die Spanier zu Moctezuma geführt und den Niedergang des Aztekenreiches verschuldet habe.

Er streckte die Hand aus und strich über den glatten Stamm der Palme, unter der wir saßen. »Seltsam«, sagte er, »bevor ich in diese Gegend gezogen bin, war sie für mich keine lebendige Frau, sondern eher so etwas wie ein Phantasiegebilde, ein Phantom.« Am Tag zuvor hatte er mir erzählt, daß er aus Chiapas, dem Nachbarstaat, komme und daß seine Vorfahren Maya seien. Das konnte man an seinem ovalen Gesicht, der Hakennase, den dunklen Augen sehen.

»Aber hier ist sie so real. Auch wenn sie eine widerspenstige Tochter ist.«

Eine Weile saßen wir schweigend da.

»Haben Sie schon von den Malinche-Tänzen gehört?« fragte er mich dann. Das bejahte ich. Er erzählte weiter:

»In meiner Kinderzeit führten wir in meinem Dorf in Chiapas jedes Jahr einen Malinche-Tanz auf. Ich dachte, das sei nur unser Brauch. Ich hatte keine Ahnung, daß die Tänze so weit verbreitet sind.«

Ich bestätigte es: »Ja, in ganz Mexiko tanzt man sie, auch an Orten, wo Malinche nie gewesen ist, in ihrem ganzen Leben nicht gesehen wurde. Sogar ganz im Norden, in Arizona. Malinches Geschichte muß sich überall herumgesprochen haben, ist offenbar bis in den letzten Winkel, in jedes Dorf und jede Stadt gedrungen, vom äußersten Norden bis zum tiefsten Süden.«

Ich fragte ihn nach dem Malinche-Tanz hier in seinem Heimatgebiet auf dem Isthmus.

»Die Leute hier führen ihn jedes Jahr auf, zusammen mit den andern Dörflern aus Olutla, Texixtepec, Sayula de Aleman. Wochenlang bereiten sie alles vor, die Kostüme, die Blumen, und dann, an Namenstag der Maria Magdalena, geht es los.«

»Maria Magdalena, wie passend.«

»Ja«, sagte er, bedächtig nickend, »sehr passend für eine solche Frau. Aber in den Malinche-Tänzen hier in der Gegend ist sie keine Verräterin wie in manchen anderen Orten. Hier ist sie mehr eine Prophetin, eine Seherin. Ihre Rolle ist es, Moctezuma vor dem Kommenden zu warnen. Sie sagt seinen Untergang voraus, aber sie wirkt nicht mit bei seiner Zerstörung.«

»Das ist eine ganz unübliche Auffassung von ihrer Rolle«, sagte ich.

»Ja. Aber außer dem Tanz und diesen Erinnerungen, diesen Schatten, gibt es hier in Jaltipan keine greifbaren Beweise mehr, daß sie je anwesend war. Das sehen Sie ja.«

»So ist es überall in Mexiko«, erklärte ich ihm. »Spuren von Malinche suchen ... das ist, als ob man eine unsichtbare Frau finden will, einer Geisterspur folgt. Jeder kennt ihren Namen, aber niemand weiß, wer sie wirklich war.«

Eine kleine schwarze Eidechse stand, in prekärem Gleichgewicht erstarrt, am Rand des Aquäduktes. »Aber trotzdem, daß diese Erinnerungen, diese inoffiziellen Geschichten, die Sagen, sich erhalten haben, ... das finde ich, schon für sich genommen, ein wichtiges Faktum.«

Er nickte. »Ja, und ich glaube, Sie werden feststellen, daß die Unterschiede zwischen den offiziellen und den inoffiziellen Versionen von Malinches Geschichte erstaunlich sind.« Diese Worte sollten mir in den kommenden Tagen und Nächten noch oft in den Ohren klingen.

Wir gingen langsam zurück zum östlichen Ende von Malinches Garten und fanden die bemoosten Stufen, die zur Straße hinauf und in die blendende Helle über uns führten. Ich kündigte Luis an, daß ich gegen Abend, wenn ich wieder in Acayucan sei, nach ihm Ausschau halten würde.

Plötzlich fiel mir etwas ein: »Luis, spricht hier in Jaltipan noch jemand Popoluca?«

Er blieb stehen und schüttelte den Kopf.

»Soviel ich weiß, können nur noch ein paar hundert Leute die Sprache«, sagte er. »In der Gegend um Olutla und Texixtepec. In Jaltipan versteht niemand mehr Popoluca. Im Kulturzentrum in Acayucan gibt es ab und zu Sprachkurse, aber, ehrlich gesagt, ich glaube, Popoluca stirbt aus.

Zu wenige Menschen sprechen es noch, und sie sind alle alt.«

Ich nickte und winkte, als er über die Straße zur Kirche ging. Dann zog ich mich wieder in den Schatten auf dem Platz zurück, saß fast eine Stunde lang im Zentrum dieses friedlichen Dorfes, brütete über meiner Karte von Jaltipan und trank das Wasser aus meiner mitgebrachten Flasche bis zum letzten Tropfen.

Bernal Díaz schreibt in seinen Erinnerungen, Malinche sei sehr jung gewesen, ein Kind noch, als sie Jaltipan verließ. Wie alt sie genau war, sagt er nicht. Aber er berichtet, sie habe ihm erzählt, daß »die Männer aus Xicalango« sie aus ihrer Heimatstadt auf dem Isthmus weggeholt hätten.

Xicalango. Einst ein wichtiger Handels- und Umschlagplatz im Westen an der Golfküste Yucatáns. Kosmopolitisch, berühmt als Anziehungspunkt für Kaufleute, die von weither kamen, von Süden aus dem heutigen Honduras und El Salvador und von Norden aus Tenochtitlán, der Hauptstadt des Aztekenreiches. Daß Malinche diese Kaufleute »die Männer aus Xicalango« nannte, sagt wenig über ihre kulturelle Identität aus. Wer immer sie waren, sie nahmen das Kind oder das junge Mädchen mit nach Osten, nach Xicalango, und dort muß sie den berühmten Handelshafen mit seinen riesigen steinernen Lagerhäusern und Holzschuppen an den geschützten Ufern einer großen Lagune zum erstenmal gesehen haben.

Wir wissen nicht, wie lange sie dort blieb. Vielleicht nur Tage oder Wochen, vielleicht auch länger. Irgendwann wurde sie wahrscheinlich weiterverkauft, an einen namenlosen Käufer, der sie an der Golfküste entlang weiter nach Osten mitnahm bis nach Potonchan, einer Maya-Stadt; dort begann sie ein neues Leben als allein gelassenes, versklavtes

Kind in einer fremden Stadt mit einer fremden unverständlichen Sprache.

Von Malinches Zeit in Potonchan weiß man wenig, aber als Hernán Cortés einige Jahre später Informationen über diese Stadt sammelte, wurde ihm berichtet, daß vor der Conquista dort viele reiche Herren gelebt hatten, die sich zahlreiche Ehefrauen und Konkubinen hielten. Wenn das stimmte, dann ist es wahrscheinlich, daß Malinche in ihren frühen Jahren zum Haushalt eines dieser reichen Bürger gehörte, zunächst lernte, die schönen Stoffe zu weben, für die diese Gegend berühmt war, und später dann, als sie das passende Alter erreicht hatte, also etwa mit vierzehn Jahren, Konkubine wurde.

Soweit wir wissen, sprach sie nie von ihren verlorenen Jahren bei den Maya, oder falls sie es getan hat, sind ihre Worte nicht überliefert. Aber in Potonchan wurde sie erwachsen und lernte die Sprache der Maya, und sie war dort, als die Spanier 1519 kamen. So wurde sie von der Invasion eingeholt.

Nach Bernal Díaz' Meinung gehörten Malinches Eltern zum Adel ihrer Provinz und herrschten als Kaziken in Paynala. Malinche nannte er »eine Gebieterin über Land und Leute«. Er glaubte auch, die eigene Mutter habe Malinche an die Männer aus Xicalango verkauft, um ihrem Sohn, den sie sehr liebte, die Ländereien und Titel zu sichern, auf die Malinche das erste Anrecht hatte. Nach Díaz' Angaben war der Verkauf Teil eines raffinierten Komplotts, zu dem die Ermordung und Beerdigung eines jungen Sklaven im Haushalt gehörte, wie auch die Verbreitung des Gerüchts, daß Malinche gestorben sei. Als man im Dorf über ihren Tod trauerte, war sie, so berichtet Díaz, in Wahrheit auf dem Weg nach Xicalango.

Er betont, diese Geschichte habe ihm Malinche selbst erzählt, und die biblische Härte des Geschehnisses bewegte ihn so, daß er sich an die Episode im Ersten Buch Mose erinnert fühlte, die erzählt, wie Joseph von seinen Brüdern nach Ägypten in die Sklaverei verkauft wurde. Aber was können wir damit anfangen, jetzt, fünfhundert Jahre danach? Wie sollen wir dieses traurige Ereignis aus Malinches früher Zeit verstehen?

Ein Kind, gar das eigene Kind zu verkaufen, scheint uns vollkommen abwegig zu sein, ganz undenkbar, unvorstellbar, und doch wissen wir, daß es noch heute in Teilen der Welt vorkommt. Wir wissen, daß Familien ihre Kinder verkaufen in abgesprochene Ehen, zur Kinderarbeit in Fabriken, daß sie der Kinderprostitution, der Kinderpornographie zustimmen.

Malinches Geschichte ist im Umkreis ihrer Indio-Welt des sechzehnten Jahrhunderts ebenso beklemmend glaubhaft wie in unserer heutigen. Wir wissen, daß es zu ihrer Zeit und an ihrem Ort nicht ungewöhnlich war, Kinder zum Zweck der Sklaverei oder der Opferung zu verkaufen. Wir wissen auch, daß damals viele mesoamerikanische Kulturen polygame Familienstrukturen hatten und daß die Kinder, die am ehesten verkauft wurden, aus der zahlreichen Nachkommenschaft der zweiten Ehefrauen und der Konkubinen stammten.

Möglicherweise war Malinches Mutter eine Frau in untergeordneter Stellung, deren Status in der Familienhierarchie ihr verwehrte, ihr Kind vor den Launen des Patriarchen zu schützen. Oder aber sie gehörte, wie Díaz glaubte, zum lokalen Adel und war so rücksichtslos entschlossen, ihrem Sohn Rang und Erbe zu sichern, daß sie die eigene Tochter an Sklavenhändler verkaufte, um sie los zu sein.

Wir wissen nur, daß diese seltsame Frau im Jahr 1525, als eine kurze Wiederbegegnung zwischen Mutter und Tochter stattfand, den Namen »Marta« trug. Wie ihre Tochter hatte auch sie ihren indianischen Namen an die neue Religion verloren. Wir wissen außerdem, daß Marta bei dieser flüchtigen Wiederbegegnung von ihrem Sohn begleitet wurde und daß er inzwischen »Lázaro« hieß. Darüber hinaus ist nichts ans Licht gekommen, was das Verhalten dieser Frau gegen die Tochter erklären oder verdeutlichen könnte.

Bernal Díaz berichtet, nach der Conquista habe er Lázaro näher kennengelernt. Er bezeichnet ihn als Kaziken, als Häuptling oder Fürsten im Bezirk Coatzocoalcos, und dies spricht für seine Behauptung, daß Malinche Kind einer Adelsfamilie gewesen sei. Es ist auch einer der seltenen Momente in Malinches Geschichte, die uns einen lebendigen Eindruck von ihr verschaffen – sie wird greifbarer, wenn wir wissen, daß sie einen Bruder hatte und daß Bernal Díaz ihn kannte.

Wir mögen uns voll Zweifel fragen, welche Motive hinter dieser bitteren Geschichte von dynastischen Ränken und Erbschwindel stecken, Díaz jedoch hatte keinerlei Bedenken. Als er vierzig Jahre nach dem Ereignis seine Erinnerungen niederschrieb, betonte er nachdrücklich, daß diese Geschichte wahr sei. »Was ich hier aufgezeichnet habe«, schrieb er, »weiß ich gewiß, das kann ich beschwören.«

Da ist noch eine andere Geschichte. Wenn es um Malinche geht, gibt es immer noch eine andere Geschichte. In diesem Fall handelt es sich um das Gerücht, daß die Familie sie wegen ihres Namens verstoßen habe. Bernal Díaz spielt nicht darauf an, hat es vielleicht auch nie gehört, aber von Zeit zu Zeit kommt es an die Oberfläche. Wie die Vermutungen um Paynala und Jaltipan gehört es zur mündlichen Überlieferung und zur indianischen Seite ihrer Sage.

Nach dieser Überlieferung hieß sie ursprünglich Malinalli. Das war der Name für den zwölften Tag des aztekischen Kalenders. Es ist der Name eines Grases, das, eng zusammengerollt, so nadelspitz wird, daß man sich damit die Zunge durchbohren kann – ein Akt der Buße. Darstellungen dieser Selbstbestrafung oder Opferung kann man heute noch auf Friesen der Maya-Tempel im Süden sehen.

Vierzig Jahre nach der Conquista begann eine Gruppe junger aztekischer Gelehrter unter der Anleitung des großen Ethnologen Bernardino de Sahagun, eines Franziskaners, mit der Aufzeichnung der Geschichte und Kultur der Azteken; daraus entstand eine Folge berühmter Bücher, bekannt als Florentiner Codex.

Diese frühen Anthropologen berichteten alles, was sie wußten, in enzyklopädischer Detailliertheit und in ihrer eigenen Sprache, Nahuatl, die in lateinischer Umschrift aufgezeichnet wurde. Dazu gehörte auch ein ausführlicher Bericht über Namensgebung und die Bedeutung von Kindernamen; der Name »Malinalli« bedeutet laut Bericht »wie ein wildes Tier«. Die unter dem Zeichen dieses Namens geborenen Kinder würden schwierig, glücklos, rebellisch werden, und, schlimmer noch, ihre eigenen Kinder würden ihnen entrissen.

Ein unentrinnbares Schicksal, und im Rückblick liest es sich wie ein Porträt Malinches. Zeit ihres Lebens hatte sie alle die aufgezählten Eigenschaften im Übermaß. Sogar der letzte Teil dieses Fluches könnte sich für sie bitter bewahrheitet haben. Aber kann Malinche tatsächlich ursprünglich den Namen »Malinalli« mit seinen erschreckend zutreffenden Konnotationen getragen haben? Die allegorische Schönheit dieser Geschichte und ihre impliziten Aussagen über Schicksal und Bestimmung sind mir wohl bewußt, aber ganz überzeugend finde ich sie nicht.

Es stimmt, daß viele mesoamerikanische Kulturen vor der Ankunft der Spanier großes Vertrauen in die metaphysische Macht von Namen setzten. Kindern Namen zu geben war für sie nie eine einfache oder willkürliche Angelegenheit. Es war eine Aufgabe, die ausschließlich Priestern zufiel, denn sie verstanden sich auf die rituellen Kalender. Nach allem, was wir wissen, trug Malinche in ihrer Kinderzeit den unter einem Unstern stehenden Namen Malinalli wie ein Unglück bringendes Amulett, und vielleicht ist er wirklich die Erklärung dafür, daß ihre Familie sie verstieß.

Aber dieses Fragment ihrer Geschichte tauchte erst viele Jahre nach ihrem Tod auf, kursierte in Gegenden, die weit von ihrem Geburtsort entfernt sind, unter Leuten, die sie nicht gekannt hatten, und wahrscheinlich ist es eher apokryph als an Tatsachen orientiert, ein Konstrukt unter dem Einfluß der Conquista. Malinalli samt seiner erdrückenden semantischen Last und seiner phonetischen Ähnlichkeit mit ihrem spanischen Namen Marina muß als Bezeichnung für eine Frau wie Malinche peinlich genau passend gewirkt haben.

Wir haben nur diese beiden unterschiedlichen und melancholischen Erklärungen für Malinches Verstoßung aus der Familie: Díaz' Geschichte und die Namenssage. Beide können ihre eigene Wahrheit haben, keine ist eindeutig auszuschließen, beide gehören zu der für alle Zeiten mehrdeutigen Erzählung von ihrem Leben.

Es war schon nach elf Uhr, da kam langsam und schweigend eine Prozession aus der Kirche von Jaltipan. Ich klappte mein Notizbuch zu, als zwei Männer einen kleinen blumengeschmückten Sarg auf die Pritsche eines Lastwagens hoben, und einen Augenblick lang glaubte ich, Luis in der Menge zu sehen. Die Trauernden entfalteten die Fahne der Madonna von Guadalupe, und das Fahrzeug fuhr an. Der Zug der Trauernden setzte sich in Bewegung, mit gesenkten Köpfen, leise Gebete murmelnd, gingen sie hinter dem Sarg des Kindes die Hauptstraße hinunter zum Dorffriedhof.

Fern im Norden, in seinem Heimatstaat Sonora, war der ermordete Präsidentschaftskandidat mit viel Pomp zu Grabe getragen worden. In Mexiko-Stadt hatten die Anschuldigungen begonnen und gleichzeitig eine unpassende Rangelei um den freigewordenen Posten des Präsidentschaftskandidaten. Aber alle diese eitlen Tricks der Politiker schienen an jenem Morgen im abgelegenen Jaltipan unerheblich und belanglos.

Ich dachte an Malinches Kinderreise von hier in das Leben als Sklavin bei den Maya. Kein Augenzeugenbericht von ihrem Aufbruch ist überliefert, aber wenn jemand ihr Fortgehen beobachtet hätte, ihre Mutter vielleicht oder ein treuer Sklave der Familie, dann wäre zu sehen gewesen, daß eine langsame Karawane Jaltipan verließ, an der Spitze prunkvoll gekleidete Fernhändler mit schönen schwarzen Stöcken, dem Wahrzeichen ihres Berufs. Diesen wichtigen Männern folgen Diener, die Bündel mit Stoffen, Kupferwerkzeugen, gefärbten Kaninchenfellen, Jade und Türkisen auf dem Rücken tragen. Zwischen den Trägern und den Kaufherren geht ein kleines Mädchen. Es ist vielleicht nicht das einzige Kind in der kostbaren Fracht der Kaufleute, aber es ist unverwechselbar und einzigartig, denn eines Tages wird man sich an dieses Kind erinnern, an Malinche. Läßt sie den Kopf hängen, oder geht sie mit erhobenem Haupt? Sind ihr die Hände zusammengebunden, oder hat das Entsetzen über das, was ihr geschieht, ihren Widerstand genügend gelähmt? Woran denkt sie auf ihrem Weg ins Exil? Hat sie Sehnsucht nach der Mutter, die sie freiwillig weggegeben hat, wie die Tochter glaubt?

Ich stand auf und packte meine Sachen zusammen, ging dann auf dem schattigen Fußweg zur anderen Seite des Marktplatzes und wartete auf einen Bus, der mich aus Jaltipan wegbringen sollte.

Exil

Ich übernachtete in Acayucan, der Nachbarstadt, hielt mich aber dort nicht länger auf, obwohl die Häßlichkeit des Ortes Charme hatte und am Abend wundersamerweise eine Brise aufkam und über den Isthmus wehte. Ich wollte Malinches Weg ostwärts nach Potonchan und Xicalango folgen, obwohl mir klar war, daß beide Orte schon lange nicht mehr existierten. Ich nahm einen Bus in die stickige rauhe Stadt Villahermosa, im anthropologischen Museum dort wollte ich Nachforschungen anstellen.

Die Museumsangestellte am Empfang sagte stirnrunzelnd: »Palenque, meinen Sie wohl.«

»Nein, Potonchan«, entgegnete ich. »Der Ort lag von hier aus gesehen flußabwärts irgendwo in der Nähe von Frontera, glaube ich.«

Aber die Angestellte hatte den Namen Potonchan noch nie gehört. Sie zuckte die Achseln, wandte sich wieder ihrer Arbeit zu und überließ es mir, die auf dem Pult ausliegenden archäologischen Lagepläne durchzusehen. Tatsächlich fand ich einen, der die Stelle, an der Potonchan einstmals lag, mit einem winzigen Dreieck bezeichnete.

Triumphierend hielt ich ihr das Papier hin, aber sie blieb ganz ungerührt. An Potonchan erinnert sich niemand mehr. Hochragende Pyramiden wie das berühmte Chichén Itzá, wie Palenque oder Tikal hatte es nicht zu bieten. Potonchan war ein viel weltlicherer Ort, ein Handelsplatz, der wenig mit feierlichen Ritualen zu tun hatte.

Draußen vor dem Museum sah ich unter einem bedeckten Himmel auf den mächtigen Fluß Grijalva, der sich langsam und unaufhaltsam der Küste entgegenwälzte. Ich wußte, daß die Stelle, an der Potonchan einst war, in der Nähe von Frontera liegen mußte, wo der Fluß in den Golf von Mexiko mündete.

Ich ging den Treidelpfad entlang, der vom Museum ins Zentrum von Hermosa führt, vorbei an glimmendem Müll durch den beißendem Qualm, der schwer in der unbewegten Luft hing. Vom Fenster im zweiten Stock eines Hauses kommentierten Schüler die Vorbeigehenden mit lauten Rufen. Das Stadtzentrum wimmelte von Menschen. Ich wollte fort aus dieser Stadt.

Am Abend sollte es Tumulte in Villahermosa geben. Aber zunächst fand eine Tanzveranstaltung auf der Plaza statt. Aus riesigen Lautsprechern in den Ästen zweier alter Kapokbäume schallten hektische Mamboklänge, deren pulsierender Rhythmus den Weg von der Karibik hierher gefunden hatte. Derweil stand ein Funktionär der örtlichen Colosio-Partei bereit, seine Ansprache an die Menge zu halten.

Die neuen Wahlkampfplakate der Partei hingen jetzt schon im ganzen Land. Die wohlbekannte Abkürzung PRI prangte in grellen Buchstaben quer über der mexikanischen Trikolore, neben einem einzigen dramatischen Wort: »Colosio!« Die Plakate waren mit einer für Mexiko ganz unerhörten Geschwindigkeit bereits einen Tag nach seiner Ermordung aufgetaucht.

Dieser Schachzug half der Partei nichts. »Die machen alles nur, damit sie gewinnen«, erklärten mir die Leute. »Sechzig Jahre lang immer an der Regierung, aber jetzt werden sie verlieren, das wissen sie. Warten Sie nur, Sie werden schon sehen. Die benutzen Colosios Tod zum Stimmenfang.«

Aber ich war trotzdem sehr überrascht, als der Parteifunktionär mit seiner Rede anfing und die Menge ihn mit höhnischen Protesten unterbrach. »Colosio«, skandierten sie im Chor, »Colosio! PRI, Mörder von Colosio!« Vom Augenblick seines Todes an waren Verschwörungstheorien im

Übermaß entstanden, aber diese hier, die seine eigene Partei beschuldigte, ihn ermordet zu haben, hörte ich jetzt zum erstenmal.

Der Funktionär kam gegen den Lärm nicht an, er konnte nicht mit seiner Ansprache beginnen. Ich beobachtete die Szene mehrere ohrenbetäubende Minuten lang, gab dann auf und ging weit weg von den Lautsprechern. Der Sprechchor lärmte weiter, und die Parteifunktionäre, die neben mir am Rand der Menge standen, murmelten besorgt.

Als es anfing zu regnen, verließ ich die Plaza. Ich nahm mir ein Taxi zum Busbahnhof, um dort eine Fahrkarte für den nächsten Morgen zu kaufen, und sah, daß die Busse nach Chiapas, wo die Maya-Aufstände fortdauerten, von bewaffneter Polizei kontrolliert wurden. Ich hatte schöne Erinnerungen an Orte im Zentrum der Unruhen. Zwanzig Jahre zuvor hatte ich viele beschauliche Monate dort zugebracht, aber ich war erleichtert, daß mein Ziel diesmal in anderer Richtung lag.

Die Straße nach Frontera war gesäumt mit üppigen Bananen- und Kakaoplantagen, und unterwegs sah ich Streudörfer und Straßenstände. Im Bus hörte ich, wie sich hinter mir ein Mann und eine Frau in einem altertümlichen germanischen Idiom unterhielten. Ich drehte mich um, konnte aber nicht sehen, wer die beiden waren, der Bus war zu voll.

Bevor wir in Frontera ankamen, bewegten sie sich jedoch zum Vorderausgang; immer noch ins Gespräch vertieft, schoben sie sich vorsichtig an den im Gang stehenden Mitfahrern vorbei, und ich sah sofort an ihren Kleidern, daß sie Mennoniten waren. Wie hatte ich die Präsenz dieser Europäer in der Region nur vergessen können?

Vor vielen Jahren, als ich zum erstenmal in Mexiko war, hatte ich in einer Stadt nicht weit von hier andere Mennoniten gesehen. Mit ihren altertümlichen Kutschen waren sie in die Stadt gerattert, die Männer mit Strohhüten und blauen Overalls, die Frauen mit Schutenhüten und züchtigen Schürzen über den langen verblichenen Gewändern. Sie hatten sich entschieden, als Stamm rosiger Riesen in einer Welt kupferbrauner Liliputaner zu leben, in der sie beliebt und geachtet waren. Merkwürdig, daß diese gläubigen Protestanten so weit von ihrer Heimat entfernt, ausgerechnet im katholischen Mexiko, die ersehnte Zuflucht gefunden hatten. Sie waren wie die Amish Abkömmlinge der Anabaptisten des sechzehnten Jahrhunderts. Wie die Amish waren sie im siebzehnten Jahrhundert aus Europa geflohen, um religiöser Verfolgung zu entgehen.

Ich sah zu, wie sie umständlich aus dem Bus kletterten und ihre sorgfältig verschnürten Päckchen mit sommersprossigen Händen umklammerten. Der Mann überragte die Leute im Dorf so deutlich, daß ich ihn auf seinem Weg über die Dorfstraße noch eine ganze Weile im Blick behielt, bis er in der Ferne um eine Ecke bog und ich seinen Strohhut aus den Augen verlor.

Ich stieg in Frontera nicht aus, sondern fuhr weiter zu der Stelle, an der früher Xicalango gestanden hatte. Der Bus ratterte ostwärts, auf einer schmalen Fernstraße zwischen den Wassern des Golfs von Mexiko und der Laguna de Pom, aus dem Radio tönte lautstark eine feurige Salsa. In diesem abgelegenen Winkel Mexikos fühlte ich mich Havanna näher als Mexiko-Stadt.

Als ich den Busfahrer bat, mich gleich hinter dem Dorf Atasta aussteigen zu lassen, machte er ein besorgtes Gesicht. »Ich bin Archäologin, Señor«, schwindelte ich, und das war Erklärung genug. Er sagte mir, der nächste Bus zurück nach Frontera führe in zwei Stunden. Das ließ mir gerade genug Zeit für mein Vorhaben.

In dieser entlegenen östlichen Ecke Mexikos deutet nicht das geringste darauf hin, daß hier einst Xicalango lag. Nichts läßt mehr vermuten, daß in der Zeit vor der Ankunft der Spanier Fernhändler aus ganz Mesoamerika hierher an die Ufer der Lagune reisten. Sie kamen, um Tauschgeschäfte zu machen mit Jaguar- und Ozelotfellen, Gold- und Kupferschmuck, Kopalharz für Weihrauch, Topas-, Jade- und Türkis-Unterlippenringen, Schokolade, kostbaren Quetzalfedern und Sklavinnen wie Malinche.

Die Fernhändler sprachen eine Vielzahl von Sprachen, und unter normalen Umständen hätten unzählige politische und kulturelle Feindschaften trennend zwischen ihnen gestanden, aber in Xicalango führte das gemeinsame Interesse am Handeltreiben sie zusammen und ermöglichte freien Austausch. Xicalango war das Samarkand Amerikas. Das änderte sich mit der Conquista unwiderruflich. Die großen Handels-Pilgerfahrten kamen zum Erliegen, obschon die Stadt Xicalango sich noch eine Weile lang hielt. Dann brachen die Seuchen aus, und bald grasten nur noch Herden verwilderter Rinder zwischen den leeren steinernen Lagerhäusern und eingestürzten Molen.

Im frühen siebzehnten Jahrhundert war Xicalango noch einmal eine bewohnte Stadt; in dieser Zeit wurde es zur Zwischenstation für französische und englische Piraten aus der Karibik und später Camp für englische Holzfäller aus Jamaika mit ihren afrikanischen Sklaven. Sie nannten Xicalango »Beef Island«, und der Fluß Palizada hieß bei ihnen »Longwood Creek« – sehr nüchterne pragmatische Namen für einen so wunderbaren Ort. Der Sage nach kam eines Tages ein Schiff aus Neuengland mit zwanzig gefangenen Irokesen oder Delaware-Indianern an Bord; sie entkamen ins Hinterland, taten sich mit Maya-Frauen zusammen und blieben. Ende des achtzehnten Jahrhunderts war Xicalango wieder ausgestorben und verlassen.

Ich breitete meine Landkarte auf der Erde aus und fand den Fluß Palizada. Ich zeichnete seine dünne blaue Linie mit dem Finger nach, von der Stelle an, wo er von dem größeren Usumacinta abzweigt, der in Mäandern aus Guatemala kommt. Auf diesem Weg müssen die Händler Malinche transportiert haben. Sie werden mit ihren Kanus leise über den Strom geglitten sein; das Filigranwerk aus Flußläufen und Mündungsgebieten, das ich jetzt auf der Karte mit dem Finger verfolgte, haben sie auf ihrer Reise passiert, bis sie hierher, nach Xicalango, kamen.

Ungefähr zweihundertundfünfzig Kilometer lagen zwischen Jaltipan und diesem geschützten Ort. Ich hatte die Strecke in wenigen Stunden zurückgelegt, im Mexiko des sechzehnten Jahrhunderts bedeutete der Weg eine Reise in eine andere Welt. Am Straßenrand sitzend sah ich zu, wie die Wasservögel ins Schilf stolzierten und ein Krabbenfischer sein Netz leise durch das stille Wasser der Lagune zog.

Wieder in Frontera, schaute ich über den Grijalva hinüber zu den leeren Mangrovenwäldern an dem Ort, an dem einst Potonchan gestanden hatte. Wie Xicalango hat es keinerlei Spuren hinterlassen, nichts mehr von ihm ist zu sehen. Nicht einmal der Name hat überdauert.

Potonchan war einst ein reiches Handelszentrum, aber ausschließlich an die Maya-Welt gebunden, und deshalb war sein Einzugsbereich kleiner als der seiner kosmopolitischen Nachbarstadt auf der Laguna de Pom. Auch Potonchan hielt sich nach der Conquista noch eine Weile, unter neuem Namen – es hieß nun Santa María de la Victoria –, bis eine Seuche nach der anderen die unglücklichen Einwohner heimsuchte. Später schrieb ein Franziskaner: »Eine Pestilenz kam über sie, sie wurden von großen Beulen befallen, und ihre Leiber verfaulten mit großem Gestank.«

Als Seeräuber kamen, um das Werk zu vollenden, das die Seuchen begonnen hatten, war die Stadt ausgestorben. Aber noch nicht ein für allemal. Mehrere Versuche zur Wiederbesiedelung wurden unternommen, sie scheiterten jedoch alle, und die kleinen Kirchen und Häuser, die man mit so viel Optimismus aufgebaut hatte, lagen bald in Ruinen. Die letzte neue Siedlung hieß Dolores, ein passender Name für einen Ort, der so viel erlitten hatte.

1518 war Malinches letztes Jahr in Potonchan. In diesem Jahr endete auch die verwunderliche siebenundzwanzigjährige Pause zwischen Kolumbus' Landung auf den karibischen Inseln 1492 und Cortés' Invasion des Festlandes 1519. Die Maya, bei denen Malinche lebte, müssen gewußt haben, daß sich kaum 200 Kilometer östlich von ihrem Land auf Inseln der Karibik, seltsame Fremde aufhielten. 1502 waren Maya-Handelsleute mit Kolumbus selbst zusammengetroffen, als dieser auf dem Weg rund um den Golf von Honduras war. Neun Jahre danach, 1511, waren ein paar spanische Schiffbrüchige, Überlebende eines Schiffsuntergangs in der Nähe von Jamaica, an eine Küste im Maya-Gebiet gespült worden.

Aber trotz dieser frühen Begegnungen und gelegentlichen fremdländischen Aktivitäten auf den Inseln ging das Leben auf dem Festland, soweit wir wissen, ungestört seinen Gang wie seit Jahrtausenden schon. Das Wort »Amerika«, das uns so selbstverständlich ist, mußte damals erst noch erfunden werden. Wenn die verschiedenen Völker dieser komplexen alten Welt, der Welt Malinches, einen Sammelnamen für sich hatten, dann sollte er bald danach durch Kolumbus' berühmte, auf einem Irrtum beruhende Bezeichnung »Inder« oder Indianer ausgelöscht werden.

Im Jahr 1518 segelte ein Zeitgenosse von Cortés mit einer kleinen Flotte von Kuba aus zur Erkundung der Festlandküste, von der es noch kaum Karten gab. Dieser Mann hieß

Juan de Grijalva. Er erreichte die Kette friedlicher Lagunen, in deren Schutz Xicalango verborgen war, überholte seine Schiffe und sah sich ein wenig um, entdeckte aber den Handelshafen nicht, der sich an den Ufern der abgelegeneren Laguna de Pom ausbreitete.

Als er jedoch weiter an der Küste entlangsegelte, entdeckte er Potonchan. Der Schiffskaplan, ein Mann namens Juan Díaz, schrieb auf, was die Spanier dort erlebten, sein Bericht ist erhalten geblieben – die einzige Quelle, die uns wenigstens einen flüchtigen Eindruck von Potonchan vor seinem rapiden, schmerzlichen Niedergang vermittelt.

Am 8. Juni erreichte Grijalvas Flotte die Mündung des mächtigen Flusses, der noch heute seinen Namen trägt. Die Versorgung mit Frischwasser war während der ganzen Reise ein Problem gewesen, und sie berichteten voll Freude, daß der Fluß sich so machtvoll ins Meer ergoß, daß »wir noch fast sechs Meilen von der Küste entfernt aus der See Trinkwasser schöpfen konnten«. Von Bord aus konnten sie gerade noch die Umrisse einer vornehmen Stadt ausmachen. Sie sahen, daß die Flußufer mit Holzpalisaden befestigt waren, und sie sahen die dahinterliegende schöne, gutgebaute Stadt mit vielen prächtigen Häusern. Der Hauptplatz war von Pyramidentempeln flankiert, und in seiner Mitte stand ein großer, sehr alter Kapokbaum.

Juan Díaz, Grijalvas Kaplan, war auch von den Einwohnern Potonchans sehr beeindruckt. »Die Einwohner sind auffallende Erscheinungen«, schrieb er, »hochgewachsen und streitbar. Sie haben Bogen, Schwerter und runde Schilde.« Die eleganten Einwohner von Potonchan waren Chontal-Maya, sie gehörten zu der Kultur der großen Astronomen und Mathematiker, die seit unvordenklichen Zeiten Zentralamerika beherrscht hatte. Aber der Kaplan nannte sie schlicht und einfach »Indianer«: »Die Männer dieser Provinz übertrafen an Schönheit und Statur alle anderen Indianer.«

Die Spanier gingen in der Flußmündung vor Anker und warteten ab, und die Bewohner Potonchans warteten ebenfalls, und nach drei Tagen gegenseitiger Beobachtung kam der Maya-Herrscher in einem großen Kanu, eskortiert von einem Schwarm von Booten mit Kriegern, die Flotte der Fremden zu begrüßen. Er ging an Bord von Grijalvas Flaggschiff und überreichte dem Kapitän einen Schatz kostbarer Geschenke: Holzmasken mit eingearbeiteten Türkisen, Schnüre goldener, innen hohler Perlen, Halsketten aus gehämmertem Gold, kunstvolle Federarbeiten, winzige goldene Enten und Eidechsen.

Grijalva revanchierte sich mit einem Spiegel, grünen Glasperlen, Scheren und ein paar Messern. Eine deprimierend bekannte Gabenliste, ein paar Jahre später bemerkte einer der ersten indianischen Geschichtsschreiber denn auch listig: »Bei den Christen besaßen alle diese Dinge sehr wenig Wert, was man leicht verstehen kann.«

Offenbar ganz unerschrocken begann der Herrscher von Potonchan, Grijalva Stück für Stück in eine hölzerne Rüstung mit Blattgoldauflage einzukleiden, »und auf den Kopf setzte er ihm eine goldene Krone, nur die Krone war aus sehr dünnem Blattgold gemacht«. Grijalva improvisierte eine Erwiderung auf dieses elegante Ritual. Seine Gegengabe für den königlichen Besucher bestand in einem grünen Samtwams, roten Strümpfen, einer Schärpe, einer Samtkappe und schwarzen Ledersandalen.

Der Maya zog die Kleidungsstücke an, und eine Weile lang standen die beiden Männer unter den erstaunten Blikken ihrer Begleiter zusammen, jeder betrachtete im anderen ein Spiegelbild seiner selbst mit fremdem Gesicht und fremder Gestalt. Juan Díaz, der Kaplan, erinnerte sich später, daß Grijalvas Schönheit in der im Sonnenglanz schimmernden Rüstung ganz unvergleichlich war.

Wir haben noch ein weiteres Fragment dieser Potonchan-Geschichte. Man gab Grijalva zu verstehen, es sei Brauch, daß die Anführer nicht nur ihre Kleider, sondern auch ihre Namen tauschten. Man folgte dem Brauch, und die Krieger von Potonchan riefen auf dem Rückweg Grijalvas Namen laut aus, wie eine Kriegstrophäe, aber wir erfahren nirgendwo, welchen Namen der Herrscher von Potonchan Grijalva im Gegenzug gab. Mindestens ein Maya-Forscher hat vermutet, es könne der Name Acipac gewesen sein, der nach der Conquista die hispanisierte Form Azbaque bekommen und sich bis heute im Namen des Staates Tabasco erhalten habe. Jedenfalls kehrte dieser Maya-Herrscher, der vielleicht Acipac hieß, nach Potonchan zurück, jedoch nicht ohne vorher den Spaniern den Rat zu geben, wenn sie Gold suchten, sollten sie Kurs nach Westen nehmen.

Der andere Díaz, der Soldat und Chronist Bernal Díaz, der später mit Cortés reiste, nahm auch an dieser früheren Fahrt zum Festland teil. In seinen Erinnerungen schrieb er, die Maya hätten immer wieder *»Colua, Colua«, »México, México«* gerufen und nach Westen in Richtung des Sonnenuntergangs gezeigt. »Aber wir wußten nicht, was für ein Ding *Colua* war, und auch nicht, was *Mexico* bedeutete«, sagt er. Diese Wörter waren der Name eines Volkes, aber das konnte er noch nicht wissen.

Ob Malinche oder irgendeine Frau die historische Begegnung zwischen einem Maya und einem Spanier mitangesehen hat, steht nirgendwo verzeichnet. In diesem Jahr, ihrem letzten in Potonchan, hat sie sicherlich Unterhaltungen über die merkwürdige, in der Flußmündung vor Anker liegende Flotte mitangehört, und vielleicht hat sie auch einen Blick über die Palisaden hinweg erhascht.

Grijalva segelte tatsächlich nach Westen, sein Weg die Küste entlang wurde von den geheimnisvollen »Culua-Mexica« genau beobachtet und alles Beobachtete in die große Stadt in den Bergen weitergemeldet. Die Worte der Berichterstatter wurden später im Florentiner Codex aufgezeichnet, kostbare Worte, denn sie geben das Bild wieder, das Europäer den eingeborenen Amerikanern boten.

»Sie waren sehr weiß«, berichteten die Späher ihrem Herrscher. »Ihre Augen waren wie Kalk. Ihr Haar – an manchen wuchs es gelb, an anderen schwarz. Sie trugen lange Bärte, auch von gelber Farbe. Und manche hatten schwarze Haut und krauses Haar.« Die letzte Beobachtung bezog sich auf die afrikanischen und Mulattensklaven, die auf die Expedition mitgenommen worden waren.

Die Spanier waren sehr angetan von allem, was sie sahen, und drängten Grijalva zur Eroberung und Ansiedlung. Aber er hatte ausdrücklichen Befehl, den Küstenverlauf zu erkunden und zurückzukehren, also segelte er trotz der stürmischen Bitten wieder nach Kuba, wo sein Onkel, der Gouverneur, und all die anderen Abenteurer, die darauf brannten, die Neue Welt in Besitz zu nehmen, höchst erfreuliche Berichte von seiner Erkundungsfahrt vernahmen.

Grijalvas Kaplan ist längst vergessen. Er war nur einer von den Chargen, die so leicht vom Schauplatz der Geschichte verschwinden, aber sein Tagebuch ist interessant, weil es der erste in Europa veröffentlichte Augenzeugenbericht vom amerikanischen Festland ist. Er erschien 1519, zuerst in Italien, und wurde von den frühen Verfassern einer Geschichte Altamerikas, zum Beispiel Peter Martyr und Gonzalo Fernandez de Oviedo, als Quelle benutzt. Für kurze Zeit genoß die Erzählung des Juan Díaz in gebildeten europäischen Kreisen eine gewisse Berühmtheit, bis sie durch Nachrichten von Cortés' großem Eroberungszug überholt war.

Der Kaplan war beeindruckt von dem, was er in Potonchan sah, aber bitter enttäuscht von Grijalvas Verhalten. Zum Beispiel sei die Erkundungsflotte auf ihrer Fahrt an der Küste entlang von »Indianern« angegriffen worden, und trotzdem »hinderte der Kapitän uns …, als wir ihnen nachsetzen und ihre Stadt mit Feuer und Schwert verwüsten wollten«. Er und die Mannschaft hätten Grijalva gedrängt, die reichen, fruchtbaren Ländereien, die sie überall sahen, zu plündern, aber vergeblich. »Wäre unser Kapitän tauglicher gewesen, dann hätten wir aus diesem Land in einem einzigen Monat ungefähr dreihunderttausend *castellanos* für uns herausholen können«, beschwert sich dieser weltliche Priester.

Juan de Grijalva scheint ein maßvoller, gesetzestreuer Mann gewesen zu sein, Eigenschaften, die in derartig verwilderten Zeiten wenig gefragt waren. Kurz nachdem er wieder in Kuba angekommen war, wurde er zur Kolonie Terra Firma, heute Panama, beordert und von dort aus weiter nach Nicaragua, wo er in einem längst vergessenen Gefecht starb.

Aber für seinen verdrossenen Kaplan nahmen die Dinge eine bessere Wendung, zumindest zeitweilig. Nach wenigen Monaten schon war dieser ehrgeizige Priester wieder unterwegs, diesmal mit einem »tauglichen« Kapitän. Mit neu entfachter Hoffnung kehrte er nach Potonchan zurück und war dabei, als Malinche die Bühne der Geschichte betrat.

Es geschah im folgenden Jahr, im März 1519. Hernán Cortés landete mit seiner Flotte in Potonchan, aber die Stadt war nach Grijalvas Besuch von einer neuen, unbekannten Krankheit heimgesucht worden, wahrscheinlich war es ihre erste Berührung mit den Pocken, und die Einwohner wollten nichts mehr mit diesen todbringenden Fremden zu tun haben.

Diesmal kam es nicht zu zeremoniellem Kleidertausch, weder Geschenke noch Namen wurden gewechselt, sondern die Fremden empfingen unzweideutige Signale der Feindseligkeit: Eine Legion von Kriegern hatte sich an den

Ufern im Osten der Stadt versammelt. Ein heftiger Kampf entbrannte, das erste große Gefecht zwischen europäischen Soldaten und indianischen Kriegern auf dem amerikanischen Festland. Die Maya waren wie immer furchterregende Gegner, aber in diesem ersten Zusammenstoß mit den Feuerwaffen Europas erlitten sie eine vernichtende Niederlage.

Bernal Díaz war an jenem Tag in Potonchan dabei, er hatte sich in Kuba zur Teilnahme an Cortés' Eroberungsreise verpflichtet. Viele Jahre später zählte er in seiner Chronik die Gaben auf, die der besiegte Maya-Adel von Potonchan zum Zeichen der Ehrerbietung brachte: »vier Diademe und vielerlei Kleinodien, Eidechsen, fünf Enten und zwei Hunde aus Gold, Ohrringe, Masken indianischer Gesichter, zwei goldene Sohlen für Sandalen.«

Er fuhr fort: »Aber das alles war nichts im Vergleich zu den zwanzig Weibspersonen, die sie uns verehrten.« An alle Namen konnte sich Bernal Díaz nicht erinnern, er sah auch keinen Grund zur namentlichen Aufzählung, es sei denn, um zu berichten, daß sie die ersten Frauen gewesen seien, die auf dem amerikanischen Festland christlich getauft wurden. Aber an eine Person erinnerte er sich: »eine ganz vortreffliche Frau, die später das Christentum annahm und Doña Marina genannt wurde.«

Marina. Ein christlicher Nachhall von Malinalli oder dessen Maya-Äquivalent Malina? Ganz gleich, welche Möglichkeiten der sprachlichen Anpassung denkbar sind, bei der Namensträgerin handelte es sich offenbar um das Kind aus Jaltipan. Díaz sagt, sie sei ansehnlich und gewandt, geboren als »Gebieterin über Land und Leute«, er sprach achtungsvoll von ihr und nannte ihren Namen in seiner Chronik nie ohne den Titel Doña. Er sagte, sie sei eine Frau von selbstbewußtem Auftreten, wörtlich: *»La doña Marina tenia mucho ser.«*

Laut Bernal Díaz wurde Malinche den Spaniern am 15. März 1519 ausgehändigt. Dieses Datum ist eine der ganz wenigen gesicherten Angaben zu ihrer Geschichte. Sie mag eine eindrucksvolle Erscheinung gewesen sein, aber sie war mit Sicherheit noch sehr jung, kaum älter als achtzehn oder neunzehn Jahre. Möglich ist auch, daß sie ein Kind bei sich hatte.

In späteren Jahren, als nach der Conquista eine gerichtliche Untersuchung über Cortés' Verhalten angestrengt wurde, behaupteten mehrere alte Konquistadoren, sich an ein Kind namens Catalina zu erinnern, das sie für Malinches Tochter oder Nichte hielten, ein junges Mädchen, das die Conquista überlebte und sich eine Zeitlang bei Malinche in Cortés' Haushalt aufhielt. Wie so vieles ist auch diese Geschichte vage und nicht nachprüfbar, aber sie hat sich so lange gehalten, daß sie womöglich einen wahren Kern hat. Von den Frauen, die den Spaniern mit Malinche zusammen gebracht wurden, wissen wir noch weniger, aber mit einiger Wahrscheinlichkeit waren sie ebenfalls fremdländische Sklavinnen oder Konkubinen, Menschen vom besonders ungeschützten Rand der Gesellschaft Potonchans.

Die Bancroft Library der Universität Berkeley besitzt einen alten Kupferstich, der den Augenblick der Übergabe der Frauen an die Spanier in romantisierter Form darstellt. Malinche oder Marina, wie sie jetzt hieß, steht scheu am Ufer des Grijalva, ganz vorn in einer eng zusammengedrängten Gruppe von Frauen. Sie ist nackt wie die anderen, aber ihre langen glänzenden Locken umspielen und schützen ihren Körper ähnlich wie Botticellis Venus. Hinter ihr auf dem Fluß liegt ein Segelschiff, vor ihr steht Cortés. Im Gegensatz zu ihr ist er vollständig bekleidet, nach eleganter europäischer Mode, und grüßt sie mit höfischer Geste.

Malinche wird Cortés im März 1519 zum Geschenk gemacht.

Dieses hübsche, idyllische Porträt ist ein Relikt aus der Zeit, als es noch möglich war, die Augen vor dem zu verschließen, was Frauen in Zeiten des Krieges und der Eroberungen zustößt. Das Bild ist eine absurde Fiktion und zeigt nichts von der unbestreitbar grauenhaften Lage, in der sich Malinche befand.

Der Vorfall in Potonchan war nur die erste von vielen Gelegenheiten, zu denen eingeborene Herrscher den Spaniern Dienerinnen, Konkubinen, Töchter oder Nichten aushändigten. Bernal Díaz erwähnt diesen Brauch ganz offen und häufig kommentarlos, vielleicht weil er im Lauf der Conquista so üblich geworden war. Oder weil es sich in der Geschichte wie von selbst versteht, daß Frauen Kriegsbeute sind. Erst seit dem Bosnienkrieg gilt Vergewaltigung endlich als Kriegsverbrechen.

Dem Feind Frauen zu schenken war ein ehrwürdiger Indio-Brauch, den die Spanier in den folgenden Jahren gern und mit Genuß akzeptierten. Die Mayaherrscher von Potonchan meinten diese Gabe als Friedensangebot. Wenn alles nach Plan ging, würden sie sich dadurch eine Atempause verschaffen, womöglich gar zu einer Allianz mit diesen Invasoren kommen. Für die siegreichen Spanier waren die kriegsgefangenen Frauen ein unschätzbarer Teil ihrer Beute. Das macht Bernal Díaz mit seinem Kommentar ganz deutlich: »Aber das alles war nichts im Vergleich zu den zwanzig Weibspersonen, die sie uns verehrten.« Ihm und seinen Kameraden waren die Frauen, die ihnen von den Maya gebracht worden waren, sehr willkommen: Sie waren Köchinnen, die ihnen das Essen zubereiteten, Wasser schleppten und Feuerholz sammelten, sie versorgten die Wunden der Krieger, und sie leisteten sexuelle Liebesdienste.

Wie die Frauen sich in dieser Rolle fühlten, davon wissen wir nichts, denn wer kennt sich schon aus mit dem Leben von Sklaven? Wir können jedoch vermuten, was diese Tradition für sie bedeutete: Angst und gewaltsame Trennung von allen und allem Vertrauten, Schock bei der Begegnung mit den ausländischen Männern, ihren fremdartigen, behaarten, übelriechenden Körpern und überraschenden sexuellen Gewohnheiten, und ein Leben voll unvorstellbar harter Arbeit für eine fremde Armee auf dem Feldzug.

Malinche und die Frauen, die mit ihr zu den Spaniern kamen, waren nicht kriegsgewohnt. Sie waren nicht von Kindheit an dazu erzogen, im Kampf Furchtlosigkeit und Mut zu zeigen. Aber die Prüfung, die ihnen von den Stadtvätern Potonchans auferlegt wurde, war selbst ein Krieg, wenn auch von anderer Art, der einen anderen Mut von ihnen verlangte: Sie mußten sich in die Hand der Feinde wagen und auf sich nehmen, was immer sie dort erwartete.

Wer Glück hatte, wurde einem einzigen Mann zugeteilt, die anderen, weniger Glücklichen wurden gemeinsames Eigentum vieler. Malinche mag zu den begünstigten Frauen gehört haben, denn Bernal Díaz berichtet uns, Cortés habe sie an jenem Tag in Potonchan seinem engen Freund Hernando Alonso Puertocarrero gegeben, »einem wackeren Kavalier« und Vetter des Grafen Medellin. Was mit den anderen Frauen geschah, wissen wir nicht. Weder ihre Namen noch ihr Schicksal wurden aufgezeichnet.

Einige Tage später, am Palmsonntag 1519, setzte die Flotte Segel und fuhr der Küste entlang dem Land »Culua-Mexica« entgegen, das Grijalvas Leute im Jahr zuvor so fasziniert hatte, und Malinche fuhr mit, samt ihrem neuen Namen, ihrem neuen Gott und vielleicht einem Kind.

Inzwischen war schon fast Mai, und ich trieb mich noch immer an der Golfküste herum. Ich hatte die schwere salzige Luft geatmet und die verlassenen Mangrovenwälder gefunden, wo einst Potonchan gestanden hatte. Ich hatte die Lagunenufer des ehemaligen Xicalango gesehen. Bis dorthin war ich Malinches fast verwischten Spuren gefolgt, und jetzt brauchte ich eine Ruhepause und etwas Abstand von ihrer Geschichte. Ich stieg am frühen Morgen in Frontera in einen Bus und fuhr noch einmal nach Osten. Wir kamen an der Stelle vorbei, an der Xicalango einst gestanden hatte, aber diesmal blieb ich in dem Bus sitzen, dessen Endstation die strengen trockenen Kalksteinketten der Halbinsel Yucatán waren.

Mexiko ist auch jenseits von Frontera Maya-Gebiet. Nicht nur im Schatten der großartigen verlassenen Pyramiden von Uxmal und Chichén Itzá, sondern ebenso in den friedlichen Dörfern mit ihren Schweinen, Hühnern und zerlumpten Kindern und den Maya-Namen, die nie hispanisiert wurden, üppige, altertümliche Namen wie Xascabcheb und Uxkakaltok.

Im Halbschlaf nahm ich wahr, daß wir die kleine Stadt

Chenkan erreichten und ein Flüßchen überquerten, das in den Golf von Mexiko mündete. Im grauen Morgenlicht sah ich, daß die Maya-Frau auf der anderen Seite des Gangs wach war. Ich lehnte mich zu ihr hinüber und fragte, ob sie Spanisch spreche. Sie bejahte. Ich fragte sie, ob sie wisse, wie der Fluß heiße, und flüsternd, um die anderen Fahrgäste nicht zu wecken, antwortete sie: »Malinche. Er heißt Malinche.«

Ich sah aus dem Fenster, bis der Fluß in der Ferne verschwand, dieses stumme Denkmal Malinches hier an diesem abgelegenen Ort, und mir ging durch den Kopf, daß sie in Mexiko zwar ausgeschlossen ist aus der großsprecherisch repräsentativen Welt der Marmor- und Alabaster-Statuen, aber dafür in den Namen verborgener, weltabgeschiedener Gärten und kleiner Flüsse weiterlebt. Die offizielle Erinnerung ist mächtig, aber sie hat ihre Grenzen.

Sprachbegabung

Danach fuhr ich wieder westwärts, in die glitzernde Küstenstadt Veracruz. Ihre angenehme Wärme belebte mich nach der drückenden Hitze im Süden. Das Licht war hell und klar, Schiffe lagen vor Anker, jetzt moderne Containerschiffe, wo einst Galeonen und Karavellen im sicheren Hafen Schutz gefunden hatten.

Filomena Alvarado, meine Freundin in Mexiko-Stadt, hatte mir geraten, ich müsse mich unbedingt zur Plaza durchfragen, sobald ich in Veracruz sei. Die schönste Plaza in ganz Mexiko, sagte sie. Ein großes Streichorchester, Musiker in gesetztem Alter, spielte am Abend meiner Ankunft unter Palmen, und ich rief sie von einer Telefonzelle aus an, um ihr zu sagen, wie recht sie gehabt habe. »Hier ist etwas für dich angekommen«, erzählte sie mir. Es war ein Päckchen vom Archivo General de Indias in Sevilla, Dokumente, die ich ein paar Wochen zuvor bestellt hatte. Ich bat sie, die Papiere sicher zu verwahren, bis ich wiederkäme.

Am nächsten Tag saß ich allein im Parque Zamora und aß den Fisch, den eine Marktfrau mir gebraten hatte. Ich hatte ihr auch eine kleine Flasche kaltes Bier abgekauft, das trank ich gierig. Ich ging zum Hafen und an den Werften entlang in Richtung der Insel, die Juan de Grijalvas Männer »San Juan de Ulua« genannt hatten, eine ausgefallene Mixtur von Anspielungen: »San Juan« bezog sich auf St. Johannes und Grijalva, »Ulua«, auf die geheimnisvollen Culua-Mexica, in deren Herrschaftsbereich die Insel lag.

Heute sind uns die Culua-Mexica besser bekannt als Azteken. Irgendwann im Lauf des zwölften Jahrhunderts wanderten sie aus Aztlan, einem weit im Norden gelegenen

Gebiet, ins zentralmexikanische Becken ein. Aztlan ist ein Nahuatl-Wort und bedeutet Horst des weißgefiederten Reihers.

Die Einwanderung dieser Nomaden wurde nicht gern gesehen. Die Eingesessenen, urbane, kultivierte Menschen, lebten schon seit Jahrhunderten an den Ufern des Texcocosees. Sie beschimpften die Neuankömmlinge als Barbaren und nannten sie *Azteca*, »die aus dem Reiherwinkel«. Das war ein Spottname, der an ihre schäbige Herkunft im Norden erinnern sollte und daran, daß sie in dem reichen, fruchtbaren Tal als Hergelaufene galten.

Aber hundert Jahre nach der Einwanderung hatten die Hergelaufenen aus dem Reiherwinkel ihre Verächter zum Schweigen gebracht, deren Städte verwüstet, Götterbilder erbeutet und ihre eigene prächtige Metropole erbaut, Tenochtitlán, die Stadt, auf deren Ruinen das heutige Mexiko-Stadt steht. Im Lauf ihres Aufstiegs hatten sie den Spottnamen »Azteken« abgeschüttelt und sich einen würdigeren zugelegt, »Culua-Mexica«, zum Zeichen ihres neugewonnenen Ranges als Eroberer des Beckens.

Als ich Bernal Díaz zum erstenmal las, verwirrte mich die Bezeichnung Culua-Mexica oder Colua, wie er meist schrieb. Er nannte die Azteken immer bei diesem Namen, ebenso wie Cortés in seinen Botschaften an den König von Spanien und wie der Maya-Herrscher von Potonchan, als er dic Spanier auf den Weg nach Westen schickte. Das Wort »Azteken« findet sich in den zeitgenössischen, aus dem sechzehnten Jahrhundert stammenden Berichten von der Conquista an keiner Stelle. Es ist eine Kuriosität, eine Bezeichnung, die auf die Culua-Mexica des sechzehnten Jahrhunderts so wenig paßt wie der Begriff »Wikinger« auf moderne Isländer.

Die Geschichte steckt voll von solchen sprachlichen Unglücksfällen: falsche Schreibweisen, falsche Aussprachen,

Mißverständnisse, die über Jahrhunderte hin mitgeschleppt wurden wie Computerviren. In diesem Fall gab Robert Barlow, der große Gelehrte des zwanzigsten Jahrhunderts, dem Autor Francisco Javier Clavijero, seinem Kollegen aus dem achtzehnten Jahrhundert, die Schuld daran, daß das Wort Culua-Mexica verlorenging.

Barlow sagte, der archaische überholte Terminus »Azteken« sei in Clavijeros Werk zum erstenmal wiederaufgetaucht. Woher Clavijero ihn hatte, ist nicht klar, aber Barlow behauptet, daß diese Bezeichnung in der Folgezeit von vielen Historikern treu und fälschlich übernommen wurde. Moderne Altamerikanisten verabscheuen sie wegen ihrer Ungenauigkeit, aber inzwischen ist das Wort Azteken mit seinen zwei harten Silben und seinen ausgeprägten Konnotationen im allgemeinen Bewußtsein so fest verankert, daß man es nicht aufgeben kann.

Das ist in vielfacher Hinsicht bedauerlich, nicht zuletzt deshalb, weil der Name Culua-Mexica (ausgesprochen kuhl-hwa meschika) so voll und melodiös klingt. Aber nicht nur der Klang ist verlorengegangen, sondern auch die im Namen eingeschlossene Geschichte, die Erzählung vom Aufbruch eines Volkes in die Wildnis, von seinem kurzen, aber glanzvollen Auftritt in der Geschichte der Menschheit. Nichts ist geblieben von diesem feierlichen, so vieles heraufbeschwörenden Namen, nur ein ferner Nachhall, der im vertrauteren Wort »Mexiko« mitschwingt.

Als Malinche am 15. April 1519 an den Ort kam, wo jetzt Veracruz steht, waren dort nur leere Sanddünen und Moskitos; die Stadt existierte noch nicht. Die Expedition, zu der sie nun gehörte, war keine Einheit der offiziellen Armee, sondern ein emsiges, vielsprachiges kommerzielles Unternehmen auf dem Marsch, ein buntgewürfeltes Sammelsurium aller möglichen Gewerbe und Handwerke: Soldaten,

Schmiede, Händler, Zimmerleute, Feldschere, Schneider, Notare wie Cortés und funktionslose müßiggehende Aristokraten wie Puertocarrero, dem Malinche in Potonchan geschenkt worden war.

Zur Expedition gehörten mehrere hundert Spanier, eine Handvoll Portugiesen und ein paar Italiener, außerdem eine unbekannte Anzahl Sklaven aus Afrika und »indische« Gefangene von den karibischen Inseln, Überlebende der Kolumbus-Invasion siebenundzwanzig Jahre zuvor. Und erstaunlicherweise war auch eine kleine Gruppe spanischer Frauen dabei, deren Namen wie durch ein Wunder in Berichten überliefert sind: Francisca und Beatriz de Ordaz, Elvira und Beatriz Hernandez, Caterina Marquez, Isabel Rodriguez und Maria de Vera. Sie waren Schwestern, Ehefrauen und Töchter der Männer in Cortés' Expedition.

Durch das Lager streifte ein sonderbarer Kauz: Er trug das Haar wie die Maya, war aber kein Maya, sondern Spanier und Priester. Er hieß Geronimo de Aguilar. Sein Leben war fast so seltsam verlaufen wie das Malinches, und in Veracruz trafen sich beider Wege und vereinten sich kurze Zeit.

Aguilar war Passagier auf einem spanischen Schiff gewesen, das 1511 vor Jamaica auf Klippen gelaufen und zerschellt war. Er hatte sich über Wasser gehalten und war in der Gegend des heutigen Grenzgebietes zwischen Mexiko und Belize an den Strand gespült worden; die nächsten acht Jahre lang hatte er dort bei einem Stamm, den er Maia nannte, überlebt. Wie Malinche, die zur selben Zeit nicht weit von der Küste entfernt in Potonchan lebte, lernte auch Aguilar die Maya-Sprache, aber er fand sich nie mit seiner Lage ab. Jeden Tag betete er um seine Befreiung, und seine Gebete wurden erhört, als Cortés die Karibik überquerte, um zur Festlandküste zu kommen.

Bernal Díaz war dabei, als Aguilar ihnen entgegentaumelte. Er schrieb, zuerst hätten sie den Mann für einen

Maya gehalten, wegen seiner Haartracht, seiner stark gebräunten Haut und seines zerlumpten Lendentuchs. Erst als Aguilar in gebrochenem Spanisch stotterte: »Seid ihr Christen? Gott, Heilige Jungfrau, Sevilla«, erkannten sie ihn. Da fiel er zu ihrem Erstaunen auf die Knie und fragte, ob Mittwoch sei. In den acht Jahren bei den Maya hatte Aguilar treulich Kalender geführt und alle Tage in das Gebetbuch geschrieben, das er in einen Zipfel seines zerrissenen Mantels eingeknotet bei sich trug.

Díaz berichtet, Cortés habe Aguilar mit einem Hemd und Wams bekleiden lassen und ihm zu essen und zu trinken gegeben. Als er seinen unglücklichen Landsmann beruhigt hatte, begann er ihn genau nach dem Land auszufragen, in dem er diese jammervollen Jahre zugebracht habe. Aguilar antwortete, die Maya hätten ihn als Sklaven gehalten, daher habe er sehr wenig zu berichten, »Nur ... mit Holz- und Wassertragen« kenne er sich aus. Aber immerhin konnte er die Maya-Sprache und versicherte den Spaniern, er werde ihnen als »nützlicher und zuverlässiger Dolmetscher« dienen.

Aguilar hatte jedoch beunruhigende Nachrichten von einem anderen Spanier, auch einem Schiffbrüchigen, der sich mit ihm zusammen gerettet hatte. Dieser Mann, Gonzalo Guerrero, habe sich die Wangen tätowiert und eine Maya geheiratet, er habe Kinder mit ihr und sei Häuptling geworden. Er habe sogar einen Angriff auf die spanische Flotte geführt, die vor einigen Jahren die Küstenlinie berührt habe. Aguilar sagte, er habe Guerrero angefleht, mit ihm zusammen wegzugehen, sich Cortés anzuschließen, solange sie die Gelegenheit dazu hätten, aber Guerrero habe sich geweigert.

Die Spanier verloren Guerrero nicht aus dem Gedächtnis. Seine unerklärliche Anwesenheit dort draußen bei den Maya beunruhigte sie offenbar, und in den folgenden Jahren unternahmen sie von Zeit zu Zeit Versuche, ihn in die spanische Herde zurückzulocken. Aber er blieb den Maya treu, auch als das Kriegsglück sie verließ und die Conquista sie überrollte.

Guerreros seltsame Geschichte ist in vielfacher Hinsicht ein Spiegelbild der Geschichte Malinches. Er trat in ihre Welt ein, sie dagegen in seine. In beiden Fällen war es ein unbeabsichtigter, unfreiwilliger Wechsel, aber am Ende haben anscheinend beide ihr Adoptivvolk akzeptiert.

1535 fanden die Spanier nach einem großen Gefecht die angeschwemmte Leiche Guerreros an einer Küste in Honduras. Der Tote trug alle Zeichen eines Mayakriegers, war aber fraglos Europäer. Guerrero starb im Kampf gegen seine ehemaligen Landsleute, und wie Malinche nahm er sein Geheimnis mit ins Grab.

Der französische Historiker Jacques Soustelle beschrieb das präkoloniale Mexiko einmal als ein Mosaik aus Städten, und diese elegante Metapher habe ich immer bewundert: ein Mosaik aus verschiedenen Kulturen, unterschiedlichen Sprachen und je eigenen Geschichten. Die sprachliche Stükkelung dieser komplexen Welt, dieses reichhaltige Mosaik, ist die Essenz von Malinches Lebensgeschichte.

Die Culua-Mexica sprachen Nahuatl, aber Bernal Díaz, der diese Sprache ausschließlich mit ihnen assoziierte, gab ihr den Namen des Volkes: *Culua* oder *Colua.* »Diese Sprache wird im ganzen Herrschaftsbereich des Moctezuma gesprochen«, schrieb er, »so wie früher das Latein im Römischen Reich.« Die Spanier hatten zunächst nicht gemerkt, dass sie mit dem Verlassen Potonchans und dem Aufbruch nach Westen das Maya-Reich und seine Landessprache verlassen hatten. Als sie das Herrschaftsgebiet der Culua-Mexica betraten, stellten sie fest, daß ihr Dolmetscher Geronimo de Aguilar die Culua-Sprache nicht verstand und wieder in Schweigen versank.

Die Lage war für Cortés höchst prekär. Das Sammeln von Nachrichten und geschickte Kommunikation waren seine bevorzugten Waffen, und wie Juan de Grijalva vor ihm hatte er auf seiner Fahrt an der Karibikküste entlang von Zeit zu Zeit Maya-Gefangene gemacht, weil er hoffte, sie zu Dolmetschern heranbilden zu können. Keines dieser Experimente war gelungen. Deshalb war Aguilar so wichtig für Cortés gewesen. Aber auf einmal versagte auch Aguilar und konnte nicht mehr helfen.

Eine Anekdote – vielleicht ist sie apokryph – erzählt, daß mitten in den besorgten Beratungen der Spanier jemand gehört habe, wie Malinche sich mit einheimischen Frauen, die Maiskörner mahlten, auf Nahuatl unterhielt. Vielleicht war Aguilar dieser Jemand. Die Maya-Sprache war ihm so vertraut, daß er andere Eingeborenensprachen davon unterscheiden konnte. Vielleicht hat er auch nach jemandem Ausschau gehalten, der Nahuatl und die Maya-Sprache beherrschte und seine eigene Stellung in der Expedition wieder aufbauen konnte. Denkbar ist auch, daß eine der Spanierinnen, die Aufsicht über die kornmahlenden Maya-Gefangenen führte, die neue Sprache von der bisher gehörten Fremdsprache unterschied und begriff, welche strategische Bedeutung dies hatte.

Bernal Díaz stellt es auf seine Weise dar. Er sagt, als die ersten Gesandten Moctezumas ankamen, sei Aguilar deutlich verblüfft gewesen und habe weder mit ihren Worten irgend etwas anfangen noch sich ihnen verständlich machen können. Aber Malinche, die dabeigewesen sei, habe offenbar verstanden, was sie sagten, und in wortloser Antwort mit dem Finger auf Cortés gezeigt.

Das war ein entscheidender Moment in ihrer Geschichte. Die Besucher wendeten sich Cortés zu, verbeugten sich und

»bezeugten ihm auf ihre Weise große Ehrerbietung«. Laut Díaz kam Malinches Mehrsprachigkeit durch diesen glücklichen Zufall an den Tag. Sie sah ihre Chance und ergriff sie.

Wie immer es dazu kam, um Ostern 1519 hatten die Spanier offenbar bemerkt, daß diese Frau, die sie Marina nannten, sowohl die Maya-Sprache wie auch Nahuatl beherrschte, und da Aguilar die Maya-Sprache und Spanisch konnte, war zu hoffen, daß die Indianerin das dringend gebrauchte Bindeglied lieferte, das zur Verständigung zwischen Spaniern und Culua-Mexica gefehlt hatte.

Und jetzt wurde Cortés auf Malinche aufmerksam, denn die Fähigkeit zum Gespräch, zur Argumentation, Befragung, zur »Entdeckung der Geheimnisse« dieser neuen Länder war für ihn immer ein entscheidendes Mittel zur Macht. Malinches Bedürfnisse waren allerdings viel dringlicher und grundlegender als die seinen.

Sie war eine junge Frau ohne Heimatland und ohne Familie. Sie war durch viele Hände gegangen, von ihren Eltern weitergereicht an die Männer aus Xicalango, von diesen an einen namenlosen Herrn in Potonchan und schließlich an die Spanier. Zweisprachigkeit ist häufig die bittere Frucht des Exils, und das galt auch für Malinche. Ihre Fähigkeit, in zwei Zungen zu sprechen, symbolisierte die Summe ihres Unglücks, aber plötzlich bewirkte sie, daß die Dolmetscherin, jedenfalls vorübergehend, die Protektion des Generalkapitäns dieser sonderbaren Expedition genoß.

Dies geschah im April 1519, dem Jahr Ein Riedgras nach dem aztekischen Kalender, und laut Bernal Díaz begann jetzt die Conquista wirklich: »Dies wollte ich ausdrücklich erklären«, fuhr er fort, »denn ohne die Hilfe von Doña Marina hätten wir die Sprache Neuspaniens und Mexikos nicht verstehen können.«

Von diesem Tag an wurde eine seltsame Kette geschmiedet, sie verband Cortés über Aguilar und Malinche mit Moctezumas Sendboten, die zwischen dem Lager der Invasoren und ihrem Herrscher hin- und hergingen. Diplomatische Höflichkeitsfloskeln wurden gewechselt, Nachrichten gesammelt, Informationen ausgetauscht, und das alles in beiden Richtungen und drei Sprachen: Nahuatl, Maya, Spanisch.

Das war absurd, sehr unpraktisch, ein Albtraum für Dolmetscher, ein epistemologisches Verwirrspiel, über das wir nur staunen können, wenn wir uns vor Augen führen, wie jedesmal, wenn Cortés dies und Moctezuma jenes sagte, ihre Äußerungen Wort für Wort über eine dreisprachige Stimmenkette weitergereicht wurden. Selbst wenn Cortés' höchst eloquente Reden sozusagen in beruhigenden Anführungszeichen übermittelt wurden, wie die Historikerin Inga Clendinnen es formuliert, haben wir doch keinerlei Möglichkeit zu erkennen, wie genau Malinche seine Worte an Moctezumas Boten weitergab. Auch Cortés wußte es nicht. Dieses außergewöhnliche System mochte zwar alles andere als perfekt sein, aber Cortés hatte gar keine Wahl: Er mußte dieser jungen Frau seine kostbaren Worte anvertrauen, denn nur sie war in der Lage, ihm den Weg zu bahnen, auf dem er voranschreiten konnte.

»In jeder verbalen Äußerung eines Menschen liegt die Summe seiner sprachlichen Vergangenheit.« So sagt Andreas Fine Licht in Peter Hoegs Roman *Fräulein Smillas Gespür für Schnee* und verfolgt sodann die Stationen von Smillas Leben anhand ihres Akzents, und sie hört ihm mit wachsendem Staunen zu.

»In Thule oder nördlich davon aufgewachsen. Ein Elternteil oder beide Eltern *inuit*. Sie sind nach Dänemark gekommen, nachdem Sie die grönländische Sprachgrundlage bereits vollständig erworben hatten ... Etwas Nordseeländisches klingt mit. Und seltsamerweise auch eine spätere Andeutung von Westgrönländisch.«

Wenn wir im sechzehnten Jahrhundert lebten, gebildete Menschen mit der Muttersprache Nahuatl wären und Malinche sprechen hörten, was würden wir in ihrer Aussprache entdecken? Reste eines Isthmus-Dialekts, eine Spur Chontal-Maya, vielleicht auch eine leichte Popoluca-Färbung?

Wir können nicht mit Sicherheit sagen, wo Malinche Nahuatl lernte, aber wir wissen, daß sie es entweder als erste oder zweite Sprache erwarb, und zwar irgendwo in den südlichen Gegenden, in denen sie sich bis dahin aufgehalten hatte. Ihre Artikulation muß deutlich von der Sprachmelodie ländlicher Dialekte geprägt gewesen sein, aber das können von allen ihren Zuhörern nur Moctezumas Abgesandte wahrgenommen haben.

Diese adligen Herren waren zur Küste gereist und hatten ihre förmlichen Grußbotschaften durch das unglaubliche Team Aguilar–Malinche übermittelt.

Als Willkommensgeschenke überreichten sie Cortés mehrere Türkismasken, eine riesige Goldscheibe, eine Silberscheibe, einen mit schimmernden Quetzalfedern verzierten Schild.

Niemand berichtet uns, wie die Abgesandten auf Malinche reagierten. Erkannten sie an ihrer Kleidung, ihrem Akzent, ihrem Verhalten gewisse Hinweise, die der Außenseiter Bernal Díaz nicht wahrnehmen konnte? Die Berufsmerkmale einer Kurtisane, die Vulgarität einer Barbarin? Vielleicht geschah, was Inga Clendinnen in ihrer erhellenden Studie *Aztecs* vermutet: Allein die Tatsache, daß Malinche neben Cortés ihre Stimme erhob, könnte die Abgesandten in einem für uns kaum vorstellbaren Ausmaß irritiert und verstört haben.

Clendinnen schildert die unbedingte Exklusivität der öffentlichen Rede bei den Culua-Mexica. Sie beruft sich dabei auf den Florentiner Codex, die Enzyklopädie der Culua-Mexica-Kultur, die junge Nahuatl-Gelehrte nach der Conquista zusammenstellten. Diesem Codex zufolge hatten Frauen in der Culua-Mexica-Gesellschaft kein Recht, »bei hohen öffentlichen Anlässen« die Stimme zu erheben; sie durften in der Öffentlichkeit weder sprechen noch singen, noch musizieren. Frauenzungen wurden im öffentlichen Leben und bei Staatsangelegenheiten strikt im Zaum gehalten. Wenn Clendinnens Vermutung zutrifft, waren die Boten entsetzt, als sie in diesen hochdiplomatischen Wortwechseln den Klang von Malinches Stimme vernahmen.

Malinche wird, sie muß gewußt haben, daß sie ein wichtiges Tabu verletzte, als sie in Veracruz tat, was sie tat. In Anwesenheit der adligen Herren aus Tenochtitlán zu sprechen verlangte außergewöhnlich viel Mut, aber Mut muß sie im Übermaß besessen haben. Wie hätte sie sonst ihr turbulentes Leben bis zu diesem Zeitpunkt überstehen können?

Härte gilt kaum als attraktive weibliche Eigenschaft. Wir sehen unsere Heldinnen lieber tot oder dem Tode nah, tragisch und verletzlich. Malinche dagegen: jung, stark, gescheit, zum Leben entschlossen, vielleicht mit einem Kind, das sie schützen muß. Sie weiß, sie muß sich dem Expeditionsführer unentbehrlich machen, koste es, was es wolle. Sie muß ihm mehr bieten als bloße Sexualität, denn diese Annehmlichkeit kann er sich bei jeder Frau verschaffen. Sprache hat sie zu bieten, Erklärung, Interpretation! Mit der Kunst ihrer Mehrsprachigkeit wird sie den Vorhang öffnen, der die von ihm gesuchte Neue Welt verhüllt.

So geschieht es, und nach Ostern 1519 wird Malinche berühmt für ihre Stimme. Als die Expedition sich langsam und schwerfällig durch die Berge auf Tenochtitlán, die Hauptstadt der Culua-Mexica, zubewegt, entschlüsselt und erläutert Malinche all ihren Zuhörern den Glanz und den Schrecken von Cortés' kunstvollen Diskursen.

In den darauffolgenden beiden Jahren können wir Malinches Fußspuren mit einiger Gewißheit verfolgen. Wir wissen ungefähr, wann sie mit wem wohin ging. Hinter dem offiziellen Gesicht, der offiziellen Stimme ist sie gerade noch umrißhaft als für sich stehende weibliche Gestalt am Horizont wahrnehmbar. Ihre Worte hat Bernal Díaz uns überliefert, aber das Innere dieser Frau bleibt uns verborgen, für immer.

II
Conquista

Und Monteucçuma wurde mitgeteilt, geschildert, berichtet, gemeldet und kundgetan …, daß eine Frau von hier, eine aus unserem Volk, als Dolmetscherin mit ihnen kam. Ihr Name war Marina.

James Lockhart, We People Here: Nahuatl Accounts of the Conquest of Mexico

Malinche

Es war Juni, und an der Küste begann die Regenzeit. Die schöne Stadt Veracruz war naß und ausgestorben wie ein Sommerferienort im Winter, nur daß in tropischen Breiten der Sommer die Jahreszeit ist, die Musiker, Ballonverkäufer und Touristen vertreibt. Auch ich hatte Eile, die Stadt zu verlassen, wieder in die Metropole zurückzukehren. Ich sehnte mich nach Gesellschaft und Gesprächen, nach der Anonymität der Großstadt. Als ich noch ein letztes Mal über die Plaza ging, zwitscherten und raschelten die Vögel in den tropfnassen Bäumen über mir.

Die einstige Straße nach Tenochtitlán ist jetzt die Straße nach Mexiko-Stadt. Sie ist hundertmal direkter als die mühseligen Pfade, denen Malinche im August 1519 mit Cortés und Díaz folgte, hinauf und hinab über Bergpässe zwischen hochgetürmten Vulkanen, die zwischen Küste und Hauptstadt liegen.

Das Land, durch das sie zogen, gehörte nominell zu den unterworfenen Staaten, die den Culua-Mexica tributpflichtig waren, aber die traditionellen Landesherren waren die Totonaken. Sie sprachen Nahuatl, weil diese Sprache für die Verständigung mit ihren Culua-Mexica-Oberherren unumgänglich war, aber ihre eigene Sprache und die eigenen Bräuche waren ihnen lieber. Die Spanier waren ihnen willkommen, denn sie waren potentielle Alliierte. Die Totonaken waren unfreiwillige Untertanen Moctezumas und hatten die Hoffnung auf den Wiedergewinn ihrer Unabhängigkeit nie ganz aufgegeben.

Wie Bernal Díaz schreibt, haben die Spanier in Jalapa, der Hauptstadt der Totonaken, »durch Doña Marina und Geronimo de Aguilar« die Grundsätze ihrer heiligen Religion erklären lassen. Also war Malinche jetzt Predigerin, die erste Nahuatl sprechende Evangelistin Amerikas. In unserer zynischen Zeit fällt es leicht anzunehmen, daß sie nur die Wörter weitergab, die sie in der Maya-Sprache aus Aguilars Mund hörte, aber vielleicht war sie auch wirklich bekehrt. Die Männer und Frauen dieser sonderbaren, aus allen möglichen Rassen bestehenden Expeditionsgesellschaft waren inzwischen wahrscheinlich ebensosehr ihre Leute wie all die anderen Fremden, deren Lebensweisen sie sich seit ihrer Verschleppung aus dem Isthmus hatte anpassen müssen.

Ich las *Der Strudel,* den Roman des kolumbianischen Autors José Eustacio Rivera. Filomena hatte mir das Buch in Mexiko-Stadt gegeben. Eine der Romanfiguren war eine Mulattin, die mich in ihrer Selbstbeherrschung, Einsamkeit und Staatenlosigkeit an Malinche erinnerte. »Wo ist dein Land?« wird diese Mulattin gefragt. »Hier, wo ich bin«, erwidert sie. »Und wo ist dein Gott?« – »Dort, wo die Sonne aufgeht.«

Bernal Díaz war ein genauer Schreiber, aber kein Stilist wie die Gebildeten seiner Zeit. In seiner Chronik entschuldigt er sich oft für die Glanzlosigkeit seiner Prosa, aber für uns sind seine schlichten Worte und seine kindliche Unbefangenheit eine große Stärke. Wenn er versucht, die fremdartige exotische Welt Amerikas zu beschreiben, nimmt er Vergleiche zur Hilfe, die für uns aufschlußreich sind. Dies und das sei genauso wie in den Geschichten von *Amadis* oder in der *Ballade von Montesinos,* sagt er dann und bezieht sich auf die Ritterromane, die er besonders schätzt. Damit wissen wir, welche Bücher er kannte. Er war offenbar ein begeisterter Leser jener populären Rittersagen des fünfzehnten Jahrhunderts, die Cervantes später als Hintergrund und Gegenbild zu seinem tragischen Don Quichote brauchte.

Díaz' Vergleiche waren eine Art Übersetzung, ein Versuch, die seltsamen, wunderbaren Dinge, die er sah, in den Bereich des Begreiflichen zu rücken. Seine Wiederholungen mögen – besonders für seine späteren Übersetzer und Herausgeber – ermüdend gewesen sein, aber für die Nachwelt hat sich seine Liebe zum Detail als großer Vorteil erwiesen. Wenn es um Malinche geht, ist er ständig Augenzeuge ihrer Auftritte und ihrer Rolle in der Expedition.

Cortés gab dies kund und ordnete jenes an »durch Doña Marina«, so sagt Díaz. Solche kurzen, flüchtigen Hinweise finden sich bei ihm zu Hunderten, und wenn man seine Texte daraufhin durchsucht, kann man in der Chronik dieser Monate auch andere, etwas suggestivere Nebenbemerkungen über Malinche finden; es sind nur Andeutungen, winzige Fragmente, und trotzdem kostbar, denn sie sind fast das einzige, was wir von ihr haben.

Zum Beispiel erzählt Díaz folgende Geschichte: Als sie sich auf ihrem Marsch einer größeren Stadt näherten, sprengte ihnen ein Reiter der vorausgeschickten Vorhut in fliegender Eile entgegen und verkündete allen, die es hören wollten, er habe die Mauern der Stadt gesehen, und sie seien aus glänzendem Silber. Malinche dämpfte die aufkommende Begeisterung und gab zu bedenken, der Reiter habe wahrscheinlich nur die Morgensonne auf den frisch gekalkten Wänden gesehen. Als die Expedition die Stadt erreichte, stellte man fest, daß Malinche recht gehabt hatte, und der wackere Bote, so Díaz, »mußte in Zukunft nicht mehr für den Spott sorgen«.

Sagt diese Geschichte etwas über Malinche aus – daß sie sich nicht so leicht täuschen ließ wie die spanischen Abenteurer, mit denen sie zog? Die waren vielleicht mit ihren phantastischen Ritterromanen großgeworden, aber Malinche hatte von Kindheit an selbst für sich sorgen müssen. Für

Träumereien war in ihrem Leben sicherlich kein Platz gewesen.

In der Totonaken-Stadt Quiahuitzlan gab es einen anderen Zwischenfall. Mitten in der üblichen Begrüßungszeremonie tauchte plötzlich eine Kavalkade vornehmer Fremder auf, mit reichgeschmückter Kleidung und glänzendem, zum Knoten hochgebundenem Haar. Díaz sagt, sie seien »sehr hochmütig und zurückhaltend« an den Spaniern vorbeigegangen. Die Dorfbewohner wurden bleich vor Angst, empfingen die eleganten Besucher unterwürfig und bewirteten sie reichlich mit Kakao, »der bei den Indianern das vornehmste Getränk ist«. Aber die Fremden stellten die Totonaken verärgert in Nahuatl zur Rede, während Cortés und seine Männer interessiert zusahen. Malinche wurde gefragt, wer diese Männer sein könnten.

Mit Staatsangelegenheiten in Moctezumas Reich hatte sie genausowenig Erfahrung wie die anderen Expeditionsmitglieder, aber laut Díaz erfaßte sie die Lage vollständig und gab ohne Zögern Auskunft. Ruhig erklärte sie, die Fremden seien Steuereinnehmer Moctezumas und wütend, weil die Dorfleute die Spanier so herzlich empfangen hätten.

Sie muß den Dialog von Anfang an genau verfolgt haben, mit dem Instinkt eines Menschen, dessen Überlebenschancen schon seit Jahren davon abhingen, wie schnell sie erfassen konnte, was um sie herum vorging.

Bernal Díaz schreibt in seinen Erinnerungen unumwunden und häufig, wie sehr ihn die Furcht auf dieser Reise geplagt hat. Er war Berufssoldat; Angst und Besorgnis gehörten zu seinem Berufsrisiko, und er schämte sich nicht, sie zuzugeben. Zum Beispiel sah er in der Bergstadt Zautla etwas, das ihn sehr bedenklich stimmte: einen Riesenstapel säuberlich aufgeschichteter Menschenschädel. Er zählte sie und stellte mit Schrecken fest, daß es über hunderttausend sein mußten. An einer anderen Ecke des Platzes sah er Pyramiden »aus unzähligen Schenkelknochen«. Hier erblickte er zum erstenmal die traurigen Reste von Menschenopfern. Je weiter er gegen Tenochtitlán vorrückte, um so mehr solcher Schädelstätten sah er.

Später, als alter Mann, gab er zu, während der Conquista habe er sich stets am meisten davor gefürchtet, daß er den Götzen geopfert werden würde. Während der Schlacht um Tenochtitlán sah er mit eigenen Augen, wie zweiundsechzig seiner Kameraden zum Altar geschleift und auf einen großen Stein gelegt wurden, wie man ihnen mit einem Obsidianmesser die Brust aufschlitzte und bei lebendigem Leibe »die noch zuckenden Herzen herausriß«. Durch die Erinnerung an diese grauenvollen Tode wurde seine Angst noch größer, so daß er vor jeder Schlacht in Angst und düsteres Brüten versank, »ein oder zweimal Wasser ließ und mich dem Allmächtigen und seiner gebenedeiten Mutter befahl«.

Seine eigene Angst hat ihm offenbar den Blick für Malinches Mut geschärft. Er schrieb: »Bei dieser Gelegenheit möchte ich den hohen Mut und die Tapferkeit einer Frau rühmen, der Doña Marina; sie war eine Eingeborene, besaß aber so viel Heldenmut, daß sie nie Schwäche zeigte, und obwohl sie jeden Tag hörte, daß die Indianer uns töten und unser Fleisch mit Chilis essen würden, und obwohl sie gesehen hatte, wie wir in den letzten Schlachten von den Feinden umzingelt waren, und wußte, daß wir alle verwundet und krank waren, blieb sie mutiger, als es Frauen gegeben ist.«

Der Name »Malinche« wird auf dieser Reise geprägt. Bernal Díaz bezeichnete sie immer als »Marina«, aber er stellte fest, daß die Leute in den Stadtstaaten, durch die Cortés zog, einen anderen Namen für sie hatten. Für Díaz' Ohren klang er wie »Malinche«, aber er hörte wahrscheinlich die Bezeichnung »Malintzin«. So wird sie gewöhnlich in den Nahuatl-Geschichten genannt, die nach der Conquista geschrieben wurden.

Die Endsilbe *-tzin* ist auf Nahuatl ein Ausdruck der Achtung, vergleichbar dem Wort *doña* im Spanischen. Wie die Silbe *-san* im Japanischen hängt man *-tzin* als Achtungsbezeugung an ein Wort an. In Díaz' fehlerhaftem Ungefähr wurde der Name, den er hörte und weitergab, zu »Malinche«, da das »-tzin« seinen spanischen Ohren zu fremd war. »Malin« ist möglicherweise der Versuch, »Marina« nachzubilden, was nur teilweise gelingen konnte, da das Nahuatl keinen R-Laut hat. Oder aber dieser Name ist tatsächlich, wie in dem phantasievollsten Zug ihrer Legende immer behauptet wird, ein Hinweis auf ihren ursprünglichen Nahuatl-Namen »Malinalli« oder dessen Maya-Äquivalent »Malina«.

Also kam ihr dauerhaftester Name durch eine verworrene, falsch ausgesprochene und falsch gehörte Mischung aus Spanisch und Nahuatl zustande. Die Entstehungsgeschichte ihres Namens ist passend für eine solche Frau und symbolisiert die Komplexitäten eines Lebens in unterschiedlichen Völkern und unterschiedlichen Sprachgruppen mit schmerzhafter Eindringlichkeit.

Díaz berichtet uns auch, die Menschen, welche die Spanier vorbeiziehen sahen, hätten Cortés so sehr mit Malinche identifiziert, daß sie ihn bei ihrem Namen genannt hätten: »Malinche« oder »Herr Malinche«. Eine merkwürdige Verkehrung üblicher Konventionen. Kaum zu glauben, daß dieser berühmteste aller Konquistadoren, dessen exakter spanischer Name so erbarmungslos in der Geschichte widerhallt, bei den Menschen, die zu erobern er ausgezogen war, zuerst unter dem Namen seiner Konkubine, einer Gefangenen, einer Sklavin, bekannt war: Malinche.

Malinche und Cortés

Wenn ich über die Vergangenheit und die damals lebenden Berühmtheiten nachdenke, dann interessieren mich die kleinen, intimen Details: Ich möchte wissen, wie sich diese Menschen bewegten, welche Gesten sie machten, wie ihre Stimme klang, wie sie rochen, wie sie liebten, Kinder gebaren und wie sie starben. Erste Eindrücke sind wegen der ungekünstelten, verblüffenden Einzelheiten besonders kostbar; ein Beispiel dafür ist jene erste Beschreibung der Spanier im Florentiner Codex: »Sie waren sehr weiß. Ihre Augen wie Kreide …«

Aber niemand sagt uns genau, wie Malinche aussah. Cortés nicht, der in seinen Briefen nur zwei flüchtige Bemerkungen über sie machte und ihren Namen nur ein einziges Mal nennt. Nicht einmal Bernal Díaz, der in seiner Schilderung Malinches enttäuschend allgemein bleibt. »Eine Frau von selbstbewußtem Auftreten«, sagt er, »eine ansehnliche Frau.« Darunter kann man sich etwas, aber nicht viel vorstellen. Man nimmt ganz selbstverständlich an, daß sie eine hübsche Frau war. Bernal Díaz war eindeutig dieser Meinung, und für seine Einschätzung spricht, daß Cortés sie gleich nach ihrer Ankunft in Potonchan seinem Favoriten Puertocarrero gab, der trotz seiner Jugend den höchsten Rang in der sozialen Hierarchie der Expeditionsteilnehmer bekleidete.

Díaz sagte, die ersten Abgesandten Moctezumas in Veracruz hätten eine Gruppe Maler mitgebracht, die sofort Porträts von Cortés und seinen Leuten begonnen hätten. Alles zeichneten sie, sagte er, »die Schiffe, die Segel, die Pferde, Doña Marina und Aguilar, sogar die beiden Windhunde … und die Zeichnungen bekam Moctezuma«. Aber diese außerordentlichen Arbeiten sind nie wieder aufgetaucht. Wahrscheinlich wurden sie in der Schlacht um Tenochtitlán zerstört.

Alle Bilder von Malinche, die ich gesehen habe, geben die Vorstellungen von Männern wieder, die sie weder kannten, noch je einen Blick auf sie geworfen hatten. Ich habe sie nackt und vereinsamt unter den Treppenstufen im Collegio de San Ildefonso in Mexiko-Stadt gesehen, aufmerksam und beobachtend an den Wänden des Nationalpalasts, bescheiden und scheu wie die Venus von Botticelli auf dem alten Kupferstich von der Begegnung in Potonchan.

Es gibt noch viele Darstellungen Malinches. Um die Mitte des sechzehnten Jahrhunderts begannen allmählich Einheimische mit der Aufzeichnung der Geschichte der Conquista. Die damals entstandenen Werke haben klangvolle Namen, zum Beispiel Florentiner Codex, Tepetlan Codex, Lienzo de Tlaxcala. Jedes ist nach der Stadt oder dem Staat seiner Entstehung benannt oder, wie im Fall des Florentiner Codex, nach seinem Aufbewahrungsort.

In diesen schönen und wichtigen bebilderten Büchern gehört Malinche sozusagen zur Standardausrüstung. Gewöhnlich erscheint sie einfach in einer bestickten *huipil.* Manchmal ist ihr Haar an den Schläfen zu zwei Schnecken aufgesteckt, eine Frisur, die immer noch bei den Maya-Frauen in ganz Mesoamerika beliebt ist. Auf anderen Bildern trägt sie das Haar lang und offen, entsprechend den Vorschriften für die Haartracht unverheirateter Frauen ihrer Zeit, und meist schwebt eine eingerollte Zunge über ihrem Kopf, zum Zeichen, daß sie spricht. Immer ist sie in der Mitte des Bildes, während die Spanier als Gruppe auf der einen, die indianischen Würdenträger und Krieger auf der anderen Seite stehen. Häufig wird dargestellt, wie Malinche Geschenke entgegennimmt, zum Beispiel Truthähne und Decken, oder religiösen Unterricht erteilt.

Ihr Platz in der Mitte der Bilder und ihre Größe – häufig überragt sie die links und rechts von ihr stehenden Männer – sind so wortlose wie aussagekräftige Zeugnisse ihrer sichtbaren Präsenz und außerordentlichen Bedeutung für alle, die sie unterwegs sahen. Aber als Porträts geben diese Abbildungen nichts von ihren individuellen Zügen, ihrer Haltung, ihrem Gesichtsausdruck preis. Auf den Bildern hat sie eine puppenhafte Anonymität und formelhafte Schönheit.

Wenn ich mir jetzt ein Bild von Malinche mache, halte ich mich an meine eigene Vorstellung von ihrem Aussehen in Potonchan am Vorabend der Conquista: Ungefähr achtzehn Jahre alt, kupferfarbige Haut, Adlernase, Augen mit Mongolenfalte, schimmerndes schwarzes Haar. Um den Hals trägt sie eine Goldperlenkette, an den Füßen Gummisandalen nach der damaligen Mode des tropischen Südens. Ich sehe sie in ihrer bestickten *huipil*, ihre dunklen Augen blicken wachsam. Sie ist klein und aufrecht, elegant und intelligent. Ihr Sinn für Ironie ist ausgeprägt, und wenn sie

Malinche dolmetscht für Cortés und nimmt Geschenke der Tlaxclateken entgegen.

Malinche schläft auf der Reise nach Tenochtlitlán.

Malinche wohnt mit Cortés der Taufe von tlaxaltekischen Anführern bei.

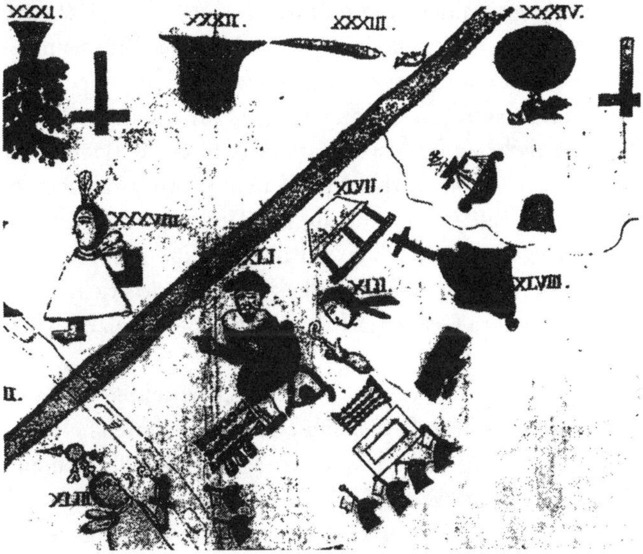

Malinche werden Decken und Truthähne als Geschenke überreicht.

lacht, wirft sie den Kopf zurück wie die Leguanverkäuferin in Jaltipan.

Von Hernán Cortés hat Bernal Díaz jedoch eine klare, detaillierte Schilderung geliefert. Er schreibt über seinen Generalkapitän: Er »war gut gewachsen und wohlproportioniert … wirkte ernst, konnte seinen Augen aber einen sehr freundlichen, warmen Ausdruck verleihen.« Sein Bart war ziemlich dunkel und schütter, aber er hatte »eine breite Brust, kräftige Schultern, wenig Bauch und leicht gekrümmte Beine, dafür aber wohlgeformte Schenkel und Füße.«

Díaz erinnerte sich, daß Cortés eine Narbe unter der Unterlippe hatte, die aus einem seiner Degenkämpfe wegen einer Frau stammte; »wenn man die Narbe anstarrte, versuchte er, sie besser mit seinem Bart zu verdecken.« Das ist ein interessanter Kommentar, der vermuten läßt, daß Cortés nicht ohne eine gewisse Eitelkeit und Befangenheit war. Auch von ihm gibt es eine Menge Beschreibungen, wie bei einem so reichen, wichtigen Mann im Licht der Öffentlichkeit nicht anders zu erwarten. Zahlreiche Beobachter versuchten sich in Farbe, Metall und Wörtern an seinem Porträt; die Bilder haben erbauliche Titel, zum Beispiel *Cortés der Kühne,* ein Gemälde, auf dem er eine schimmernde schwarze Rüstung trägt, den Blick himmelwärts richtet und die Hände zum Gebet gefaltet hält wie ein mittelalterlicher Heiliger.

Zum Glück hat wenigstens ein scharfsichtiger Künstler, dem es mehr auf Genauigkeit als auf Schmeichelei ankam, ein Porträt hinterlassen, das als wirklich ähnlich gilt, Christoph Weiditz, ein deutscher Maler. Er hielt sich 1528 zufällig am spanischen Hof auf und machte eine Reihe Aquarellstudien von den mexikanischen Eingeborenen, die Cortés in jenem Jahr bei seiner triumphalen Heimkehr begleiteten. Weiditz nahm auch die Gelegenheit wahr, ein Medaillon vom Konquistador selbst anzufertigen. Es befindet sich jetzt in einem der Staatlichen Museen zu Berlin, und das Gesicht hat nichts von der gekünstelten, frömmelnden Attitüde so vieler anderer Cortés-Porträts. Es wirkt weder häßlich noch besonders ansehnlich oder vornehm. Die Augen in dem Metallrelief sind blicklos, Gesicht und Nase lang, der Mund klein und teilweise von einem herabhängenden Bart verdeckt. Der Bart ist in einer geraden Linie geschoren, das fast schulterlange Haar fällt gleichmäßig und ist ebenfalls mit geometrischer Präzision geschnitten. Er trägt ein schmuckloses Wams und ein flaches Barett, vielleicht aus Samt. Diagonal über die untere rechte Wange verläuft eine Linie, die wie eine Narbe aussieht.

Es ist kein ungewöhnliches Gesicht, aber der Ausdruck

Münze mit Hernán Cortés' Porträt von Christoph Weiditz, 1529.

des kleinen harten Mundes deutet auf eine gewitzte energische Persönlichkeit. Oder vielleicht finden wir in einem solchen Porträt nur unsere vorgefaßte Meinung wieder. Wir sehen den bekannten Namen am Rand des Medaillons umlaufend eingeritzt: »Don Ferdinando Cortés«, mit der häufig vorkommenden Ersetzung des »H« in seinem Vornamen durch »F«. Wir kennen den Namen und wissen einiges von den Abenteuern seines Trägers. Vielleicht kommt uns durch dieses Wissen der Ausdruck des Gesichts so unerbittlich vor.

Und der Mann selbst? Aus seinen Briefen ist zu entnehmen, welche Vergleiche er anstrengte, um die exotische Welt Amerikas begreifen und schildern zu können. Sein Heimatland Spanien hatte achthundert Jahre unter der Herrschaft des Islam gestanden und sie gerade erst abgeschüttelt, islamischer Einfluß ist in Cortés' Schilderungen deutlich. Wenn er die Tempel und Pyramiden der Maya, Totonaken und Azteken bestaunte, sah er »Moscheen«. Die

Kleider der Leute in Mexiko waren in seinen Augen arabische Kleidungsstücke. »Große Schleier in leuchtenden Farben« nannte er sie oder »dünne Umhänge in maurischem Faltenwurf«.

Cortés stammte aus dem niederen Adel. Er war, wie Bernal Díaz auch, ein *hidalgo,* wörtlich übersetzt »der Sohn von jemandem«. Eine Zeitlang hatte er an der Universität Salamanca studiert, war aber 1504 ohne einen Studienabschluß nach Westindien aufgebrochen und hatte sich in Kuba niedergelassen. Die bewegenden Reden, die er seinen Leuten in Krisenmomenten hielt, waren durchsetzt mit Anspielungen auf Caesar und Aristoteles, und wegen der häufigen Berufung auf diese Autoritäten waren viele seiner Zeitgenossen überzeugt, er habe die klassische Antike studiert.

Der Historiker J. H. Elliott glaubt, daß Cortés zwar belesen war, seine eigentliche Stärke aber auf anderem Gebiet lag: Er konnte wirkungsvolle Formulierungen sehr schnell erfassen und sehr geschickt einsetzen. Elliott stellt fest, daß Cortés, obwohl er wie die meisten seiner Landsleute an die Macht von »Fortunas Rad« glaubte, doch überzeugt war, daß die Allmacht dieses Rades, also des Zufalls, durch Willensstärke zu überwinden sei. Diese Einstellung war zu Cortés' Zeit ungewöhnlich; Elliott rückt sie in die Nähe zur Theorie Macchiavellis. Als Beleg dafür berichtet er eine verblüffende Anekdote.

Nach dem Fall Tenochtitláns veranstaltete Cortés ein Turnier, ein Ringstechen, mit einigen seiner Männer; als Wappenbild wählte er sich ein Glücksrad und einen Mann mit einem Hammer in der einen und einem Nagel in der anderen Hand. Darunter setzte er ein Motto: »Ich werde den Nagel einschlagen, wenn ich sehe, daß es nichts mehr zu besitzen gibt.«

Cortés war kein bekannter Weltumsegler wie sein portugiesischer Zeitgenosse Fernão de Magalhães oder sein italienischer Vorgänger Kolumbus. Er war ein Notar, der eine private Expedition organisierte und von Kuba aus mit ihr aufbrach. Er hatte die Erlaubnis des Gouverneurs, an der Festlandküste entlang bis nach San Juan de Ulua zu segeln und dann umzukehren, genau wie Juan de Grijalva im Jahr zuvor. Aber er hielt sich nicht an diesen Befehl, sondern segelte weiter. Er machte eine nicht vorhersehbare Eroberung, welche die Gestalt unserer Welt für alle Zeit veränderte.

Bestimmte Zeiten und bestimmte Taten fordern die Erfindung neuer Wörter und Ausdrücke. Als Cortés und seine Begleiter 1519 aus Kuba aufbrachen, identifizierte man sie mit ihren Berufen: Sie waren Notare, Schmiede, Zimmerleute, Musiker, Feldschere und Soldaten, und sie hatten den Auftrag, an der Festlandküste Erkundungen einzuziehen und Handel zu treiben. Aber unter dem Eindruck der Ereignisse während dieser Erkundungsreise sahen sich die Spanier genötigt, ein neues Wort für diese zweifelhaften Abenteurer und ihre Nachfolger zu prägen: *conquistadores*. Als Cortés 1519 an der Küste Mexikos landete, war das Wort noch nicht erfunden, aber wenig später kam es in Umlauf.

Malinches sexuelle Beziehung mit Cortés muß um die Mitte des Jahres 1519 angefangen haben. Einige Monate davor, in Potonchan, hatte Cortés sie seinem jungen aristokratischen Freund Hernando Alonso Puertocarrero zugeteilt. Wir haben keine Möglichkeit, uns Kenntnisse über die Art der Beziehung zu verschaffen, die Malinche mit diesem Mann in diesen Monaten genoß oder aushielt, denn über derlei Dinge schweigt sich die Geschichtsschreibung aus.

Wir können jedoch vermuten, daß sie wie die anderen Frauen, die mit ihr zu den Spaniern gekommen waren, Holz sammelte und Wasser trug, Puertocarreros Feuer hütete, ihm Essen kochte und seine Schlafmatte mit ihm teilte, wenn sie dazu aufgefordert wurde. Im Juli, als die Expedition noch in Veracruz kampierte, reiste Puertocarrero im Auftrag von Cortés nach Spanien ab; er sollte dem spanischen König Karl Nachrichten und kostbare Schätze überbringen. Bernal Díaz läßt uns wissen: »Und als Puertocarrero nach Spanien zurückkehrte, lebte Doña Marina mit Cortés, dem sie einen Sohn namens Don Martin Cortés gebar.«

Von Malinches Liebesleben wissen wir wenig, aber über das von Cortés sind wir sehr gut informiert, denn als es Malinche noch gar nicht gab, war er schon berühmt oder berüchtigt für seine Promiskuität, und noch nach seinem Tod lebte dieser Ruhm weiter. Zum Beispiel war er in Kuba, wo er fünfzehn Jahre gelebt hatte, bevor er seine Expedition zum Festland zusammenstellte, ständig in Skandale verwikkelt gewesen. Einmal stürzte er nachts von einer Mauer, als er zu einem verbotenen sexuellen Abenteuer unterwegs war.

Die Ehe mit seiner ersten Frau, Beatriz Juarez de Marcaida, schloß er nach heftigen Auseinandersetzungen, möglicherweise unter Druck, denn offenbar hatte er durch sein Benehmen ihren Ruf geschädigt. Auch nach der Conquista klatschte man in Mexiko gern und viel über Cortés' Schürzenjägerei, sie wurde sogar in Gerichtsprozessen aktenkundig.

Bernal Díaz verschwieg diese Vorkommnisse in seinen Erinnerungen nicht. Er bewunderte seinen Generalkapitän, aber er war nicht blind für dessen Fehler. Er gab zu, er habe gehört, daß Cortés »ausschweifend mit Frauen« gewesen sei, sich auch »im Übermaß von Frauen angezogen fühlte und eifersüchtig über seine eigenen wachte«.

Was war also Malinche für Cortés? Geliebte, Mätresse, Konkubine, Hure? All diese Begriffe sind in den Jahrhunderten seit ihrem Tod auf sie angewendet worden, jeweils abhängig von den Vorurteilen derer, die über sie gesprochen oder geschrieben haben. Man kann – so wie ich – ständig über diese Bezeichnungen und ihre unterschiedlichen Nuancen nachdenken. Man kann sie im Licht noch der kümmerlichsten Beweisspuren gegeneinander abwägen, man kann sie hin und her wenden und wird am Ende doch nicht wissen, welche von ihnen der Wahrheit am nächsten kommt.

Malinche und Cortés heirateten nicht, und in den Jahren, in denen er vermutlich mit ihr lebte, hatte er ständig Affären mit anderen Frauen, Spanierinnen wie Indianerinnen. Dieses Faktum mag Malinche weiter nicht gestört haben. Sie war in der polygamen Maya-Welt in Potonchan aufgewachsen, und sie hatte keinen Grund, eine monogame Beziehung mit einem Mann zu erwarten oder auch nur zu wünschen. Aber wir können nicht in Erfahrung bringen, was die beiden füreinander empfanden. Ihre Beziehung kann auf leidenschaftlicher Zuneigung beruht haben, kann aber genausogut für beide eine bloße Zweckgemeinschaft, eine Art »Vernunftehe« gewesen sein. Nimmt man den für Malinche unglücklichsten Fall an, dann hat sie sich nach seiner Zuwendung gesehnt, während er nicht viel von ihr hielt.

Jedoch hat weder sie noch er Nachricht über die Empfindungen für den anderen oder die andere hinterlassen. Deshalb können wir nur eines mit Sicherheit sagen: Nach dem Juli 1519 und in den folgenden vier Jahren waren Cortés und Malinche häufig zusammen und wurden viel zusammen gesehen. Und wir wissen, daß sie ihm 1522 einen Sohn gebar, ein Kind, das er Martín nannte, nach seinem geliebten Vater in Spanien.

Wir Leute von hier

Von Jalapa aus wandte ich mich südwärts wie einst Malinche und fuhr mit lokalen Bussen auf kurvenreichen gefährlichen Bergstraßen zum Staat Tlaxcala hinunter. Hier in dieser hochgelegenen, dem Wind ausgesetzten Landschaft wurde der Marsch der Spanier zum Angsttraum, als sie sich über einen eisigen Bergpaß in eine Wüste aus Vulkanasche und Sand durchkämpften und zum höchsten Berg Mexikos hinübersahen.

Er hatte schon einen eleganten Nahuatl-Namen, Citlaltepetl, »Sternberg«. Aber Namensgebung und Umbenennung sind hochbedeutsame Rituale des Besitzergreifens. Also tauften die Spanier den Berg um und gaben ihm – mit der üblichen Arroganz von Invasoren – einen Namen aus ihrer eigenen Sprache: Orizaba.

Diesen eindrucksvollen Vulkanberg hatten sie bereits einige Monate vorher auf ihrer Küstenfahrt von Potonchan nach Veracruz aus der Ferne gesehen. Befremdlich und rätselhaft war ihnen vorgekommen, daß über der heißen üppigen Küstenebene ein schnee- und eisbedeckter Berg stehen sollte. »Er ist so weiß, daß wir meinen, er wäre verschneit«, schrieb Cortés, »aber weil wir ihn nicht sehr deutlich sehen konnten … und weil die Gegend hier so heiß ist, wissen wir es nicht sicher.«

In jener Nacht bekamen sie den Eishauch des Orizaba zu spüren und wären in einem Hagelsturm an seinen Hängen fast erfroren. Zum Schutz gegen die Kälte hatten sie nichts, nur ihre Rüstungen, und jetzt merkten sie mit Bestürzung, daß das, was sie aus der Ferne gesehen hatten, tatsächlich Schnee war.

Im Staat Tlaxcala kann man von bestimmten hochgelegenen Punkten aus in der klaren Luft des frühen Morgens vier Vulkane auf einmal erkennen. Im Osten nimmt man gerade noch den glitzernden Gipfel des Orizaba wahr, im Westen schauen die schneebedeckten Kegel Popocatépetl und Iztaccihuatl auf Mexiko-Stadt hinunter. Aber im Vordergrund sieht man einen anderen hohen schlanken Berg. Im Winter sind seine Hänge schneebedeckt, im Sommer sind sie leuchtend grün.

Einst hieß er »Matlecueye« zu Ehren der Gattin des Regengottes, die einen Rock aus Jade trug, aber jetzt ist er unter dem Namen La Malinche bekannt. Malinche wird diesen Berg gesehen haben. Ihr Weg von Jalapa nach Tenochtitlán führte unter seinen Hängen entlang; sie wird nicht im Traum daran gedacht haben, daß dieser Vulkan eines Tages ihren Namen tragen könnte.

Wie und wann der Name sich änderte, ist nicht klar. Im späten sechzehnten Jahrhundert nannte ein spanischer Mönch, der in den Ruinen von Tenochtitlán aufgewachsen war und sehr gut Nahuatl sprach, in seinen Schriften den Berg noch Matlecueye. Nach seiner Auskunft bedeutet das Wort »die mit dem olivgrünen Rock ... wegen des frischen Grüns und der grünen Wälder, die an den Hängen dieses Berges wachsen«. Er merkte aber auch an, inzwischen hätten viele Spanier sich angewöhnt, den Berg »Doña Mencia« zu nennen, und das ist merkwürdig. Man kann annehmen, daß dieser elegante Vulkan in den Jahren nach der Conquista zeitweilig den Namen einer anderen Frau trug. Wer war diese Doña Mencia? Wessen Mutter, Tochter oder verflossene Geliebte?

Ich fuhr mit einem Bus von der Nordseite der La Malinche auf einer staubigen Bergstraße in das Dörfchen San Andres Ahuahuaztepek. Als wir uns dem Dorf näherten, zeigten die anderen Fahrgäste auf die Hügel in der Umgebung. Sie erzählten mir, wenn ich gründlich suchte, würde ich vielleicht scharfkantige Feuerstein- und Obsidianscherben finden; das seien Überreste einer großen Schlacht, die ihre Vorfahren einst gegen die Spanier geschlagen hätten.

San Andres ist wie alle mexikanischen Städte rund um eine zentrale Plaza gebaut, an deren einem Ende eine Kirche steht. Die Kirche von San Andres ist klein, hat aber eine sehr schöne, mit glasierten blauen und weißen Kacheln reich verzierte Fassade. Als ich ankam, war Spätnachmittag, die hölzernen Kirchenbänke voll besetzt, der Altar schimmerte im Kerzenlicht, und eine Vorbeterin sprach den Rosenkranz. Zu wem in der Gruppe der Betenden, von denen manche knieten und manche saßen, die Stimme gehörte, konnte ich nicht sehen. Aber von Zeit zu Zeit hörte ich ihre weiche Stimme mit dem Gruß *Salve María, Santa María.* Der Klang kam von vorn.

Als der Rosenkranz zu Ende gebetet war, bewegten sich die Leute allmählich und leise hinaus, und ich ging nach vorn zum Altar. Eine ältere Frau ordnete die Blumen, und nachdem sie sich bekreuzigt und die Knie gebeugt hatte, sprach ich sie an: »*Perdoname, señora*«, flüsterte ich, »irgendwo hier hängt ein Bild, glaube ich.« Ich erklärte ihr, wonach ich suchte.

»Ja«, sagte sie, »ich zeige es Ihnen«.

Die Sakristei war links vom Altar. Sie führte mich hinein. Ich sah einen polierten Schrank mit ordentlich aufgehängten Priesterroben und daneben an der Wand eine von Rissen durchzogene, verblichene Studie mit vier Figuren, drei Männern und einer Frau.

Ich ging näher und sah, daß unter den Figuren sorgfältig geschriebene Namen standen: »Hernán Cortés«, »Sankt Anton«, dem das Dorf nach der Conquista geweiht worden war, und »Xicotencatl«, im sechzehnten Jahrhundert Herr des Dorfes. Die Frau in der Mitte des Bildes, zwischen dem Konquistador, dem Heiligen und dem angestammten Dorfherrn, war Malinche. Ihr Gesicht war fein ausgeführt, das Haar an den Schläfen zu Schnecken gedreht, und sie trug eine prächtige *huipil* mit Federbesatz. Über die rechte Schulter hatte sie sich einen Köcher mit Pfeilen gehängt, und zu ihren Füßen lag eine kleine Federkrone. Ihr spanischer Name »Doña Marina« stand darunter.

Ich konzentrierte mich so auf das Bild, daß ich die Frau neben mir fast vergessen hätte. Sie stand wartend da, in der Hand einen Bougainvilleazweig. »Ein schönes Bild«, murmelte ich.

Sie nickte. »Es ist zu Anfang des 18. Jahrhunderts gemalt.« Ich fragte sie, ob sie wisse, wer der Maler sei. »Es waren mehrere Künstler, glaube ich, alle hier aus dem Dorf«, erwiderte sie.

Sie dachte einen Augenblick nach. »Von wo sind Sie gekommen?« fragte sie.

»Aus Jalapa«, sagte ich. »Und davor aus Veracruz.«

»Dann sind Sie nicht durch San Pedro gekommen?« Ich muß ratlos ausgesehen haben.

»San Pedro Tlacotepec. Südlich vom Vulkan«, erklärte sie mir. »Es ist nur, weil ich gehört habe, daß es dort drüben in San Pedro noch so ein Bild geben soll.«

Wir gingen durch die Kirchentür und blieben stehen, mit dem Blick auf La Malinche.

»Wir hier in Tlaxcala haben Malinche immer verehrt«, erzählte mir die Frau, wie um mir ein Geheimnis anzuvertrauen. »Aber vielleicht sind wir dafür gestraft worden. Die Leute sagen, daher kommt es, daß unsere jungen Männer alle weggehen. In die Hauptstadt oder in den Norden, oder, noch schlimmer, in die Vereinigten Staaten. Aber so ist es eben in ganz Mexiko.« Sie wendete sich zum Vulkan und seufzte: »Aber hier in der Gegend heißt es, das kommt von

Malinche, weil wir so an ihr hängen. Deshalb verlieren wir die jungen Männer. Es ist ein Fluch, sagt man, … daß das Fremde so verlockend ist.«

Tlaxcala ist jetzt der kleinste Staat Mexikos, aber als die Spanier dieses Bergland im September 1519 erreichten, war es eine unabhängige Nation. Im Jahrhundert davor hatten sich fast alle Nachbarstädte den Culua-Mexica unterworfen. Nur Tlaxcala und Huejotzingo, damals ein Nachbar, jetzt ein Bezirk des Staates Tlaxcala, waren autonom geblieben. Sie waren beide nur ein paar Tagesmärsche von Tenochtitlán entfernt, und trotz der gefährlichen geographischen Nähe hatten sie die Angriffe des Moctezumareichs mit einer in Zentralmexiko seltenen wilden Entschlossenheit abgewehrt.

Daß Cortés ein Bündnis mit diesen beiden mächtigen Stadtstaaten schloß, war für seinen Sieg entscheidend. Es vermehrte seine Streitkräfte um Zehntausende. Es führte ihm kampfgestählte Krieger zu, deren stärkste Waffen die genaue Vertrautheit mit dem Feind und der mörderische Haß auf die Culua-Mexica waren. Ohne die Hilfe von Tlaxcala und Huejotzingo wären Cortés und seine Männer wahrscheinlich zugrunde gegangen, bevor sie Tenochtitlán auch nur gesehen hätten.

Die Tlaxcalteken waren nicht leicht zu Verbündeten zu gewinnen. Keine Nation mit so viel Widerstandskraft, Kampfgeist und Unabhängigkeitsbedürfnis wie sie hätte den Einmarsch einer fremden Armee in ihr Gebiet freudig begrüßt. Anfänglich gab es an den Hängen rund um San Andres Ahuahuaztepec eine Reihe von Gefechten – heftige Kämpfe laut Bernal Díaz, die den Spaniern schwer zusetzten, so daß sie in aussichtsloser Lage an einem eisigen Hang festsaßen, übel verwundet, der Panik nahe. Manche meuterten offen. In diesem kritischen Augenblick wurde die Allianz mit Tlaxcala und Huejotzingo geschlossen.

Genaue Angaben über das Zustandekommen der Allianzen fehlen uns, aber Bernal Díaz berichtet, daß Malinche Cortés zu den Verhandlungen mit den tlaxcaltekischen Feldherren begleitet habe, da sie wie die Culua-Mexica Nahuatl sprachen. Díaz war bei dieser Begegnung nicht dabei, deshalb wissen wir nicht genau, was Malinche zu ihnen sagte, welche Abmachungen getroffen, welche für beide Seiten vorteilhaften Verpflichtungen eingegangen wurden. Wir wissen jedoch, daß auch die Tlaxcalteken in ihren Kämpfen gegen die Spanier empfindliche Verluste erlitten hatten. Die Feuerwaffen, die sie nicht kannten, hatten ihnen entsetzliche Wunden zugefügt und so viele Menschen umgebracht, wie Tlaxcala es in kriegerischen Auseinandersetzungen noch nie erlebt hatte. Nach dieser Erfahrung müssen sie den Eindruck gehabt haben, daß ein Bündnis mit den Spaniern gegen Tenochtitlán zu ihrem Vorteil sei.

Wie um das Bündnis zu festigen, überfielen die Spanier knapp zwei Wochen später die nahe gelegene Stadt Cholula, die mit Tlaxcala verfeindet war, und metzelten die Einwohner zu Tausenden nieder. Als spanische Gegner der Conquista einige Zeit danach von dem Massaker in Cholula erfuhren, waren sie empört. Der Dominikaner Bartolomé de las Casas, ein unermüdlicher Kritiker, verurteilte es für alle Zeiten als eine unglaubliche Greueltat. Wegen Cholula mußte Cortés sich bis ans Ende seiner Tage rechtfertigen.

Bernal Díaz bekräftigte immer Cortés' Version der Ereignisse: Der Überfall auf Cholula sei ein Akt der Selbstverteidigung der Spanier gewesen. Er behauptete in seinem Erinnerungsbuch, eine alte Frau aus Cholula habe Zuneigung zu Malinche gefaßt und sie ihrem Sohn zur Frau geben wollen. Deshalb habe sie Malinche gewarnt und ihr verraten, daß die Leute aus Cholula einen Angriff auf die Spanier planten. Wie Díaz schreibt, ging Malinche daraufhin sofort zu Cortés, um ihn vor der Gefahr zu warnen, und dann erst hätten die Spanier beschlossen, Cholula zu überfallen. Dieses angebliche Komplott war immer Cortés' Rechtfertigung für Cholula.

Bartolomé de Las Casas weigerte sich, die Geschichte von der alten Frau und Malinche und der sogenannten Verschwörung zu glauben. Er bezeichnete das Massaker von Cholula als einen Terroranschlag auf Unschuldige, und er hat zweifellos recht. Cholula war kein Militärstützpunkt, sondern eine friedliche Stadt, deren Einwohner sich kürzlich den Culua-Mexica unterworfen hatten. Ihr einziges Verbrechen bestand darin, daß sie allzu leicht verwundbare Feinde der Tlaxcalteken waren. Mit einiger Wahrscheinlichkeit war das Massaker in Cholula der Preis oder ein Teil des Preises, den Malinche im Auftrag von Cortés als Gegenleistung für die Loyalität Tlaxcalas geboten hatte.

Vierzig Jahre danach schrieben die Leute von Tlaxcala ihre eigene bebilderte Geschichte der Conquista. Dieses Werk, der *Lienzo de Tlaxcala,* war weder als Kunstwerk noch als eine historische Darstellung um ihrer selbst willen gedacht. Es war eine bebilderte Zusammenstellung der Dienste, welche die Tlaxcalteken den Spaniern während und nach der Conquista geleistet hatten. Auf der Grundlage dieser Liste stellten sie an die Spanische Krone die Forderung nach besonderen Privilegien.

Das Original des *Lienzo* ist seit langem verschwunden. Vielleicht liegt es vergessen im Keller eines großen Museums in Madrid oder Wien, so wie Moctezumas berühmter Kopfschmuck bis zum achtzehnten Jahrhundert, als er in einer Burg in Tirol zum Vorschein kam. Aber etliche Abschriften des *Lienzo* sind erhalten geblieben, und Malinche ist fast auf jeder zweiten der insgesamt achtundvierzig genauen Illustrationen zu sehen.

Wir erkennen sie, wie sie zusieht, als Cortés Xicontecatl, den Herrn von Tlaxcala, empfängt; wir finden sie als Gast bei seiner Taufe. Auf einem Bild schläft sie, das Gesicht in die Hand gestützt; wir sehen sie einen Schild tragen und den Tlaxcalteken Religionsunterricht geben. Die Darstellungen sind ein eindringliches, wortloses Zeugnis dafür, daß sie in den Augen der Tlaxcalteken von entscheidender Bedeutung war.

Wie immer es dazu kam und was immer Malinches Anteil an der Gestaltung dieses lebenswichtigen Bündnisses war, der Frieden wurde erreicht. »Und wir dankten Gott von ganzem Herzen«, schrieb Díaz, »denn in diesem Augenblick waren wir abgezehrt, müde und unglücklich über diesen Krieg, von dem kein Ende abzusehen war.«

1560 schrieben die Männer von Huejotzingo einen berühmt gewordenen Brief an den König Philipp von Spanien. Dieser Brief war wie der *Lienzo de Tlaxcala* eine Liste der Hilfsdienste, die sie Cortés während der Conquista-Feldzüge geleistet hatten. Nun verlangten sie als Gegenleistung für ihre kriegsentscheidende Hilfe gewisse Privilegien.

Die Leute von Huejotzingo betonten nachdrücklich, daß sie im Gegensatz zu den Tlaxcalteken, die anfangs gegen die Spanier gekämpft hätten, von Anfang an Cortés und seine Männer mit offenen Armen empfangen hätten: »Wir umarmten sie, wir empfingen sie mit vielen Tränen, obwohl wir sie gar nicht kannten … nirgendwo griffen wir sie an … wir begannen sie zu speisen und zu bedienen … Und als sie mit ihrer Eroberung und Kriegsführung anfingen, bereiteten wir uns auch gut darauf vor, sie zu unterstützen … wir halfen ihnen nicht nur in den Kämpfen … wir waren es, die dafür arbeiteten, dass sie die Mexica mit Booten besiegen konnten.«

Bis ins einzelne wurde ausgeführt, welche militärische Hilfe die Leute von Huejotzingo den Spaniern gegeben hatten, als sie gemeinsam mit ihnen längs und quer durch Mesoamerika gezogen waren, bis nach Nicaragua im Süden und im Norden bis nach Kalifornien, und dem Spanischen Reich neue Territorien gewannen.

»Und als sie die Mexica und alles, was ihnen gehörte, eroberten«, schrieben die Männer von Huejotzingo, »haben wir sie nie im Stich gelassen und nie aufgegeben. Und als sie auszogen, Michoacan, Jalisco und Colhuacan zu erobern, und in Panuco und Oaxaca, Tehuantepec und Guatemala, und hier in ganz Neuspanien, wo sie eroberten und Schlachten schlugen, bis sie mit den Eroberungszügen fertig waren, auch da haben wir sie nie im Stich gelassen. Und dabei lügen wir nicht, denn die Eroberer selbst wissen es.«

Die populäre Geschichtsschreibung hat sich entschieden, diese wichtigen Bündnisse mit den einheimischen Mesoamerikanern nicht zur Kenntnis zu nehmen. Der Mythos von der leichten Eroberung Mexikos durch die Europäer ist genau wie der Mythos von der leichten europäischen Eroberung Australiens – oder noch schlimmer, das Märchen von der *terra nullius,* dem Land, das keinem gehörte und deshalb gar nicht erobert werden mußte – fester Bestandteil unserer Auffassung von diesen weltbewegenden Ereignissen.

Wenn wir überrascht oder schockiert sind, daß Tlaxcala und Huejotzinga bei der Conquista mitgewirkt haben, dann liegt das vielleicht zum Teil an unserer Unfähigkeit zu erkennen und zu begreifen, daß es auch außerhalb Europas Vielfalt gibt. Wir wissen sehr gut, daß Italiener anders sind als Schotten oder Deutsche, daß Iren sich von Engländern unterscheiden. Aber offenbar haben wir Schwierigkeiten, uns klarzumachen, daß einheimische Amerikaner, Afrikaner, Australier weder jetzt ein einziges ununterscheidbares, amorphes Volk sind noch je eine solche Einheit waren. Wir wollen, daß sie »Indianer« sind, »Eingeborene«; und im Fall von Mexiko sollen sie alle »Azteken« sein. Wenn es sich so verhielte, wäre die Conquista viel leichter zu verstehen.

In Wirklichkeit aber kämpften Tlaxcala und Huejotzinga auf der Seite von Cortés, und ohne ihre Hilfe wären Cortés und die Seinen womöglich zugrunde gegangen. Wie Malinche schuldeten auch die Tlaxcalteken den Culua-Mexica keine Treue, und an ihrem Verhalten war nichts Verräterisches. Die Conquista war für sie nur eine von vielen Episoden in ihrem Dauerkrieg gegen Tenochtitlán.

Es scheint klar zu sein, daß die Einwohner des Gebietes, das wir jetzt Mexiko nennen, vor der Ankunft der Spanier kein Bewußtsein einer kollektiven Identität hatten, aber darin unterschieden sie sich nicht von ihren Zeitgenossen in Italien, auf den Britischen Inseln, dem Balkan oder in Australien. Ein kollektives Bewußtsein ihrer selbst brauchten sie nicht, da sie genau wußten, wer sie waren. Sie waren die Maya, die Culua-Mexica, die Totonaken, die Tlaxcalteken, die Leute von Huejotzinga oder Cholula.

Deshalb gab es in ihren Sprachen kein Äquivalent für den Oberbegriff »Indianer«, den ihnen Europa nach 1492, nach dem verhängnisvollen Irrtum des Kolumbus, aufzwang. Auch für die anderen Begriffe, die wir seitdem geprägt haben, gibt es keine Entsprechung, weder für »Indios« noch für »Amerikaner« oder »Ureinwohner Amerikas«. Diese Wörter in der Bedeutung von »ein Volk« hätten für die Maya, Tlaxcalteken, Culua-Mexica keinen Sinn ergeben. Sie wußten, was europäische Weltmachtkonstrukteure in Amerika, Afrika und später in Australien nie begriffen haben: daß die eingeborenen Völker dieser Kontinente niemals alle nur ein und dasselbe Volk waren.

Ende der achtziger Jahre war James Lockhart Gastprofessor an meiner alten Universität, und ich reiste eigens in die Stadt, um ihn an einem heißen Herbstnachmittag in einem Seminar zu hören. Er berichtete, wie er und seine Kollegen in Mexiko-Stadt zufällig auf ein vergessenes Versteck mit juristischen, auf Nahuatl verfaßten Dokumenten aus der Zeit unmittelbar nach der Conquista gestoßen seien.

Er hatte herausgefunden, daß die Dokumente Protokolle von Prozessen waren, in denen es um kleine, interessante Streitigkeiten zwischen Nachbarn ging: Besitzrechte an Eseln, Haushaltsgeräten, Grundstücken. Lockhart schilderte, wie er mit der Entdeckung dieser Gerichtsakten, ganz zufällig also, Nahuatl lernte und später zum Nahuatl-Forscher wurde.

James Lockhart hat in diesen Dokumenten und auch in den offizielleren Nahuatl-Geschichtsschreibungen der Conquista, zum Beispiel im Florentiner Codex, ebenso gründlich wie vergeblich nach einem kollektiven Begriff der Nahuatl-Sprache für die eingeborenen Völker Mexikos gesucht. Aus dem Fehlen eines solchen Begriffs schließt Lockhart, ihre Welt müsse vor der Conquista so eindeutig und dauerhaft durch »Mikro-Patriotismus« aufgeteilt gewesen sein, daß sie auf eine kollektive Bezeichnung gar nicht kommen konnten.

Auch nach der Conquista habe sich ein solches kollektives Bewußtsein nur sehr langsam entwickelt. Selbst das Auftauchen der Spanier am Horizont hat offenbar nicht, wie man erwarten könnte, die Bildung eines entsprechenden Begriffs gefördert. Lockhart meint, als die Spanier auf der Bildfläche erschienen, sei ihre Rolle nur wie der Auftritt eines weiteren Mitspielers, eines neuen Gegenspielers in einem komplexen kriegerischen Puzzle gesehen worden.

Einen Ausdruck, der allenfalls eine Näherung an ein kollektives Bewußtsein andeuten könnte, hat Lockhart in dem gut vierzig Jahre nach der Conquista verfaßten Buch 12 des Florentiner Codex gefunden. Dieser Ausdruck lautet *»nican tlaca«,* in Lockharts Übersetzung: »die Leute hier, die Hiesigen.«

Diese pointierte genaue Wendung *nican tlaca* kommt im

gesamten ausführlichen Florentiner Codex nur dreimal vor. Sehr bezeichnend für Malinches Geschichte wird der Begriff zum erstenmal im Zusammenhang mit ihr verwendet. Im Florentiner Codex wird sie bezeichnet als *»Ce cioatl nican titlaca«:* »Eine Frau, eine Hiesige, eine von unseren Leuten.«

Es könnte sein, daß der Anblick Malinches inmitten der Fremden, der Kastilianer, *Caxtillan tlaca,* eine erste Regung kollektiver Identität, die erste Ahnung eines »Wir« im Kontrast zum »Sie« im Bewußtein der Culua-Mexica weckt.

Die Zwillingsvulkane Popocatépetl und Iztaccihuatl thronen am Rand von Tlaxcala und schauen hinunter auf ein Gebiet, in dem heute die Außenbezirke von Mexiko-Stadt liegen. Der Sage nach sind sie ein Liebespaar – ein vulkanisches Paar. Sie sind auch die ehrwürdigen Wächter über Mexiko-Stadt. Seit Jahrhunderten haben sie gewacht, wenn Nomaden in Wellen von den nördlichen Wüsten ins fruchtbare Tal von Mexiko einwanderten und sich von seiner Schönheit verzaubern ließen, so wie die *Azteca,* die Leute aus dem Reiherwinkel, in den frühen Jahren des zwölften Jahrhunderts verlockt wurden.

Die Spanier kamen natürlich aus einer anderen Richtung, aus dem Osten, sie waren Barbaren einer neuen Art, und als sie durch Tlaxcala marschierten, betrachteten sie die beiden eindrucksvollen Berge mit großem Interesse. Besonders fasziniert waren sie vom Popocatépetl, der sich in jenem Jahr in einer Phase höchster Aktivität befand, und sie konnten sich nicht erklären, wie in einem derartig heißen Klima eisbedeckte Kuppen möglich wären; darüber hatten sie sich schon gewundert, als sie etliche Monate zuvor von ihren Schiffen aus den Orizaba anstaunten.

»Über dem einen, dem höheren von beiden«, schrieb Cortés später an den König, »erscheint häufig bei Tag und bei Nacht eine gewaltige Wolke, groß wie ein Haus, sie steigt pfeilschnell hoch zu den Wolken am Himmel und scheint mit solcher Kraft herauszuschießen.« In seinen Briefen aus dieser Zeit wirkt er zunehmend fasziniert von der Schönheit und Widersprüchlichkeit Mexikos, dieses Landes, das Hitze und Eis, Schnee und Erdbeben hat.

Keiner der Spanier habe je zuvor einen aktiven Vulkan gesehen, schrieb Bernal Díaz, und deshalb schickte Cortés seinen Freund Diego de Ordaz mit einer kleinen Gruppe Männer aus, den Popocatépetl zu besteigen. Ordaz kam fast bis zum Kraterrand, und während der Berg rumpelte und zitterte und in einem kleinen Ausbruch Steine und Asche hochwarf, sah er als erster Europäer Tenochtitlán.

Bernal Díaz beschrieb Diego de Ordaz später als einen »tapferen und besonnenen Mann … mit leichtem Stottern«. Als Ordaz vom Popocatépetl herunterkam, wird er wohl bei seiner Schilderung des Anblicks, der sich ihm vom Kraterrand aus geboten hatte, in der Aufregung sehr gestottert haben. Es dauerte noch mehrere Tage, bis Malinche und Cortés und alle anderen sich zum verschneiten Paß zwischen den beiden Vulkanen hinaufgearbeitet hatten und Tenochtitlán mit eigenen Augen sahen.

»Es war wie das Zauberreich im Roman von Amadis«, sagt Díaz und spielt wieder auf seinen Lieblingsritterroman an. »Und einige unserer Männer fragten, ob wir nicht nur Traumgesichte hätten … denn wir sahen Dinge, von denen man noch nie gesehen oder gehört hatte, nicht einmal im Traum.«

Seine Reaktion ist berühmt geworden. Ihr Widerhall in der Geschichte war wie ein Requiem, ein Abgesang auf die Stadt der Wunder, die von den Spaniern und ihren tlaxcaltekischen Verbündeten im Lauf der nächsten beiden Jahre dem Erdboden gleichgemacht werden sollte.

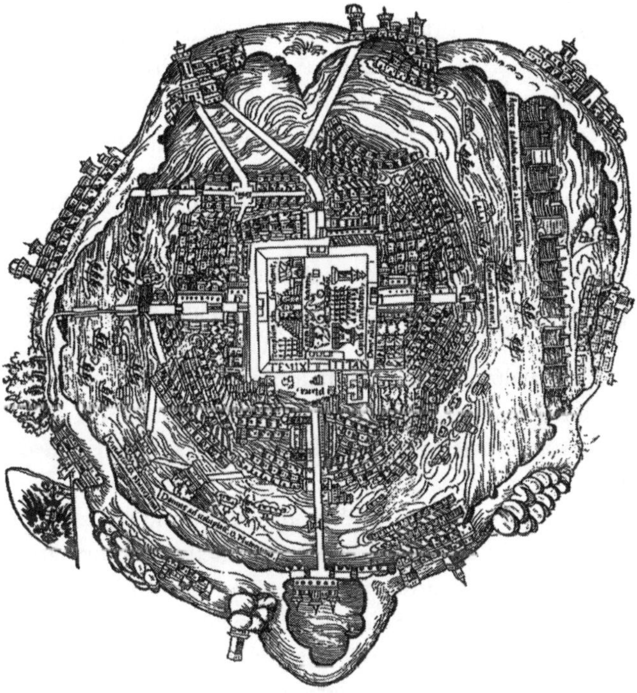

Karte von Tenochtitlán aus dem 16. Jahrhundert.

Als der Schild niedergelegt wurde

Am Sonntag morgen nach meiner Rückkehr in die Hauptstadt stieg ich auf den Hügel über der Basilika Unserer Lieben Frau von Guadalupe und hielt Ausschau nach Filomena Alvarado. Gegen zehn Uhr sah ich ihre zierliche schwarzgekleidete Gestalt aus der Menge der Amulettverkäufer auftauchen, die mit Rosenkränzen und Heiligenbildchen in dichten Trauben am Rand des Kirchplatzes standen. Ich lief ihr entgegen. »Heute morgen ist ein Pilgerzug aus Chiapas hier«, erzählte sie mir.

Als die Prozession über den Platz kam, war der Eingang zur Kirche schon verstopft von Menschen. Die Maya-Pilger hatten die Fahrt aus dem Süden mit ihren geliehenen Lastern und alten Bussen geschafft. Sie waren aus ihren traditionellen Dörfern rund um Palenque, San Cristóbal des las Casas und Amatenango gekommen, sie trugen die Fahne der Madonna von Guadalupe und gingen ernst und gesammelt an uns vorbei, die Gesichter konzentriert und entschlossen.

Ihr Bischof, Samuel Ruiz, folgte ihnen in vollem Ornat, mit Mitra und Krummstab und satinseidenem Pluviale. Er war gekommen, obwohl die Viehbarone, verärgert über seine Beteiligung an dieser zunehmend heftigeren Auseinandersetzung, ihm Todesdrohungen geschickt hatten. Sie waren entschlossen, das traditionelle Mayaland, das sie für ihre Zwecke annektiert hatten, nie wieder herauszugeben. Aber Bischof Ruiz hielt zu den Maya, und damit folgte er einem berühmten Vorbild, dem ersten Bischof von Chiapas, seinem ältesten Vorgänger: Bartolomé de Las Casas. Der Dominikaner Las Casas hatte vor fünfhundert Jahren das Massaker von Cholula angeprangert.

Wir sahen zu, wie die Pilger langsam im Inneren der Wallfahrtskirche verschwanden. Sie gingen zu einer Messe, die ihrem Kampf um Landrecht geweiht war, und als die nachdrängende Menge den Zugang versperrte, kehrten wir um und stiegen die Steinstufen hinauf, die in den Felsen über der Basilika geschnitten waren. Ich erzählte Filomena, daß ich die Tempel und Pyramiden von Palenque wiedergesehen hatte und genauso tief beeindruckt war wie beim erstenmal. Sie war an diesem Morgen melancholisch.

Beim Aufstieg zum Felsen sagte sie: »Ist dir aufgefallen, wie wir hier in Mexiko unsere altamerikanische Vergangenheit romantisch verklären, aber die Gegenwart der Eingeborenen nicht wahrnehmen? Wir rühmen die alten Maya, aber mit deren Nachkommen, die heute unter uns leben, wollen wir nichts zu tun haben. Anzuerkennen daß sie da sind und daß sie Menschen sind, könnte ja bedeuten, daß wir gewisse Verpflichtungen auf uns nehmen müssen, zum Beispiel ihnen ihr traditionelles Eigentum am Land wiederzugeben.«

»Ja«, sagte ich, »das habe ich wohl gemerkt. Aber mit dieser Scheinheiligkeit steht Mexiko nicht allein da.«

»Was willst du damit sagen?«

»Ich bin aufgewachsen mit der Überzeugung, daß die Ureinwohner Tasmaniens ausgestorben seien, daß sie während der europäischen Kolonisierung alle umkamen oder ermordet wurden. Das haben wir als Kinder in Australien in der Schule gelernt. Und dann hörte ich, vor acht Jahren ungefähr, auf einmal eine Tasmanierin sprechen. Sie war wütend. ›Wir sind immer noch da!‹ sagte sie. ›Trotz allem, was ihr uns angetan habt, leben wir noch.‹«

Filomena hörte aufmerksam zu.

»Ich habe begriffen, wie wichtig es für sie war, sich zu Wort zu melden, auf sich aufmerksam zu machen. Sie zeigte mir, daß die schäbige Eile, mit der man ihr Volk der Vergangenheit anheim gegeben hatte, nur eine andere Form von Auslöschung war, ein Ausschluß aus der Gegenwart. Was sie sagte, hat mir tiefen Eindruck gemacht.«

Der Felshügel, auf dem wir standen, war Jahrhunderte lang eine heilige Stätte gewesen. Schon lange bevor die Spanier kamen, war er Heiligtum einer anderen großen Muttergottheit. Tonantzin, »Unsere Mutter«, nannten die Culua-Mexica sie. Vom Gipfel ihres ehemaligen Heiligtums aus konnten wir ganz Mexiko-Stadt sehen, ausgebreitet über die gesamte Fläche des Sees, eingekesselt in der Festung der Berge. Ein Schwarm Jets war im Anflug auf den Flughafen, und im Osten erhob sich, gerade noch erkennbar, die schneebedeckte Kuppe des Iztaccihuatl über den Ausläufern des Gebirges. Aber der Popocatépetl verschwamm in der braunen Dunstglocke des Smogs, der die Stadt erstickt.

»Der Paß liegt irgendwo dort oben zwischen den Vulkanen«, sagte Filomena, schirmte die Augen gegen die grelle Morgensonne ab und richtete den Blick auf den Iztaccihuatl. »Auf dem Weg sind sie gekommen, über den Pas de Cortés. Aber den kann man jetzt natürlich nicht sehen, bei dieser schlimmen *contaminación.*«

Mexiko war einmal die schönste Stadt Amerikas: »México-Tenochtitlán … von Schilf und Ried umgeben … vom Wasser umflossen«, heißt es in einem alten Culua-Mexica-Lied, das die Conquista überdauert hat.

Die Schönheit der Stadt ist heute den Erdbeben und der Umweltverschmutzung zum Opfer gefallen, und man hat das beklemmende Gefühl, von einem Augenblick zum anderen könne man mitsamt den schief geneigten Palästen und Kirchen unter dem lastenden blauen Himmel und den unaufhörlichen Aschenregen des Popocatépetl in eine Katastrophe abgleiten.

Aber 1519, als Bernal Díaz die damalige Stadt in ihrem Glanz sah, Tenochtitlán auf der Insel mitten im Texcocosee, erschien sie, verglichen mit den europäischen Städten, die er kennengelernt hatte, ein Wunder an eleganter Planung. Mit ihren 200000 Einwohnern war sie weitaus größer als die meisten europäischen Städte dieser Zeit und viel geordneter: Ihre Straßen und Kanäle waren schnurgerade und sauber. Am erstaunlichsten war der große steinerne Aquädukt, der frisches Wasser aus den Wäldern von Chapultepec in die Stadt leitete, während eine Flotte von Kanus regelmäßig den Müll der Stadt leise und effizient wegschaffte und auf den Äckern in Xochimilco verteilte.

1521 allerdings, nach ihrer Zerstörung, lag die Stadt monatelang in schwelenden Trümmern, bis der Wiederaufbau begann, eine Aufgabe, die Cortés sehr ernst nahm. Er scheint sich bemüht zu haben, einiges von ihrer Schönheit, die er gesehen und verloren hatte, nach europäischen Vorstellungen wiederherzustellen. Tenochtitlán war seine Selbstverherrlichung gewesen, sein Beweis für die Außenwelt, für Europa, daß er wahrhaftig ein phantastisches Weltreich gewonnen hatte.

Also erhob sich die Stadt langsam wieder aus den Ruinen. Die Spanier nannten sie in den Briefen nach Hause *Temystitan-México,* ein entstelltes Echo ihrer früheren Bezeichnung, allmählich wurde aus diesem Echo jedoch der Name »Mexiko-Stadt«. Anmut und Eleganz ihrer vornehmen Architektur und Stadtplanung wurden in den kommenden Jahrhunderten von Besuchern bewundert.

In der Altstadt gibt es die eleganten Bauwerke, Klöster und Plazas noch heute. Die zertrümmerten Tempel Huitzilopochtlis und Tlalocs wurden wunderbarerweise ausgegraben, und ihre Steine liegen für jedermann sichtbar neben der Kathedrale auf dem Zócalo, dem Hauptplatz. Aber die Metropole des modernen Mexiko schwebt ständig am Rand eines katastrophalen Wassermangels, und das alte Lied, das die Schönheit der »wasserumflossenen« Stadt hervorhebt, wirkt wie bitterer Hohn.

Der 8. November 1519 war der Tag, an dem Cortés, Malinche und die Spanier samt ihren Verbündeten, den Tlaxcalteken und Leuten aus Huejotzinga, endlich aus den Bergen herauskamen. Als sie über die Hauptdammstraße auf die Stadt im See zumarschierten, traten die Einwohner von Tenochtitlán aus den Häusern und beobachteten die Fremden.

Die Pferde mit den klappernden Hufen und dem klingelnden Zaumzeug hatten sie nie zuvor gesehen. Ihre Nachfahren erzählten später: »Die Glocken klangen ..., es dröhnte, als wenn ein Steinregen auf uns niederginge.« Sie sahen die angsterregenden Doggen und Windhunde, ständige Begleiter der Expedition: »Sie kamen hechelnd, einer wie der andere«, die Schwertträger: »Ihre eisernen Schwerter blitzten«, und die Arkebusen: »Sie explodierten, eine wie die andere, sie knatterten, feuerten, donnerten, spieen.«

Der Bannerträger, aber mehr noch sein Banner erregte besondere Aufmerksamkeit: »Er kam und schwenkte es immerfort ... ließ es kreisen ... es erhob sich wie ein Krieger ... drehte und blähte sich.« Dann sahen die Zuschauer auf der Dammstraße Cortés in Person, »den Feldherrn, den *tlacateccatl,* den Schlachtenlenker«, und neben ihm seine Fußsoldaten, Männer wie Bernal Díaz, »seine tapferen Krieger ... die starken, die furchtlosen«.

Endlich sahen sie ihre alten Feinde aus Tlaxcala und Huejotzingo – ein düsteres Vorzeichen. Sie rückten an »gerüstet für einen Krieg ... die Knie gebeugt, ließen Kampfrufe ertönen, stießen Schreie aus und schlugen sich dabei mit der Hand auf den Mund und stimmten den Tocuillan-Sang an«.

Diese Darstellung der seltsamen Prozession über die Dammstraße kam um 1555, ungefähr sechsunddreißig Jahre nach dem Ereignis, im Florentiner Codex zum erstenmal an die Öffentlichkeit. Die Nahuatl-Schreiber, die ihn zusammenstellten, waren sehr jung, zu jung, um die Vorfälle, die sie schilderten, selbst mitangesehen zu haben, also können sie nur nacherzählt haben, was sie von ihren Eltern und Großeltern gehört hatten. Obwohl aus Erinnerungen und Produkten der Einbildungskraft zusammengestellt und nicht aus unmittelbarer Erfahrung stammend, sind die Worte der jungen Erzähler genauso klar und genau wie die des Bernal Díaz. Sie spiegeln das Erstaunen von Menschen wider, die zum erstenmal unglaubliche Dinge sehen und nichts davon für selbstverständlich nehmen können.

Der Florentiner Codex erwähnt Malinche in diesem Zusammenhang nicht. Sie war vermutlich nur eine von den namenlosen Frauen und afrikanischen Sklaven, die im Staub der Pferde mit dem Fußvolk mitliefen. Aber Bernal Díaz erzählt, daß der Zug unterwegs auf der Dammstraße kurz angehalten habe, daß die donnernde, klirrende, brüllende Kavalkade verstummte, während Malinche erklärte, daß Moctezuma ihnen entgegenziehe.

Und jetzt konnten sie die stolzen, in leuchtendem Grün und Rot, Türkis und Gelb bemalten Tempelbauten und Pyramiden Tenochtitláns ganz deutlich sehen. Als sie dieses außergewöhnliche Szenario betrachteten, tauchte in der Ferne eine prunkvolle Sänfte auf und bewegte sich auf der Dammstraße von der Stadt langsam in ihrer Richtung. Nicht weit von der Stelle, an der die Spanier warteten, wurde die Sänfte abgesetzt, und Moctezuma stieg herab. Mit großer Feierlichkeit schritt er auf sie zu, während seine Edlen einen Thronhimmel aus grünen Quetzalfedern, Gold- und Silberfäden und Perlenstickerei über ihn hielten.

Malinche und Moctezuma auf der Dammstraße nach Tenochtitlán.

Díaz staunte über die kostbare Kleidung Moctezumas und hielt fest, daß seine Sandalen goldene Sohlen hatten und oben mit kostbaren Juwelen besetzt waren. Er beschrieb auch Gesicht und Gestalt des Herrschers der Culua-Mexica genau: »Der edle Herr Moctezuma war um diese Zeit etwa vierzig Jahre alt, groß und schlank, wohlproportioniert, vielleicht etwas zu mager, seine Haut war nicht dunkel, jedoch von der üblichen indianischen Farbe … er hatte ausdrucksvolle Augen und konnte Freundlichkeit oder, wenn es nötig war, großen Ernst ausdrücken.«

Díaz bemerkte, daß keiner von Moctezumas Begleitern ihm ins Gesicht sah. »Alle senkten ihre Augen ehrfurchtsvoll, außer den vier fürstlichen Vettern und Neffen, die ihn am Arm führten.« Die Spanier hatten keinerlei Hemmung, ihn anzustarren, wie der Florentiner Codex später mißbilligend betonte:

»Sie starrten ihn an, jeder ganz aus der Nähe ... sie kamen zuerst zu Fuß, stiegen dann auf die Pferde, dann wieder ab, um ihn besser sehen zu können.« Als Cortés plötzlich versuchte, Moctezuma zu umarmen, ergriffen dessen vornehme Begleiter ihn beim Arm und hinderten ihn an seinem Vorhaben, »denn das wäre eine Entwürdigung gewesen«.

Kurz nach der Schilderung dieses angespannten und unheilverheißenden Beginns erwähnt der Florentiner Codex zum erstenmal Malinches Anwesenheit auf der Dammstraße. Als wieder Ruhe eingetreten sei, habe Moctezuma den Spaniern eine Begrüßungsrede gehalten, und »Malintzin gab sie für ihn wieder, übersetzte sie für ihn«.

Sie muß vorgetreten sein wie eine Schauspielerin, die ihren Platz im Vordergrund der Bühne einnimmt. »Und als der Marques [Cortés] gehört hatte, was Moteuccoma [Moctezuma] gesagt hatte, redete er seinerseits zu Malintzin und erwiderte in seiner lallenden Sprache.« Hier haben wir den üblichen Nahuatl-Widerwillen gegen die Sprachen anderer Völker: Cortés war ein »Laller«, er sprach ein barbarisches Idiom.

An dieser Stelle erwähnt der Codex Geronimo de Aguilar nicht, so als ob dieser Mann mitsamt seiner mühsam erworbenen Maya-Sprache schon aus der Dolmetscherkette ausgeschieden wäre. Bedeutet dies, daß Malinche inzwischen schon gut Spanisch sprechen konnte? Das ist sehr wahrscheinlich. Sie hatte nun neun Monate lang unter Spaniern gelebt – für eine Frau mit ihrer Sprachbegabung war das Zeit genug, eine neue Sprache zu lernen.

Moctezuma wußte, wer Malinche war. Zwischen April und jenem Tag im November hatte er ständig Späherberichte über die Spanier und alle mit ihnen Ziehenden erhalten. Die Hofmaler, die mit seinen Gesandten zur Küste gereist waren, um Cortés aufzusuchen, hatten ihren Herrn mit Bildern von den Neuankömmlingen versorgt, und auf den Abbildungen hatte er alles gesehen: Cortés, die Pferde, die Hunde, die Soldaten und die Frau, die ihn begleitete. Aber wie er auf die neue Situation ihrer leiblichen Präsenz reagierte, was er von Malinches Beteiligung an Cortés' Expedition hielt, das wissen wir nicht.

Übersetzung ist eine unvollkommene und subjektive Kunst, geradezu berühmt wegen ihrer Anfälligkeit für Einmischungen des Übersetzers. Ich bin keine Nahuatl-Philologin, ich kenne diese wunderbare Sprache nur flüchtig. Aber mein Interesse an Malinche hat mich hellhörig gemacht für merkwürdige Unterschiede in englischen Übersetzungen des Florentiner Codex. In der ersten Übersetzung aus den Jahren um 1970 heißt es, die Nachricht, daß Malinche bei den Spaniern sei, habe »Moctezuma ins Herz getroffen«. Eine Übersetzung von 1990 läßt Moctezuma indigniert fragen, wie es möglich sei, daß Malinche sich derartig benehme, sie, *»ce cioatl nican titlaca«,* »eine Frau, eine Hiesige, eine von unseren Leuten«.

Der Nahuatl-Forscher James Lockhart dagegen findet in seinen neueren Arbeiten keinen Hinweis darauf, daß der Oberherrscher der Culua-Mexica ins Herz getroffen oder von Furcht oder Zorn ergriffen ist, als er von Malinches Existenz und ihrer Anwesenheit im spanischen Lager erfährt. In Lockharts sorgfältiger, präziser Übersetzung lautet die betreffende Passage nur: »Es wurde Moteuccoma mitgeteilt, dargestellt, bekanntgegeben, kundgetan und berichtet ..., daß eine Frau, eine von uns Hiesigen, uns Leuten hier, als Dolmetscherin mit ihnen kam. Sie hieß Marina.«

Wie wir wissen, hatten die Culua-Mexica besondere protokollarische Regeln für öffentliche, mit Reden verbundene Auftritte; das sollten wir uns noch einmal ins Bewußtsein rufen, wenn wir über Malinches Rolle als Dolmetscherin nachdenken. Daß Reden hohe Bedeutung hatten, geht aus dem offiziellen Titel Moctezumas hervor. In der europäischen Geschichtsschreibung mag er als »Kaiser«, »Herrscher«, »König«, »Fürst«, »Herr« bezeichnet oder unter dem unverfänglichen Oberbegriff »Anführer« eingeordnet werden. Aber sein eigenes Volk kannte ihn als den *Tlatoani,* das heißt »der Sprecher«, »der, der spricht«. Dieses Wort ist unter grundlegenden semantischen Gesichtspunkten kein Äquivalent für die genannten europäischen Begriffe. Der *Tlatoani* war zwar Heerführer und Hoher Priester der höchsten Gottheit, aber von größter Bedeutung war sein Amt als *Sprecher* seines Volkes.

Die Einstellung der Culua-Mexica Gesellschaft gegenüber Frauen scheint klar und unmißverständlich gewesen zu sein. Allen Frauen ohne Unterschied der Klasse und des Status war es ausdrücklich verboten, sich öffentlich zu wichtigen Fragen der Religion oder des Staates zu äußern. Sie hatten keine offizielle Stimme.

Und nun stand Malinche auf der Dammstraße zur Kaiserstadt. Vor den Augen und Ohren aller, die sich zum Beobachten und Zuhören versammelt hatten, sprach sie direkt zum *Tlatoani,* und er war gezwungen – um der Diplomatie und der Verständigung willen –, mit ihr Worte zu wechseln. Der Klang ihrer Stimme, einer Frauenstimme, in einem dermaßen hochrangigen Staatsdiskurs muß die Gefühle Moctezumas und seines Volkes zutiefst erschüttert haben. Malinche mag zwar der culua-mexicanischen Gesellschaft nicht angehört haben, aber ihr Verhalten war für eine Frau ganz unerhört und noch nie dagewesen.

Beugte sich Malinche dem mächtigen Gewicht der indianischen Orthodoxie und wandte die Augen ab, wenn sie Moctezuma ansprach? Oder nahm sie sich ein Beispiel am

Benehmen der Spanier in ihrer Begleitung? Der Florentiner Codex gibt darüber keine Auskunft. Oder genauer, er sagt kein Wort dazu. Jedoch zeigt eine seiner vielen Illustrationen, die Tafel 45, um präzise zu sein, daß Malinche Moctezuma direkt in die Augen sieht, während das bekannte Zeichen für Sprechen, eine kleine eingerollte Zunge, in der Luft zwischen beiden schwebt. Nach Moctezumas Begriffen war es unvorstellbar, wie ein Akt der Entweihung, daß eine solche Frau, eine ehemalige Sklavin aus einem Land jenseits der Südgrenzen seines Reiches, sich erlaubte, ihm derartig in die Augen zu starren.

Das Bild ist keine fotografisch genaue Aufzeichnung der Szene auf der Dammstraße. Wie der Text des Florentiner Codex entstand auch diese Illustration ungefähr sechsunddreißig Jahre nach dem Ereignis. Aber die Tatsache, daß junge Nahuatl-Gelehrte Malinche so zeichneten, ist ein Indiz für ihr Erinnerungsbild von dieser Frau:

Malinche sieht Moctezuma direkt in die Augen.

Malinche war für diese jungen Leute eine Bilderstürmerin, eine Tabubrecherin, eine Frau jenseits üblicher Konventionen.

Wenn man – wie wir – weiß, wohin dieser selbstherrliche Auftritt der Fremden in seiner Stadt am Ende geführt hat, dann scheint Moctezumas Verhalten auf den ersten Blick so naiv wie nutzlos, besonders im Kontrast zu Hernán Cortés' offenbar stetigem, unaufhaltsamem Marsch gen Tenochtitlán. Man fragt sich zum Beispiel: Warum hieß Moctezuma die Spanier willkommen, obwohl er sie Monate vorher auf ihrem Weg von der Küste mit einem gewaltigen Schlag hätte vernichten können? Ist es wahr, daß er Cortés irrtümlich für einen wiederkehrenden Gott hielt, eine bleichgesichtige Gottheit namens Quetzalcoatl, der aus dem Osten heimkam, sein Reich wieder in Besitz zu nehmen?

Diese phantasievolle, zauberkräftige Sage spukt in Enzyklopädien, historischen Darstellungen, Romanen und Gedichten. Für die Geschichte der Conquista, wo immer sie erzählt wird, hat die Sage grundlegende Bedeutung, aber sie ist ein Märchen ohne Rückhalt in den zeitgenössischen Quellen. Anthony Pagden, der kürzlich Cortés' Briefe neu übersetzt und herausgegeben hat, glaubt, sie sei erst im Lauf des sechzehnten Jahrhunderts entstanden, und zwar bei Franziskanerpredigern.

Die Franziskaner bemühten sich nach Kräften, in allen eroberten Gebieten des heutigen Mexiko soviel wie möglich von den alten religiösen Vorstellungen und Glaubensinhalten ihrer neuen Herde in Erfahrung zu bringen. Sie sind dafür bekannt, daß sie besonders fasziniert von den Mythen um den friedliebenden Gott Quetzalcoatl waren, der, wie die Sage überliefert, nach Osten ins Exil getrieben wurde.

Quetzalcoatl war für die Culua-Mexica keine mächtige Gottheit. Ihre Hauptgötter waren Huitzlopochtli und Tezcatlipoca, beide kriegerisch und beide aus aztekischer Tradition. Die Legende von Quetzalcoatl gehörte in die Tradition der Tolteken, die als Erste das Tal von Mexiko kultiviert hatten. Aber wegen seiner Christus ähnlichen Eigenschaften war dieser Gott für die Franziskaner ein wichtiges Instrument der Missionierung, und ihren Interessen konnte es nicht schaden, wenn Cortés Eigenschaften dieser mythischen Gottheit zugesprochen wurden. Pagden meint, sie hätten den Glauben, daß Moctezuma Cortés mit dem wiederkehrenden Quetzalcoatl verwechselte, begrüßt und bestärkt.

Dreihundert Jahre danach, im neunzehnten Jahrhundert, erzählte der große Historiker William Prescott diese exotische Geschichte für englischsprechende Leser noch einmal. Prescotts berühmtes Porträt des edlen Wilden, der von seinem eigenen dunklen Aberglauben gelähmt und von einem listenreichen Renaissancemenschen übertölpelt wird, sprach die Phantasie der Allgemeinheit an und prägte sich ihr nachhaltig ein. Warum? Vielleicht weil es dem westlichen Vorurteil vom tragischen, passiven Fatalismus des »Indianers« und von der natürlichen Überlegenheit des rationalen Europäers so gut entspricht.

Die Sage hat sich als ebenso dauerhaft erwiesen wie der Mythos, daß Cortés die Culua-Mexica im Alleingang unterworfen hat. In Wirklichkeit wissen wir nicht, wie Moctezuma das *Caxtillan tlaca,* das kastilische Volk, generell einschätzte. Wir haben keinen treuen Bernal Díaz, der die Unterhaltungen des Herrschers mit seinen Fürsten protokolliert hätte. Moctezumas Beweggründe, Machenschaften, Pläne und Listen sind mit ihm zusammen unter den Trümmern Tenochtitláns verschüttet.

Wir wissen jedoch, daß Moctezumas Name »Mutiger Herr« bedeutete und daß der Träger dieses Namens nicht, wie häufig behauptet wird, der letzte große Herrscher der Culua-Mexica war. Diese Ehre und dieses Leid fielen seinem Neffen Cuauhtémoc zu, der in Mexiko noch heute als Held verehrt wird. Moctezuma war auch nicht durch Erbfolge nach europäischer Art – also unabhängig von persönlicher Eignung – zur Herrschaft gekommen, sondern ausdrücklich wegen seines Heldentums und seiner Weisheit gewählt worden. Nur ein todesmutiger Kämpfer kam als Anführer einer kriegerischen Nation von der Art der Culua-Mexica in Frage.

Verhängnisvoll für ihn war freilich, daß er sich als erster seines Volkes mit diesen verwegenen Besuchern und ihrem diplomatischen Imponiergehabe auseinandersetzen mußte. Wenn Cortés weniger beredt gewesen wäre, wenn er sich offener als ein kriegslustiger Mann gezeigt hätte, wenn ihm nicht Malinche als Dolmetscherin zur Hand gegangen wäre, dann hätte Moctezuma sich womöglich von Anfang an anders verhalten. Er tat es nicht, und kaum sechs Monate nach der Ankunft der Spanier in Tenochtitlán war er tot.

Zunächst hatte er kaum Grund, die Anwesenheit der Neuankömmlinge in der Stadt als Bedrohung anzusehen. Tenochtitlán war eine Festung auf einer Insel, auf allen Seiten von Wasser umgeben. Der einzige Zugang zum Festland bestand in einem Netz schmaler Dammstraßen. Im November 1519 hatte die Stadt schätzungsweise 200 000 Einwohner, viele von ihnen Krieger, die so bedingungslos bis zum Letzten kämpften wie einst die Spartaner. Nach allem, was die Nation in ihrer kurzen bewegten Geschichte erlebt hatte, mußte Moctezuma annehmen, daß er und seine Stadt unbesiegbar seien.

Aus diesen Gründen hätte Tenochtitlán aus seiner Sicht eine denkbar gute Lockfalle zum Festhalten der etwa fünfhundert selbsternannten spanischen Gäste sein können. Aber sie hatten sich als Gesandte angekündigt und behauptet, sie seien Repräsentanten eines mächtigen Königs von jenseits der Meere. Er hatte sie entsprechend empfangen, so friedlich und höflich, wie sie seine Botschafter acht Monate zuvor an der Küste und während des langen Marsches durch die Berge behandelt hatten.

Deshalb bestand Moctezuma zwar darauf, daß die Verbündeten der Spanier, die Krieger aus Tlaxcala und Huejotzinga, sich von den Dammstraßen zurückzogen, gestattete aber Cortés und seinen Spaniern, Tenochtitlán als offizielle Gäste zu betreten. Wahrscheinlich glaubte er, sie würden unter seinen wachsamen Augen, eingeschlossen in den festen Mauern der Stadt, seine Gefangenen werden. Und eine Zeitlang waren sie auch, zwar nicht de nomine, aber de facto Gefangene.

Trotz des unblutigen Einmarsches war die Conquista von Tenochtitlán am Ende kein leichter Sieg. Zwei entsetzliche Jahre lang dauerten Angriff und Rückzug, Belagerung und Massaker in einer von der Pest geschwächten Stadt, bis die Culua-Mexica sich endlich ergaben, und in diesen zwei Jahren waren die Spanier lange Zeit einer vernichtenden Niederlage nahe.

Jedoch in den ersten Wochen wurde der höfliche diplomatische Dialog zwischen Moctezuma und Cortés, der auf der Dammstraße begonnen hatte, durch Malinche aufrechterhalten, während Bernal Díaz die Stadt durchstreifte und für die Nachwelt aufzeichnete, was er sah.

Díaz bewunderte den eleganten Palast, in dem Moctezuma residierte, und das komplizierte Ritual, mit dem ihm Essen serviert wurde: Vier ausgesucht hübsche und »sehr reinliche« junge Frauen brachten ihm die Speisen. Díaz stellte mit Verwunderung fest, daß der Herrscher der Culua-Mexica jeden Tag ein Bad nahm und Kleider, »die er einen Tag lang getragen hatte, erst nach drei oder vier Tagen wieder anzog«. Das war im sechzehnten Jahrhundert für einen Europäer, der seine Uniform schon seit Monaten nicht mehr abgelegt hatte und Körperwaschungen nicht wichtig fand, eine Offenbarung.

Díaz beobachtete, daß Moctezuma sich beim Essen oft von buckligen Zwergen unterhalten ließ. Und da die Spanier in jener Anfangszeit noch ständig von der Angst vor Kannibalismus geplagt waren, interessierte er sich mit einer gewissen angespannten Sorge für die Speisen, die Moctezuma zu sich nahm. Dieser aß jedoch eine solche Vielfalt von Fleischsorten, daß Díaz sich nicht in der Lage sah, genau zu erkennen, ob auch Menschenfleisch dabei war.

Er konnte jedoch deutlich sehen, daß der Herrscher *chocolatl* aus goldenen Tassen trank und parfümierten Rauch einatmete, aus langen bemalten, vergoldeten Röhren, »die man mit einer Mischung aus Liquidamber und Tabak genannten Kräutern gefüllt hatte«. Díaz' Beobachtungsgabe haben wir die ersten Nachrichten über Schokolade und Tabak zu verdanken, diese heute weltweit bekannten Genüsse.

Im Arsenal des Herrschers sah Bernal Díaz Schilde und Schwerter – Zweihänder –, »reich verziert mit Gold und kostbaren Juwelen«. Er besichtigte die Voliere mit den Königsadlern und glänzenden tropischen Vögeln aus den südlichen Provinzen. Unter ihnen war der kostbare Quetzal, dessen smaragdgrüne langgeschwungene Schwanzfedern von den Culua-Mexica über alles geschätzt wurden. Er streifte durch die exquisiten duftenden Gärten des Palastes und flanierte über den außergewöhnlichen Marktplatz, wo Händler Gold und Silber, Kakao, Sklaven und Jaguar- und Ozelotfelle feilboten.

Schließlich brach Bernal Díaz den Versuch ab, alles aufzuzählen, was er gesehen hatte, denn, so sagte er, wenn er damit fortführe, würde er nie ein Ende finden. Moctezuma beobachtete er jedoch weiterhin und mit großem Interesse, vor allem während der vielen Gespräche mit Cortés in der Vermittlung Malinches. Díaz bemerkte, der Herrscher habe dabei »auf seine königliche Art« häufig gelacht, und auch

Cortés habe eine Neigung zum Lachen gezeigt. Die beiden hätten einander mit schmeichelhaften Titeln angeredet, Cortés habe Moctezuma »Großmächtiger Fürst« genannt und erklärt, er wisse nicht, wie er eine derartig überwältigende Großzügigkeit erwidern könne, Moctezuma habe Cortés mit »Herr Malinche« angesprochen und sein Entzücken über die Anwesenheit so heldenmütiger Herren in seinem Reich zum Ausdruck gebracht.

Dialoge von ausgesuchter Höflichkeit, ein Austausch von Schmeicheleien, aber auch verdeckte Erkundungen, denn jeder von beiden mühte sich, durch Malinche vermittelt, möglichst viel vom anderen zu erfahren und möglichst wenig von sich selbst preiszugeben. Ein delikates Unternehmen, dieses störanfällige Vorgeplänkel, dieses unaufrichtige Spiel mit Worten, in dem Malinche eine entscheidende Rolle spielte; es konnte nicht lange gutgehen.

Allmählich verschlechterte sich die Stimmung in Tenochtitlán, und während sie immer angespannter wurde, verlangte man von der Dolmetscherin Malinche zunehmend furchterregende Dienste. An einem denkwürdigen Nachmittag ging sie mit Cortés, Díaz und Moctezuma zum Tempel Huitzilopochtlis, der ranghöchsten Gottheit der Stadt. Sie sah sein Bild mit eigenen Augen. Sie sah die blutverkrusteten Tempelwände und Böden, und sie sah, daß die Herzen der Menschenopfer vom Tag noch brennend in den Kohlebecken lagen. »Der Gestank war schlimmer als in den spanischen Schlachthäusern«, schrieb Díaz.

Malinche wird zumindest mit der Vorstellung von rituellen Menschenopfern vertraut gewesen sein, aber das Allerheiligste eines solchen Tempels wird ihr so fremd gewesen sein wie den Spaniern. Unter den Mesoamerikanern war sie singulär geworden, seit sie gesehen hatte, was sie an jenem Tag sah, und trotzdem weiterlebte, und das wird sie gewußt haben. In ihrer Welt stiegen nur Priester und Opfer den langen furchtbaren Weg über Hunderte von Stufen zur Tempelplattform hinauf, und zurück kamen allein die Priester.

Und trotzdem sprach sie für Cortés, wenn es an der Zeit war. Sie erklärte Moctezuma, daß die Idole, die er heilighielt, üble Götzen seien, »die man Teufel nennen muß«. Sie sagte ihm, er solle statt dessen ein Kreuz im Inneren des Tempels aufstellen »und ein Muttergottesbild«, und als er daraufhin vor Wut raste, zitterte sie vor Angst. Díaz sagt, Moctezumas Zorn sei so fürchterlich gewesen, daß sie alle kehrtgemacht hätten und in ihre sicheren Quartiere geflohen seien.

Aus Moctezumas Sicht war damit der Schleier der Höflichkeit zerrissen. Sein Zorn ließ nicht nach, und wenig später – wir wissen nicht genau, wie lange es dauerte, vielleicht nur Tage – beschlossen die Spanier, sich zu schützen, indem sie ihn als Geisel nahmen. Malinche ging mit Cortés und einigen seiner Getreuen zu seinem Palast, und Díaz berichtet, sie sei es gewesen, die Moctezuma in aller Form davon in Kenntnis gesetzt habe, daß er die Spanier als Gefangener zu ihren Quartieren begleiten müsse.

Als er sich weigerte, gerieten die Spanier offenbar in Panik. Sie fingen an, sich laut und heftig zu streiten, schrieb Díaz, und ein Mann zückte seinen Dolch und drohte, er werde Moctezuma auf der Stelle erstechen. Auf dem Höhepunkt des bedrohlichen Stimmenchaos sprach Moctezuma Malinche an und verlangte, sie solle ihm übersetzen, was die Männer sagten. Dies ist der einzige uns bekannte Fall, in dem Moctezuma sich direkt an Malinche wendete, statt sie als Mittlerin seiner Worte an Cortés zu benutzen. Díaz sagt, sie habe dem Herrscher der Culua-Mexica geraten, sofort mit den Spaniern mitzugehen. »Ich weiß, daß sie Euch Ehre erweisen werden, wie es Euch, dem großen Fürsten zukommt …, aber wenn Ihr hierbleibt, werdet Ihr ein toter Mann sein.«

Vielleicht sagte sie mehr als dies. Bernal konnte den genauen Wortlaut ihrer Äußerung nicht kennen. Vielleicht schloß ihr Rat auch Warnungen ein; vielleicht erklärte sie, was im Fall seiner Weigerung seinen Frauen, seinen Kindern, seiner ganzen Familie zustoßen würde. Malinches Gefühle, als sie das Unglaubliche tat und den Herrscher der Culua-Mexica tatsächlich in Kenntnis setzte, daß er nun ein Gefangener sei, kann man sich nur mit viel Phantasie ausmalen. Aber sollte sie gezittert oder gestockt haben, so hat Bernal Díaz das nicht bemerkt.

Über Moctezumas Leben während seiner Gefangenschaft im Quartier der Spanier weiß man wenig, jedoch versichert Díaz, er sei mit der einem so ranghohen Kriegsgefangenen gebührenden Ehrerbietung behandelt worden. Er berichtet auch, Moctezuma habe in dieser Zeit gern einen jungen spanischen Pagen namens Juan de Orteguilla um sich gehabt, der ganz gut Nahuatl sprechen konnte. Anscheinend hatte Malinche ihm Unterricht gegeben.

Moctezuma stellte seinem jungen Pagen viele Fragen nach diesem Land Spanien, aus dem die Männer, die ihn gefangenhielten, angeblich gekommen waren, und Orteguilla gab ohne Zweifel den Spaniern alle Informationen weiter, die er von ihrem erlauchten Gefangenen erhalten hatte.

Díaz nutzte derweil die Sprachkenntnisse des Pagen zum eigenen Vorteil: »Ich redete mit Orteguilla und sagte ihm, er sollte Moctezuma höflich bitten, mir ein hübsches Indianermädchen zu geben.« Seine Bitte wurde anscheinend erfüllt, denn zu seiner Freude gab Moctezuma ihm eine seiner eigenen Konkubinen. Über das weitere Schicksal dieser jungen Frau verliert Díaz kein Wort. Sie war genau wie Malinche nur ein weiteres Kriegsopfer. Díaz sagt nur, sie habe den Namen Doña Francisca bekommen, und »ihr Verhalten zeigte, daß sie aus vornehmem Hause stammte«.

Sechs Monate später starb Moctezuma unter mysteriösen Umständen. Cortés und Díaz behaupteten immer, der Herrscher sei von seinen eigenen Leuten umgebracht worden, die Culua-Mexica glaubten jedoch – und wahrscheinlich hatten sie recht –, die Spanier hätten ihn heimlich ermordet, als ihnen klargeworden sei, daß ihr Versuch, durch ihn zu herrschen, fehlgeschlagen war. Denn inzwischen saßen die Spanier selbst buchstäblich in ihrem Quartier gefangen, und draußen auf den Straßen war Aufruhr.

Kurz nach Moctezumas Tod, acht Monate nach ihrem Einmarsch in die Stadt Tenochtitlán, versuchten die Spanier, unbemerkt zu entkommen, aber der Sage nach sah eine alte Frau sie, schlug Alarm, und sie liefen kopflos in wilder Flucht davon.

Die Nacht war finster, die besten Krieger der Stadt trieben die Spanier vor sich her, blieben ihnen dicht auf den Fersen und zwangen sie zu einem verzweifelten, würdelosen Rückzug. Viele ertranken im Texcocosee, vom Gewicht ihrer Rüstungen in die Tiefe gezogen. Andere wurden gefangengenommen, in die Tempel gezerrt und geopfert.

Es war die Nacht des 30. Juni 1520, *La Noche Triste,* die Nacht der Trauer nannten die Spanier sie. Traurig war die Nacht nur für sie, ein Triumph dagegen für die Einwohner von Tenochtitlán. Bernal Díaz schrieb in seinen Erinnerungen, daß Malinche sich im Chaos des Rückzugs wunderbarerweise gerettet hatte; man fand sie auf einer Brücke der Hauptdammstraße. Eine schmale dunkle Gestalt in unauffälliger Kleidung, *huipil* und Sandalen, muß sie über die Dammstraße gehuscht sein, immer im Schutz des Schattens und besser getarnt, als es den Spaniern möglich gewesen wäre.

Aber der Triumph Tenochtitláns dauerte nur kurz und endete tragisch. Wie wir heute wissen, war der erbarmungsloseste, unbesiegbarste Verbündete, der Cortés am Ende zur Conquista verhalf, kein Mensch, sondern ein Krankheitserreger: Als die Spanier flohen, hatten die Pocken die Stadt schon erreicht. Unter den ersten Opfern der Epidemie, an der viele Tausende in der Stadt starben, war Moctezumas Nachfolger Cuitlahuac. Zu diesem Zeitpunkt wurde sein Neffe Cuauhtémoc, ein junger Mann von höchstens zweiundzwanzig Jahren, zum letzten Herrscher der Culua-Mexica.

Während die aus Europa eingeschleppte Seuche in Tenochtitlán wütete, fanden Cortés' Truppen, immun gegen Pocken wie die meisten erwachsenen Spanier, Zuflucht bei ihren tlaxcaltekischen Verbündeten in den Bergen außerhalb der Stadt. Sie fällten Bäume und bauten eine Flotte von Brigantinen, und im Mai 1521, fast ein Jahr nach dem Rückzug aus der Stadt, ließen sie die Schiffe zu Wasser und zogen aus zum furchtbaren Endkampf um Tenochtitlán.

Solange Malinches Stimme an vorderster Front neben Cortés gebraucht wurde, bleibt die Frau für uns sichtbar; wir sehen und hören sie mit den Augen und Ohren von Bernal Díaz, denn er gab weiter, was er sah und hörte. Aber als die Gespräche aufhören und die Kämpfe anfangen, tritt sie nur noch selten auf, vermutlich weil Díaz mit dem Geschäft des Tötens so beschäftigt war, daß er Malinche nicht im Auge behielt.

Andere dagegen sahen sie. Irgendwann um die Mitte des neunzehnten Jahrhunderts wurde eine Sammlung von Nahuatl-Gedichten entdeckt, die, so nimmt man an, kurz nach der Conquista entstanden sind. Sie waren wie der Florentiner Codex in lateinischen Buchstaben aufgezeichnet, und sie erlauben uns einen Blick auf Malinche beim Stapellauf der Brigantinen.

Tonaye malintzin, »Mutter Malinche«, heißt sie in dem Gedicht; es schildert, wie sie einem jungen tlaxcaltekischen

Krieger Mut zuspricht: »Grünschnabel, mein Ausguck!« ruft sie. »Du bist jetzt in Acachinanco! Sei tapfer! Glück mit dir!« In einem anderen Gedicht, dem traurigen »Lied vom Wasservergießen«, erscheint sie als *Malia teuccihuatl,* »Dame Malia«. »Ach ihr Mexikaner«, ruft sie, »hierher eure Wasserkrüge! Holt all die Herren zum Tragen!« Laut Übersetzer besteht eine ergreifende metaphorische Verbindung zwischen dem Wasservergießen und dem Vergießen des Culua-Mexica Blutes. Malinche fungiert dabei als Instrument der Vernichtung.

Es gibt noch andere Hinweise auf ihre aktive Teilnahme am Kampfgeschehen. Eine Abbildung in der tlaxcaltekischen Geschichte der Conquista, dem *Lienzo de Tlaxcala,* in dem Malinche immer eine heroische Gestalt ist, zeigt sie im Kampfgetümmel der Schlacht um Tenochtitlán mit dem Schild in der Hand an Bord einer Brigantine.

Malinche mit dem Schild.

Auf einem Bild im Florentiner Codex steht sie auf dem Dach eines Palastes in Tenochtitlán. Cortés sieht zu, wie sie den Edelleuten und Kriegern der Culua-Mexica befiehlt, den Spaniern Wasser und Nahrung zu bringen: »Kommt her, Mexikaner!« ruft sie. »Die Spanier sind erschöpft. Bringt ihnen Essen, frisches Wasser und alles, was sie brauchen. Sie haben sich abgekämpft, sie sind müde.«

Die verzweifelte sterbende Stadt ergab sich nach drei Monaten Belagerung am 13. August 1521. In den Worten des Florentiner Codex: »Und als der Schild niedergelegt wurde, als wir aufgaben, war es das Jahr Drei Haus und der Tag Eins Schlange.«

Bernal Díaz schrieb, in jener Nacht sei ein schwerer Sturm aufgekommen, erschreckend böig, plötzlich umspringend; noch heute fallen solche Unwetter im Sommer über Mexiko-Stadt her. Es regnete und donnerte, und Blitze zuckten. Während der gesamten Belagerung hatte der Lärm der Pauken, Flöten und Trompeten auf den Tempelplattformen nie nachgelassen, immer hatte man das Kriegsgeschrei der Truppenführer gehört, die ihre Soldaten kommandierten und ermutigten, den Frauen und Kindern zuriefen, die auf den Straßen Steine sammelten und für die Schleudern schärften. Nach der Kapitulation herrschte eine furchtbare Stille in den Ruinen der Stadt, »als ob die Glocken im Glokkenturm mitten im Geläute plötzlich verstummt wären«.

Totenstille senkte sich über Tenochtitlán. Männer, Frauen und Kinder, »zum Gotterbarmen dünn, bleich und stinkend«, strömten auf den Dammstraßen, auf denen sich die Toten häuften, aus der Stadt hinaus. In den wenigen erhaltenen Häusern lagen noch lebende Kranke, vor Schwäche zu keiner Bewegung mehr fähig, dem Tode nah, unter den verwesenden Leichen ihrer Familien. »Ihre Exkremente«, bemerkte Díaz, »glichen dem Dreck, den dünne Schweine ausscheiden, wenn sie nichts als Gras zu fressen bekommen haben.« Und die Feinde der Culua-Mexica aus den Orten von der anderen Seite der Berge, die Leute aus Tlaxcala und Huejotzingo, die kampfgerüstet gekommen waren und an der Seite der Spanier um sich geschlagen, gehackt und zerstückelt hatten, jubelten über die Auslöschung Tenochtitláns.

Nach Auskunft des Florentiner Codex stellte Malinche sich im Augenblick der förmlichen Kapitulation neben Cortés und übersetzte für Cuauhtémoc, den Herrscher der Culua-Mexica, als er erklärte, er könne nun nichts mehr für seine Stadt oder sein Volk tun. Er flehte Cortés an, seinen Dolch zu nehmen und ihn auf der Stelle zu töten, damit er wenigstens einen ehrenvollen Tod sterben könne. Dieser Wunsch wurde ihm nicht erfüllt; er war dazu verurteilt, noch vier Jahre lang als Geisel der Spanier zu leben und fern von seiner Heimat auf Maya-Gebiet zu sterben.

In der nächsten Phase, in der es um Kapitulation, Suche nach Gold, Teilung der Beute, Evakuierung der geschlagenen Stadt geht, sehen wir Malinche von Zeit zu Zeit kurz auftauchen, solange sie als Dolmetscherin gebraucht wird; als jedoch alles geregelt ist, verschwindet sie allmählich aus dem Bild, und die drei folgenden Jahre ihres Lebens spielen sich hinter den Mauern von Cortés' Haus ab, die der Blick der Chronisten nicht durchdringen kann.

Wir wissen jedoch, daß sie im Mai oder Juni des nächsten Jahres ihren Sohn Martín zur Welt brachte, das erste, von Cortés anerkannte, Kind.

III

Nachlese

Ich antwortete, wenn er die Wahrheit hören wolle,
dann müsse er nur die Dolmetscherin fragen,
mit der er gerade spreche, Marina, die immer bei mir sei.

Hernán Cortés, 3. September 1526
Briefe aus Mexiko

Der Ort des Koyoten

Ich wohnte jetzt nicht weit vom Denkmal für Moctezumas heldenmütigen Neffen Cuauhtémoc. Es steht hoch über der schönsten Allee der Stadt und blickt nach Westen zum Bosque de Chapultepec. Der Name Cuauhtémoc weckt in Mexiko ebensoviel Verehrung wie der Name Moctezuma Verachtung, und da bis zu den Wahlen nur noch ein Monat Zeit war, versammelten sich Anhänger der verschiedenen politischen Parteien am Denkmal für diesen glücklosen jungen Mann und erklärten ihn zu ihrem Schutzpatron.

Auf der Veranda vor der Küche meines Quartiers reiften Melonen in einer Holzkiste, und in dem kleinen Garten gediehen Eidechsen und Kolibris. Die erholsame Häuslichkeit des Lebens hier beruhigte mich und tat mir wohl; jetzt merkte ich, wie fehl am Platz ich mir im Süden vorgekommen war, wie auffällig sichtbar mit meinen fremdartigen Kleidern und meinem komischen Akzent. Die tropische Hitze hatte meine Kraft verbraucht, aber hier in der Bergstadt waren die Sommermorgen kühl, ich konnte unbemerkt auf der Straße gehen und unter den zwanzig Millionen anderen Einwohnern anonym bleiben.

Am südlichen Stadtrand liegt der modische Vorort Coyoacán, der einmal eine eigene Stadt am Ufer des Texcocosees war. Coyoacán bedeutet auf Nahuatl »Ort des Koyoten«, aber jetzt ist er ein Lieblingsviertel der Studenten, Künstler und Intellektuellen und eher der Ort ihrer Kultfiguren als der Koyoten. Diego Rivera und Frieda Kahlo wohnten und arbeiteten in Coyoacán, hier war Leo Trotzkij im Exil, und hier fand er einen grauenhaften Tod durch die Hand eines Mörders, der ihn mit einem Eispickel erschlug.

Die Häuser von Rivera, Kahlo und Trotzkij gelten fast als Wallfahrtsstätten.

In Coyoacán steht jedoch auch ein anderes, viel älteres, aber weniger berühmtes Haus. Es entstand bald nach dem Fall Tenochtitláns auf dem Grundstück eines Culua-Mexica-Palastes, und wenn die Geschichten, die man von diesem Haus erzählt, wahr sind, dann war Malinche eine seiner ersten Bewohnerinnen. Filomena Alvarado hatte mich davor gewarnt, von der jetzigen Eigentümerin Entgegenkommen zu erwarten: »Sie gehört zur Bourgeoisie von Coyoacán; für Malinche wird sie keine Sympathie haben.« Ich wollte mit eigenen Ohren hören, was die Frau von Malinche hielt. Ich wollte aber nicht in ihren Privatbereich eindringen, deshalb schrieb ich ihr einen Brief:

»Als Außenseiterin finde ich es verwirrend und paradox, daß Malinche heute in Mexiko wegen ihrer Rolle während der Conquista angeprangert wird. Ich wüßte gern, was Sie von ihr halten. Glauben Sie an ihren angeblichen Verrat? Tat sie etwas anderes als die Männer aus Tlaxcala und Huejotzingo? Als Hüterin des Hauses, in dem einst Malinche lebte, sind Sie in einer singulären Lage, und Ihre Meinung wäre mir wichtig.« Ich bekam keine Antwort. Vielleicht war mein Brief nicht angekommen. Vielleicht hat er ihr mißfallen, oder sie fand das Thema Malinche zu hassenswert oder zu langweilig, um darüber nachzudenken.

Trotzdem ging ich nach Coyoacán, mit Filomena, und zusammen machten wir uns Gedanken über das Haus in der Calle Higuera. Von Malinches Leben in diesem Gebäude ist kaum etwas bekannt, aber wir wissen, daß sie nicht die einzige Frau war, die in seinen Mauern wohnte. Es war Cortés' offizieller Wohnsitz, und wie ein großer Herr im Mittelalter hatte er Moctezumas Töchter unter seine Fittiche genommen und spielte die Rolle des Beschützers. Er behauptete, damit erfülle er Moctezumas letzten Wunsch, jedoch niemand wußte, ob das der Wahrheit entsprach. Aber wer hätte ihn hindern sollen?

In den Eroberungskriegen in Amerika war dies eine übliche Praxis. Zwölf Jahre nach Cortés ernannte sich der Eroberer Perus, Francisco Pizarro, ein Verwandter von Cortés, genauso zum offiziellen Beschützer der Kinder des Inka Atahualpa. Hinter dem Brauch steckte mehr als schlichte Barmherzigkeit oder Soldatenehre. Diese Kinder des einheimischen Adels lebten zwar angenehm, aber nahezu unter Hausarrest. In Wirklichkeit waren sie Geiseln, Faustpfänder zur Sicherung des Friedens.

Im Anschluß an den Fall Tenochtitláns lebten also Moctezumas Töchter im Haushalt von Cortés und bescherten ihm damit Prestige, Legitimität und Sicherheit. Sie waren von entscheidender Bedeutung für ihn, denn er mühte sich um die Regierung einer aufsässigen Kolonie aus bitteren, unterworfenen, überlebenden Culua-Mexica und verärgerten Konquistadoren, die das Gefühl hatten, von Cortés bei der Verteilung des Beutegutes betrogen worden zu sein.

Die ranghöchste dieser jungen Adligen war Doña Isabel oder Tecuichpotzin, wie sie vor der Conquista hieß. Im Jahr zuvor, auf dem Höhepunkt des Krieges in Tenochtitlán, hatte man sie ihrem Vetter Cuauhtémoc zur Ehefrau gegeben, und zwar aus demselben Grund, aus dem Cortés sich zu ihrem Protektor erklärte: In der Stunde der Krise brauchte der Culua-Mexica Adel die Autorität und die Kontinuität, die sie als einzige überlebende legitime Tochter Moctezumas verkörperte.

Es war eine Hochzeit pro forma, die möglicherweise nie vollzogen wurde, da die Braut damals erst zwölf Jahre alt war. Im Augenblick der Kapitulationserklärung der Culua-Mexica war sie mit Gewalt von Cuauhtémoc getrennt worden und durfte nie mehr mit ihm zusammenleben. Außer Doña Isabel lebten ihre drei Halbschwestern im Haus in

Coyoacán. Deren Nahuatl-Namen kennen wir nicht, aber unter Cortés hießen sie Doña María, Doña Anna und, um es kompliziert zu machen, Doña Marina. Nun gab es also zwei Doña Marinas in Cortés' Leben.

Die wichtigsten der unter seinem Dach versammelten Menschen waren die vier jungen adligen Damen, allen voran Doña Isabel. Malinche dagegen hatte vorläufig ausgedient. Eine offizielle Funktion hatte sie nicht mehr, und ihre Stellung im Haushalt ist unklar. Im Gegensatz zu Moctezumas Töchtern war sie nicht durch die Zugehörigkeit zu einer altadligen Familie abgesichert. Ihr Wohlergehen hing ausschließlich von Cortés' Dankbarkeit ab, und das war ein weit weniger verläßlicher Schutz. Eine romantische Interpretation ihrer Geschichte würde uns glauben lassen, daß Malinche als Geliebte von Cortés seine natürliche Zuneigung besaß, aber beweiskräftige Indizien dafür gibt es nicht.

Der häusliche Lebensbereich von Frauen in der Vergangenheit ist eine bekanntermaßen schwer zu kartographierende Landschaft. Wenn wir Glück haben, hinterlassen die Frauen Tagebücher oder Briefe oder sogar Haushaltsbücher, aus denen wir uns etwas von ihrer verborgenen Welt zusammenstückeln können. Von Malinche sind keine derartigen Schätze auf uns gekommen. Jedoch kann man ein paar Einzelheiten aus dem Alltag in diesem Haushalt dingfest machen und dann Rückschlüsse auf Malinches möglichen Platz in Cortés' Lebensplan ziehen. Die Quelle dieser Informationen ist überraschend, und die Geschichte, die sie erzählen, nicht ermutigend.

1529 wurde das Leben von Cortés zum Gegenstand offizieller Überprüfung; die Spanische Krone setzte einen gerichtlichen Untersuchungsausschuß ein, die *Residencia,* die seine Verwaltung des Gebietes mit dem neuen Namen Neuspanien unter die Lupe nahm. Dieses riesige Territorium erstreckte sich nach Süden bis Guatemala und nach

Norden bis Kalifornien, denn nachdem Tenochtitlán erobert war, hatten sich die Eroberungszüge fortgesetzt, da Abenteurer in immer neuen Schüben an der mexikanischen Küste landeten. Die bittere Erfahrung, die den eingeborenen Völkern anderer Kontinente, Afrikas und Australiens zum Beispiel, noch bevorstand, brach über Mesoamerika schon jetzt herein: War die Lawine der Invasionen aus Europa einmal losgetreten, wälzte sie sich unaufhaltsam weiter.

Cortés' *Residencia* war die erste derartige Untersuchung in Neuspanien, eine langwierige, peinlich genaue Angelegenheit, durchgeführt mit der bürokratischen Gründlichkeit und Hartnäckigkeit, für die Spanien im sechzehnten Jahrhundert berühmt war. Ein vielköpfiges Gremium von Richtern reiste aus Spanien an, und eine Legion Zeugen wurde vorgeladen. Sie mußten unter Eid Aussagen zu allen erdenklichen Aspekten von Cortés' Verhalten machen, und wie es sich so fügte, gehörten auch Angaben über seine Beziehungen zu den Frauen unter seinem Dach dazu.

Die Zeugen wurden befragt, ob sie gehört hätten, daß Cortés in Fleischeslust mit den Töchtern Moctezumas lebe und auch mit einer gewissen Mariana, »einer Frau aus diesem Land«, und mit einer Tochter dieser Mariana. Wer ist Mariana? »Eine Frau aus diesem Land«, aber offenbar keine von Moctezumas Töchtern. Da »Mariana« eine gebräuchliche Variante des Namens Marina war, muß es sich hier um Malinche handeln oder um Marina, wie die Spanier sie immer nannten.

Im Wortlaut dieser Befragung hören wir zum erstenmal eine leise Anspielung auf eine Tochter, die womöglich mit ihr aus Potonchan gekommen war. Mehrere Zeugen antworteten jedoch, das fragliche Mädchen sei nicht die Tochter, sondern die Nichte von Malinche. Manche wagten sich sogar zu der Behauptung vor, ihr Name sei Catalina. Wenn die Zeugen die Wahrheit gesagt haben, dann war das junge Mädchen womöglich während der ganzen Zeit bei Malinche, stand unter ihrer Obhut, blieb aber unerwähnt und unbemerkt. Wie hätten sie auch mitten in den Wirrnissen und Gefahren, die sie durchlebt hatten, ein solches Kind wahrnehmen sollen?

Der schiffbrüchige Priester und ehemalige Dolmetscher Geronimo de Aguilar meldete sich, seinen alten Generalkapitän zu belasten. Er sagte, im Haus in Coyoacán hätten die Töchter verschiedener Adelsherren gewohnt, und Cortés habe mit ihnen allen sexuelle Beziehungen gehabt, obwohl sie untereinander verwandt waren. Die Blutsverwandtschaft zwischen Cortés' Mätressen scheint Aguilar und die anderen Zeugen oft mehr als alle anderen Aspekte im Sexualverhalten ihres ehemaligen Generalkapitäns beunruhigt zu haben.

Aber Aguilar macht in seiner Anschuldigung gegen Cortés ganz deutlich, daß er auch von Malinche spricht, von der »Dolmetscherin Marina«, wie er sie nennt. Er erklärte dem Tribunal, Cortés habe die Dolmetscherin »fleischlich erkannt«, *»se echo carnalmente con Marina«,* und sie habe ihm einen Sohn geboren.

Daß Cortés eine Schwäche für Frauen hatte, scheint gewiß, aber wie alle mächtigen Männer zu allen Zeiten hatte er auch zahlreiche Feinde und einen ganzen Schwarm bereitwilliger Ankläger, vor allem unter seinen früheren Waffenkameraden. Sie fühlten sich von ihm um den versprochenen Lohn für ihre Taten bei der Conquista Tenochtitláns betrogen. Bernal Díaz beschreibt zum Beispiel die Sprüche, die an Cortés' Hausmauer in Coyoacán geschmiert wurden: »Nicht Eroberer, sondern von Cortés Eroberte«, stand da geschrieben, und laut Díaz reagierte Cortés mit einem eigenen spöttischen Spruch: »Weiße Wände, Papier für Dummköpfe.«

In einer derartig verbitterten Atmosphäre ist es denkbar, daß viele dieser Zeugenaussagen böswillig erfunden oder übertrieben waren. Aber selbst wenn nur ein kleiner Teil dessen, was diese Stimmen uns erzählen, richtig ist, geht daraus hervor, daß der Haushalt in Coyoacán weder für Malinche noch für eine der anderen dort wohnenden Frauen ein Hafen ehelichen Glücks war.

Irgendwann im Frühjahr 1522 wurde Malinches Sohn Martín Cortés geboren. Von den Umständen der Entbindung wissen wir nichts. War sie leicht? War Malinche allein, oder hatte sie Hilfe von anderen Frauen, und wenn ja, von wem? Vielleicht war das mysteriöse Mädchen, ihre Tochter oder Nichte, bei ihr. Vielleicht meldete sich auch eine erfahrene Hebamme, eine von den Culua-Mexica, die den Angriff auf Tenochtitlán überlebt hatte, oder sogar eine Spanierin, die den Krieg zusammen mit Malinche überstanden hatte.

Cortés ließ es sich später sehr angelegen sein, seinen *mestizo*-Sohn durch päpstlichen Erlaß legitimieren und zum Ritter des Ordens von Santiago ernennen zu lassen, und er vermachte diesem Kind eine ansehnliche Erbschaft. Zur Welt kam Martín allerdings zu einem ungünstigen Zeitpunkt, denn als er geboren wurde, landete an der mexikanischen Küste ein Schiff, das Cortés' Ehefrau an Bord hatte; er hatte sie bei seinem Aufbruch in Kuba zurückgelassen und nie nachgeholt.

Bernal Díaz gehörte zu der Abordnung, die sie ins Inland zur Begegnung mit ihrem Ehemann geleitete, und später merkte er an, Cortés sei bei diesem Wiedersehen ganz offensichtlich alles andere als erfreut gewesen. Der Aufenthalt dieser unseligen Frau im Haus in Coyoacán war glücklos und kurz. Sie starb dort unter dubiosen Umständen, und Cortés stand für den Rest seines Lebens unter dem Schatten des Verdachts, an ihrem Tod schuld zu sein.

Sie hieß Catalina Juarez de Marcaida und war schon etliche Jahre tot, als die Zeugenvernehmungen des *Residencia*-Tribunals begannen. Cortés selbst war weit weg, in Spanien. Aber das Tribunal untersuchte die Umstände ihres Todes, und mehrere Kammerfrauen Catalinas machten Zeugenaussagen, die Cortés mit ihrem plötzlichen rätselhaften Ableben in Verbindung brachten.

Die Zeuginnen berichteten den Richtern der *Residencia,* daß der Tod in den frühen Morgenstunden von Allerheiligen, im November 1522, eingetreten sei. Sie sagten aus, Cortés habe sie in die Schlafkammer gerufen, die er mit Catalina teilte, und ihnen erklärt, sie sei tot. Einige behaupteten, sie hätten den Leichnam gesehen und blaue Flecken an ihrem Hals und eine zerrissene Perlenkette bemerkt. Diese Zeugenaussagen und die Tatsache, daß Cortés Sargschreiner bestellte und den Sarg mit dem Leichnam seiner Frau schließen ließ, ohne Zeit für die übliche Totenwache am offenen Sarg zu lassen, gab vielen seiner Zeitgenossen Grund zu dem Verdacht, daß er sie ermordet habe.

Es gab noch weitere Indizienbeweise. Catalinas Kammerfrau Ana Rodriguez sagte aus, ihre Herrin sei sehr verstört gewesen, als sie sich im Haus in Coyoacán wie in einem Harem habe vorkommen müssen. Eine andere Frau, María Hernandez, bezeugte, daß Catalina ihr gesagt habe, sie fürchte sich vor ihrem Ehemann; er habe sie manchmal geprügelt.

Cortés wurde nie wegen Mordes an seiner Frau vor Gericht gestellt. Catalinas Mutter strengte einen Strafprozeß gegen ihn an und verfolgte ihn jahrelang durch mehrere Instanzen, aber am Ende gab sie auf, vermutlich weil sie das Gefühl hatte, nichts erreichen zu können.

All diese Vorfälle ereigneten sich innerhalb weniger Jahre in den Mauern des vornehmen alten Hauses in Coyoacán. Ein tragischer Tod, ein nie beigelegter Streit, Moctezumas

Töchter in der Obhut eines Mannes, der im Ruf stand, ein ausschweifendes Leben zu führen, dazu Malinche und das junge Mädchen, das angeblich bei ihr war. In diesem Szenario kann man sich ein häusliches Eheglück von Malinche und Cortés kaum vorstellen; 1524 hatte ihr Aufenthalt dort ohnehin ein Ende.

Im Oktober des Jahres verließ sie das Haus, und soweit wir wissen, kehrte sie nie zurück. Noch einmal wurden ihre Dolmetscherdienste gebraucht, und sie brach zu ihrer letzten Reise mit Cortés auf. Diesmal sollten sie weit nach Süden gehen, bis zum Golf von Honduras, sie verfolgten eine Expedition meuternder Spanier. Ohne Zweifel hatten sich die Rebellen Cortés' Alleingänge zum Vorbild genommen und auf eigene Faust eine Kolonie gegründet.

Letzte Reise

»Ich brach aus dieser großen Stadt auf«, schrieb Cortés, »und hatte nur wenige Reiter und Fußsoldaten, Männer meines eigenen Haushalts und meine Freunde und Verwandten bei mir ... gleichermaßen nahm ich alle die eingeborenen Fürsten dieses Landes mit.«

Es war der 12. Oktober 1524, und Ziel der Expedition war das Gebiet des heutigen Honduras im Maya-Reich. Noch einmal wurde Malinche als Dolmetscherin für Cortés gebraucht. Cuauhtémoc von Tenochtitlán zog mit der Expedition, denn er war noch immer Cortés' Geisel, aber Geronimo de Aguilar wurde in der unterworfenen Stadt zurückgelassen. Anscheinend zählte man ihn schon zu den Feinden von Cortés. Malinche muß zu dieser Zeit ohnehin fließend Spanisch gesprochen haben, also war Aguilar überflüssig.

Die Expedition sollte zwei Jahre dauern und sich für Cortés als persönliches und politisches Desaster erweisen. Auch für Malinche war sie eine Schicksalswende, denn nur wenige Wochen nach dem Aufbruch aus Tenochtitlán wurde sie irgendwo an der belebten Straße zur Golfküste einem Spanier namens Juan Xaramillo de Salvatierra angetraut. Es heißt, die Hochzeit habe am 20. Oktober in der Nähe des heutigen Orizaba stattgefunden, im Schatten des gleichnamigen gewaltigen Vulkans.

Wo genau Malinches Ehe geschlossen wurde, ist ungewiß, aber um 1930 besichtigte der mexikanische Historiker Gustavo Rodriguez das Dorf Huilopan südlich von Orizaba und behauptete, dort auf dem Grundpfeiler der sehr alten Kirche eine Inschrift gefunden zu haben. Rodriguez glaubte, gerade noch ein Datum erkennen zu können, das Jahr 1524 und die Worte »Fr. Juan«, die sich seiner Meinung nach auf Juan de Tecto bezogen, den gelehrten Theologen von der Sorbonne und ehemaligen Beichtvater des spanischen Königs Karl I. (Kaiser Karl V.); dieser Mann hatte die Trauung Malinches vollzogen.

Diese Hochzeit mit Juan Xaramillo de Salvatierra taucht ohne jede Vorankündigung in Malinches Geschichte auf; was ihr voranging, bleibt ganz im dunkeln. Hatte er ihr offen den Hof gemacht, oder war es eine heimliche Liebelei hinter Cortés' Rücken gewesen? Der genaue Beobachter Bernal Díaz hatte sich der Expedition noch nicht angeschlossen und hat deshalb keine eigene Version der Ereignisse zu bieten. Nach dem Fall Tenochtitláns hatte er sich an der Golfküste des Isthmus von Tehuantepec niedergelassen. Der erste Biograph von Cortés, Francisco López de Gómara, behauptete später, Juan Xaramillo sei während der Trauungszeremonie betrunken gewesen. Gómara selbst hatte nicht daran teilgenommen, aber da er der Kaplan von Cortés war, ist es denkbar, daß Cortés ihm die Geschichte erzählte.

Bernal Díaz wollte sie nicht glauben. Er war immer ein Parteigänger Malinches, und für Gómara und dessen Biographie hatte er keine Zeit. Er sagte, er kenne einen Mann namens Aranda, einen »Siedler in Tabasco«, der bei der Hochzeit dabeigewesen sei, und »dieser Mann hat mir von der Trauung erzählt (nicht so wie der Historiker Gómara berichtet)«. Trotz Díaz' gutgemeintem Protest rückt die Geschichte von der Trunkenheit des Bräutigams diese Hochzeit ins Zwielicht.

Wir wissen, daß Juan Xaramillo einer von Cortés' zuverlässigsten Offizieren war und daß er bei der Belagerung Tenochtitláns eine Brigantine befehligt hatte. Wie Cortés und viele andere der frühen Konquistadoren stammte er aus der südspanischen Provinz Extremadura. In einer Erklärung über seine Dienstpflichten gegenüber der Krone sagte er später aus, daß er der Sohn von Don Alonso Xaramillo und Doña Mencia de Matos sei.

Nichts davon wirft Licht auf Malinches Hochzeit mit diesem Mann, und Gómaras schmutziges Gemunkel deutet auf mindestens zwei unselige Möglichkeiten: Die Trauung könnte ein Soldatenstreich gewesen sein, den man dem volltrunkenen Xaramillo spielte, oder Cortés könnte ihn zu der Ehe gezwungen haben, um sich für eine gewisse Indiskretion zwischen den beiden zu rächen.

Denkbar ist auch, daß die ganze Angelegenheit mit Besitz zu tun hatte. Cortés hatte kurz zuvor ein Gesetz verkündet, das jedem Junggesellen die Ehe vorschrieb und jedem verheirateten Spanier gebot, seine Ehefrau aus Kuba oder aus Spanien nachkommen zu lassen. Zuwiderhandlungen sollten mit dem Verlust jeglichen Landbesitzes bestraft werden, und da Juan Xaramillo üppige Ländereien im Norden von Tenochtitlán besaß, brauchte er zur Sicherung dieses Eigentums eine Ehefrau.

Fast zwanzig Jahre danach sagten alte Konquistadoren in einem Gerichtsprozeß im Zusammenhang mit Xaramillos Testament aus, Cortés habe Malinche zur Hochzeit Olutla und Texixtepec geschenkt, die Isthmusdörfer, die ehemals Jaltipan unterstanden. Wenn diese Angaben richtig sind, dann glaubte Xaramillo möglicherweise, daß die Heirat mit Malinche seinen Reichtum vergrößern würde. Aber es gibt keine offizielle Eintragung einer solchen Schenkung, und 1550 werden die beiden fraglichen Dörfer in den Kolonialakten als Eigentum des Luis Marin, eines anderen Konquistadoren, geführt. Und wenn die melancholische Geschichte der Leguanverkäuferin stimmte? Vielleicht hatte Cortés Malinche wirklich nur die wertlose Insel Tacamichapa gegeben und sonst nichts.

Warum sollte man nicht Liebe als Motiv für die Hochzeit Malinches mit Xaramillo in Betracht ziehen? Weil zwar eheähnliche Verbindungen zwischen Konquistadoren und Indio-Frauen längst gang und gäbe waren, formale Eheschließungen jedoch nicht. Wenn Juan Xaramillo auch nur annähernd so ehrgeizig war wie seinesgleichen, dann ist es höchst unwahrscheinlich, daß er sich freiwillig auf die Ehe mit einer abgelegten Mätresse seines Generalkapitäns einließ.

Malinche mag zum Provinzadel gehört haben, aber Xaramillo wird nach einer Ehefrau von hochadliger Abstammung und beträchtlichem Vermögen Ausschau gehalten haben. Zum Beispiel wäre ihm eine von Moctezumas Töchtern oder Nichten recht gewesen, deren Rang und Recht auf Ländereien von der Spanischen Krone anerkannt worden waren. Oder eine Frau, die wenigstens entfernt mit einem spanischen Adelsgeschlecht verwandt war.

Wie immer bei den Fragmenten aus Malinches Leben gibt es auch hier keine klaren Antworten, sondern nur eine Handvoll Anekdoten und eine Menge Gerüchte, die über die Jahrhunderte hinweg weitergegeben wurden. Man hört zu, man wägt die Möglichkeiten gegeneinander ab und versucht beim Auswerten des Gehörten einen Mittelweg zwischen Romantik und Zynismus zu steuern, denn man muß sich damit abfinden, daß man nie mit Gewißheit wissen wird, was sich hinter dem Schutzschild ihrer Ehe mit Juan Xaramillo abspielte.

Im Dezember traf die Expedition in der Nähe des heutigen Hafens Coatzocoalcos ein, und Bernal Díaz schloß sich ihr an. Nun hatte sich für Malinche der Kreis geschlossen; sie war zu ihrem Ausgangspunkt, dem Isthmus von Tehuantepec zurückgekehrt, aber nicht in ein unabhängiges Territorium, denn mittlerweile war auch der Isthmus in der Hand der Spanier.

Während seines Aufenthaltes in Coatzocoalcos schickte Cortés Boten durch die gesamte Provinz und bestellte alle einheimischen Fürsten zu sich ins Lager, denn er wollte »zu ihnen über unsere heilige Religion sprechen«. Bernal Díaz schreibt, unter den Eintreffenden seien auch Malinches Mutter Marta und ihr Halbbruder Lázaro gewesen. Damit war der Moment der gefühlvollen und kurzlebigen Familienzusammenführung gekommen.

Laut Díaz weinten Marta und Lázaro vor Angst, als sie Malinche unter die Augen traten, denn sie glaubten, Malinche sei zurückgekommen, um die Familienmitglieder für das zu bestrafen, was sie ihr vor vierzehn Jahren angetan hatten. Aber sie tat ihnen nichts. Im Gegenteil: Sie tröstete die Weinenden vor allen Leuten, schenkte ihnen Juwelen und schöne Stoffe und drängte sie, in Frieden heimzuziehen. Bernal Díaz schrieb: »Daß sie die Tochter war, konnte man leicht an der großen Ähnlichkeit mit der Mutter sehen.«

Er berichtet weiter, sie habe eine schöne Rede gehalten und der Mutter und dem Bruder gesagt, Gott in seiner Gnade habe sie vom Götzendienst befreit und dem christlichen Glauben zugeführt, habe ihr einen Sohn von ihrem Herrn und Meister geschenkt und sie mit dem Edelmann Juan Xaramillo verheiratet. Sie habe Mutter und Bruder versichert, sie wolle lieber ihrem Ehemann und Cortés dienen, als Herrin aller Provinzen Neuspaniens zu sein.

Diese rührende Darstellung ist der einzige Bericht von der tränenreichen Wiederbegegnung in Coatzocoalcos, den wir haben. Díaz zitierte Malinches Rede, als habe er sie wörtlich so gehört, aber wir können nicht mit Sicherheit sagen, wie gut er ihre Worte verstand, denn soweit wir wissen, sprach er noch nicht Nahuatl. Möglich ist es, daß er aus ihrer Intonation und den Gesten, mit denen sie ihre Verwandten beruhigte, auf den Inhalt ihrer Rede schloß. Oder daß sie diese Rede zuerst auf Nahuatl hielt und anschließend zur Erbauung ihrer spanischen Gefährten auf Spanisch wiederholte.

Diese Episode mag sich so oder so abgespielt haben, in jedem Fall machte sie auf Bernal Díaz tiefen Eindruck, und ihm kamen nicht die geringsten Zweifel an dem, was er in Coatzocoalcos sah und hörte. In seiner Darstellung klingen Malinches Worte belehrend wie eine Parabel; ihr offenkundiger Akt der Vergebung bewegte ihn so, daß er ihn mit der Stelle im ersten Buch Mose verglich, wo Joseph seinen Brüdern vergab, daß sie ihn in die Sklaverei verkauft hatten.

Malinche war also wieder mit ihrer Familie vereint. Vielleicht hätte sie an diesem Punkt wieder zu den Verwandten heimkehren können, aber sie tat es nicht. Wie der schiffbrüchige Spanier Gonzalo Guerrero, der immer noch irgendwo im Süden mit seiner Maya-Frau und den gemeinsamen Kindern lebte, scheint sie sich auf die Seite ihres Adoptivvolkes geschlagen zu haben.

Malinche kehrte auf den Isthmus zurück, aber sie sah weder die Stadt Potonchan wieder, wo sie bei den Maya gelebt hatte, noch den alten Handelsumschlagplatz Xicalango, wo sie in die Sklaverei verkauft worden war. Denn von Coatzocoalcos aus bewegte sich die Expedition landeinwärts, überquerte südlich der Stadt trügerische Sümpfe und Treibsandstellen, schlug Brücken, baute Flöße und requirierte Kanus in den am Wege liegenden Dörfern.

Ungefähr an der Stelle, wo heute Villahermosa liegt, überquerten sie den Fluß Grijalva, dann den Usumacinta. Sie kämpften sich weiter in die Maya-Provinz Acalan und marschierten durch ein riesiges Moorgebiet, für Cortés »das schrecklichste Ding, das Menschen je sahen«. Dort, am Ufer des Candelaria, eines anderen breiten braunen, aus Guatemala kommenden Flusses, exekutierten die Spanier Cuauhtémoc und die anderen Culua-Mexica-Edelleute, die sie auf diesen grauenhaften Feldzug mitgeschleppt hatten. Bernal

Díaz sagt offen, daß die Ermordung Cuauhtémocs Bestürzung und Unruhe bei den Spaniern hervorrief. Viele hätten unverhohlen erklärt, daß Cortés mit dieser Hinrichtung unrecht getan habe.

Warum tat Cortés diesen brutalen, anfechtbaren Schritt? Handelte er in Panik, weil er fürchtete, die Führung über seine Leute zu verlieren? Vielleicht sollte die Hinrichtung Cuauhtemacs eine Art Schauprozeß sein mit dem Ziel, die Bewohner von Acalan in Angst zu versetzen und die eigenen Leute durch Autorität zu beeindrucken. In einem nächsten Brief an den spanischen König rechtfertigte Cortés seine Tat, indem er Cuauhtémoc als einen gefährlichen Mann schilderte, zu gefährlich, als daß man ihn am Leben lassen könne: »Einen turbulenten Menschen« nannte er ihn »und den Grund aller Unsicherheit und Unruhe in diesem Land«.

1933 entdeckte der Gelehrte France Scholes im Archivo General de Indias in Sevilla einen seltenen, von einem unbekannten Schreiber in lateinischen Buchstaben verfaßten Maya-Text aus dem späten sechzehnten Jahrhundert. Dieses bedeutsame Dokument schilderte den tragischen und schändlichen Vorfall von Cuauhtémocs Hinrichtung. Es berichtet, daß Malinche dabei war und beim Tod des Herrschers der Culua-Mexica auf Nahuatl für ihn betete.

Bernal Díaz schrieb, Cuauhtémoc habe durch Malinche Worte voll bitterer Qual an Cortés gerichtet, und sie habe offenbar seine Vorwürfe wiedergegeben, ohne das Gewicht der Anklagen im mindesten zu mildern. Cuauhtémoc habe Cortés beschuldigt, daß er ihn den ganzen langen Weg mitgeschleift habe, nur um ihn zu ermorden. Er habe gefragt, warum Cortés ihn nicht schon vor vier Jahren, beim Fall Tenochtitláns umgebracht habe, warum er ihm den ehrenvollen Tod, um den er gebeten hatte, nicht gegönnt habe.

Cuauhtémoc wurde am 28. Februar 1525, am Vorabend des Aschermittwoch, hingerichtet. Wie er vom Leben zum Tod gebracht wurde, ist nie ganz klar geworden. Einige Darstellungen behaupten, er sei geköpft worden, andere besagen, man habe ihn gehenkt. Seinen Leichnam hängte man an einen Baum in Acalan und überließ ihn wie den eines Verbrechers der Verwesung, fern von seinem Land und seinem Volk.

Bernal Díaz weiß zu berichten, daß Cortés nach Cuauhtémocs Tod anfing, stark zu trinken, schon vor dem Frühstück, »etwas, das er in den früheren Kriegen nie getan hatte«. Sein Marsch durch die Sümpfe auf dem Isthmus und den hitzedampfenden Dschungel im jetzigen Guatemala hatte nichts von der Siegesgewißheit des triumphalen Einzugs nach Tenochtitlán, er kam nicht mit donnernden Pferdehufen, klingelndem Zaumzeug und einem Banner, das sich »erhob wie ein Krieger«.

Auf diesem zweiten Feldzug hatte Cortés zusehen müssen, wie seine Männer im Treibsand versanken, qualvoll an tropischen Fiebern starben und sich wie Hunde um Nahrung balgten. Als er in der alten Stadt Tayasal am Ufer des Peten-Sees ankam – ungefähr dort, wo man noch heute die schönen Tempelruinen von Tikal über dem Regenwald aufragen sieht –, waren seine Gesundheit und seine Moral so angeschlagen, daß der Itza-Maya-Herrscher der Stadt nicht ahnte, wer dieser erbarmungswürdige Fremde und seine jämmerliche Expedition sein mochten, die bei ihm vorsprachen.

Als Malinche in Cortés' Namen ihre übliche einführende Rede hielt, schien der Herr der Stadt gewisse Züge der Geschichte wiederzuerkennen: Von der Unterwerfung der Culua-Mexica, von einem mächtigen König jenseits des östlichen Meeres, von dem einen wahren Kreuz hatte er schon gehört. Als sie mit ihrer Rede zu Ende war, erinnerte sich der Maya-Fürst, daß einige Jahre zuvor Fernhändler aus

Potonchan auf demselben Weg gekommen waren und ihm von einem Generalkapitän berichtet hatten, der in ihr Land eingefallen sei und sie besiegt habe. Ziemlich zögernd fragte er, ob Cortés etwa dieser Mann sei.

Zum erstenmal seit vielen Jahren sah sich Cortés gezwungen, seinen Ruhm selbst zu erklären und glaubwürdig zu machen. Später schrieb er: »Ich antwortete, wenn er die Wahrheit hören wolle, dann müsse er nur die Dolmetscherin fragen, mit der er gerade spreche, Marina, die immer bei mir sei.« Und Malinche versicherte dem Herrn von Tayasal in der Maya-Sprache, die sie als Sklavin gelernt hatte, daß Cortés tatsächlich der berühmte Kriegsmann sei, der sieben Jahre zuvor Potonchan erobert hatte.

Cortés hatte sich an Malinche gewandt, denn sie hatte alles mit ihm erlebt, und nur sie konnte ihm die Hilfe und Bestätigung geben, die er jetzt brauchte. Dies ist die einzige Stelle in seinen berühmten Briefen, an der er Malinches Namen nennt. Es ist zugleich die letzte Verbeugung seiner Begleiterin vor ihrem Abgang von der Bühne der Geschichte.

Einige Wochen später erreichte die Expedition den Golf von Honduras, und sie mußten feststellen, daß die meisten der spanischen Aufrührer, zu deren Inhaftierung sie den ganzen weiten Weg hinter sich gebracht hatten, im Jahr davor gestorben waren. Etliche waren an tropischen Fieberkrankheiten zugrunde gegangen, andere in einer Kette blutiger Streitereien umgekommen. Cortés gelang es, von den Überlebenden der Rebellenkolonie drei Karavellen zu kaufen und sich mit der erschöpften Restgruppe seiner Expedition einzuschiffen; er segelte an dem Küstenstreifen vorüber, wo er sieben Jahre vorher Geronimo de Aguilar aufgegriffen hatte.

Die Rückreise war ebenso katastrophal wie der lange mühsame Marsch über Land. Auf dem schmalen Wasserweg zwischen Kuba und der Nordspitze Yucatáns geriet die kleine Flotte in einen wütenden tropischen Sturm. Eine der drei Karavellen ging mit Mann und Maus unter; dabei ertrank auch der gelehrte Juan de Tecto, der Priester, der Malinche mit Juan Xaramillo getraut hatte. Er hinterließ einen unvollendeten Katechismus auf Nahuatl.

Als Cortés endlich im Mai 1526 in Veracruz landete und mühsam von Bord ging, war er so verändert, daß ihn zuerst niemand erkannte. Bernal Díaz: »Während der Neuspanienkriege war er [Cortés] schlank und fast ohne Bauch gewesen, aber nach unserer Rückkehr aus Hibueras [Honduras] war er viel korpulenter, hatte einen dicken Bauch, und ich bemerkte auch, daß sein vorher schwarzer Bart nun ganz weiß geworden war.«

Malinche mit ihrer außergewöhnlich zähen Lebenskraft hatte wieder alles überstanden und irgendwann auf der stürmischen Seefahrt nach Veracruz ein Mädchen geboren, das sie María nannte, ihr einziges Kind von Xaramillo. Was weiter mit Malinche geschah, ist nicht bekannt. Ihr öffentliches Leben als Fremdenführerin und Dolmetscherin von Cortés war vorbei.

Archive

Ich ging noch einmal zum Haus an der Plaza de Santo Domingo, wo Malinche angeblich nach der Rückkehr aus Honduras ihre letzten Lebensjahre verbrachte. Die Lehrerin der vierten Klasse saß an ihrem Tisch und bereitete den Unterricht für den nächsten Tag vor.

»Sie sind wieder da«, rief sie und zog mir einen Stuhl heran.

»Ja«, sagte ich, »es war eine lange Reise.«

»Und der Isthmus?«

»Er hat eine ganz eigenartige Schönheit. Ich habe die riesigen Steinköpfe aus der Olmeken-Zeit gesehen und auch die kleinen Jaguarskulpturen, aber die Ruinen von San Lorenzo habe ich nicht besucht, obwohl ich ganz in der Nähe war. Die Hitze dort unten ist so drückend; das war ein Problem für mich.«

»Haben Sie Hinweise auf Malinche gefunden?«

»Hinweise ja. Ich habe einen Garten und einen kleinen Fluß gesehen, die nach ihr benannt waren. Ich habe den Vulkan in Tlaxcala gesehen und ein Gemälde in einer Kirche. Ich habe mit Leuten gesprochen. Jetzt kann ich mir vieles deutlicher vorstellen: ihr Leben, ihre Reisen, die riesige Entfernungen, die sie bewältigt hat.«

»Was werden Sie jetzt machen?« fragte mich die Lehrerin.

»Mir bleibt nicht mehr viel Zeit in Mexiko«, sagte ich. »Ich möchte noch eine Weile in den verschiedenen Archiven sitzen, nur so, um nachzusehen, ob ich irgendeine Spur finden kann, die mich zu Auskünften über ihr Ende führt.«

»Können wir hier in der Schule Ihnen irgendwie helfen?«

»Ach, ich bin gern hier, ich komme gern vorbei, so wie

jetzt«, sagte ich. »Es bedeutet mir viel, einfach nur zu wissen, daß Malinche womöglich einmal in diesen Mauern gelebt hat.«

Gibt es eine zweite Stadt, die ihre frühe Geschichte so entschieden bewahrt wie Mexiko-Stadt? Man hat den Eindruck, daß jedesmal, wenn in der Altstadt Tiefbauarbeiten beginnen, wenn zum Beispiel das U-Bahn-Netz erweitert oder schadhafte Abwasserrohre erneuert werden, wieder eine weitere Schicht der indianischen Vergangenheit ans Licht kommt. Also werden Straßen und Fußwege umgeleitet, Baupläne geändert, und in den Ausgrabungsstätten beginnen jahrelange geduldige archäologische Aktivitäten. Die mexikanische Vergangenheit in der Zeit nach der Conquista wird im Archivo General de la Nacion mit derselben Ehrerbietung bewahrt. Das Archivo liegt von Bäumen umgeben in einiger Entfernung von der Straße. Es ist ein gewaltiges Steingebäude, massiv und eindrucksvoll, an allen vier Ecken stehen zinnengekrönte Türme: ein ehemaliges Gefängnis. Am Eingang prüften Wachen meinen Ausweis und paßten auf, daß ich meinen Namen, das Datum und die Uhrzeit meiner Ankunft in eine Liste eintrug. Sie teilten mir mit, ich dürfe nichts mit hineinnehmen, nur Notizbuch und Stift, aber mein spanisches Wörterbuch erlaubten sie mir doch, nachdem ich erklart hatte, wie dringend ich es brauchte.

Im Inneren des Gebäudes saß oben am Treppenhaus unter einer wunderbaren Kuppel eine junge Bibliothekarin und bat mich auf einen Stuhl an ihrem Schreibtisch. Sie fragte nach meinem Arbeitsgebiet, und ich setzte einigermaßen zögernd zur Erklärung meines Interesse für Malinche an. In Mexiko zögerte ich oft, von Malinche zu reden, was fürchtete ich denn? Ausgelacht zu werden? Vielleicht eher, daß die Mexikaner sich durch mein Interesse an ihr gekränkt fühlen könnten, da sie ein so zentrales wie umstrittenes Element der Nationalmythologie Mexikos ist.

Die Bibliothekarin schaute zu mir auf und unterbrach das Ausfüllen des Bibliotheksausweises, den sie für mich vorbereitete.

»Seltsam«, sagte sie und legte den Stift beiseite, »eigentlich habe ich nie richtig über sie nachgedacht. Eine reale Frau ist sie für uns kaum. Ehe eine Abstraktion, eine Idee, ein Symbol – in vielen Hinsichten ein schädliches Symbol, jedenfalls für uns Mexikanerinnen.«

»Ja, so kommt es mir auch vor«, sagte ich.

»Aber Sie wollen hier im Archiv arbeiten«, fuhr sie fort, »heißt das, Ihnen geht es mehr um ihr Leben als um ihre Symbolfunktion?«

»Nein«, widersprach ich, »mich interessiert beides, ich möchte verstehen, wie die beiden Stränge zusammenlaufen. Oder wie sie in verschiedene Richtungen gehen.«

Sie nickte: »Sie möchten den Mythos mit der Realität vergleichen?«

»Ja, die Frau und das, was man aus ihr gemacht hat. Vielleicht geht es vor allem darum.«

Ich erzählte der Bibliothekarin, ich sei in das Archivo gekommen, weil ich gern wüßte, wie und wann Malinche gestorben sei.

»Ich fürchte, das wird nicht leicht herauszufinden sein«, sagte sie. »In der Stadt Mexiko werden Sterbedaten erst seit 1671 registriert, Eheschließungen schon ein Jahrhundert früher, Taufen seit 1537.« Sie hatte meine Benutzerkarte ausgefüllt und reichte sie mir über den Tisch.

»Wenn Sie überhaupt etwas finden, dann wahrscheinlich nur durch Zufall, in einer Nebenbemerkung oder einer unachtsamen Aussage. Archivforschung ist wie die Suche nach *una agujá en un pajár*«, sagte sie.

Ich nickte: »Ja, ich weiß, als ob man eine Stecknadel in einem Heuhaufen sucht.«

»Viel Glück« sagte sie, »und Mut!«

Im Archivo General gibt es einen Brief von einem gewissen Don Martín Cortés; er wurde 1551 geschrieben und enthält eine Anspielung auf die Straße, in der »Doña Marina zur Zeit wohnt«. Der Bezug auf diesen Namen war für viele Historiker ein Beleg dafür, daß Don Martín, der Briefschreiber, Malinches Sohn war und daß Malinche im Jahr 1551 noch lebte. Angesichts der Koinzidenz dieser beiden wohlbekannten Namen ist das verständlich. Jedoch war der Verfasser des Briefes gar nicht Malinches Sohn Martín, sondern dessen Halbbruder, ein 1531 geborener Sohn von Hernán Cortés und seiner zweiten Frau Juana de Zuñiga. Als erster legitimer Sohn von Cortés war auch er nach dem Großvater väterlicherseits genannt. 1551, als dieser jüngere Don Martín besagten Brief schrieb, war sein Vater schon vier Jahre tot und der Sohn Erbe des Adelstitels, den die Spanische Krone seinem Vater verliehen hatte. Er war der zweite Marques del Valle Oaxaca.

Die Doña Marina in diesem Brief war nicht Malinche, sondern die in Spanien geborene reiche, attraktive Witwe des Königlichen Schatzkämmerers, und in Neuspanien ging das Gerücht, sie habe eine Affäre mit dem jüngeren Don Martín Cortés, dem Briefschreiber. Ihr vollständiger Name lautete Marina Gutiérrez Flores de la Caballeria, und das war selbst für spanische Verhältnisse ungewöhnlich lang und kompliziert.

Gegen diese These spricht nicht, daß Cortés zwei Kindern denselben Namen gegeben haben müßte; dies tat er ständig, wie der Stammbaum der Familie zeigt. Seine vier legitimen Kinder hießen Martín, Luis, Catalina und María, und seine vier illegitimen Nachkommen trugen dieselben

Namen, als ob jeweils ein eheliches und ein außereheliches Kind ein Paar gebildet hätten. Aber »Catalina« war Cortés besonders teuer, denn es war der Name seiner Mutter. Und so nannte er, nachdem ihm die erste legitime Tochter Catalina im Säuglingsalter gestorben war, die nächstgeborene wieder Catalina.

Als ich durch die blankpolierten Flure des Archivo General in Mexiko-Stadt ging, wußte ich das alles. Aber ich hoffte, vielleicht irgendwo in den Tiefen des Archivs doch noch etwas zu entdecken, das zuverlässig Auskunft über Malinches Schicksal nach der Rückkehr aus Honduras geben könnte.

Man sollte nicht glauben, daß ein vergilbtes Pergament mit einer Zeugenaussage in dünner Kritzelschrift dermaßen elektrisierend sein kann. Man fragt sich, durch wessen Hände dieses Pergament wohl gegangen ist in den Jahrhunderten, seit es unterschrieben, gesiegelt und weggeschlossen wurde.

Man würde nicht vermuten, daß so alltägliche Bezüge wie »Mutter«, »Schwiegermutter« oder »Großmutter« so viel bedeuten können. Aber die Vertrautheit dieser Worte hat belebende Kraft, vor allem, wenn es um eine Frau wie Malinche geht. Belebend sind sie, weil sie wenigstens ein flüchtiges Gefühl davon vermitteln, daß hinter dem Mythos eine Frau aus Fleisch und Blut steht, jemandes Mutter, jemandes Frau.

Auf einem langen Holztisch vor mir lagen zwei dickleibige Bände mit Dokumenten aus Inquisitionsprozessen, und ich begann darin zu lesen. Jeder, der modernes Spanisch versteht, kann dessen Vorform aus dem sechzehnten Jahrhundert ohne Schwierigkeiten entziffern, jedenfalls wenn er sie in gedruckter Form vor sich hat, denn das Spanische hat sich in den letzten fünfhundert Jahren viel weniger verändert als das Englische. Aber die steifen Pergamentblätter, die ich an jenem Morgen vor mir hatte, waren mit einschüchternden spinnwebfeinen Krakelfüßen bedeckt. Faszinierend, aber so unleserlich, daß sie geradesogut arabische oder hebräische Schriftzeichen sein konnten.

Ich entzifferte ein Wort, dann noch eins und stellte mich ganz allmählich auf die individuelle Handschrift des Schreibers ein, der all diese Zeugenaussagen vor langer Zeit protokolliert hatte. Ich begann ihre Eigenheiten zu erkennen, die kleinen Verschiebungen und Veränderungen in der Orthographie, die abweichende Schreibweise bestimmter Buchstaben.

Eine Formel in der rechten oberen Ecke des ersten Blattes konnte ich sofort lesen, weil ich sie schon erwartet hatte: *»Limpieza de sangre«* lautete sie, wörtlich »Reinblütigkeit«. Ein schlichter Begriff, ein unheilvolles Konzept. Ich dachte an Bosnien, Ruanda, an Nazideutschland. Werden wir den grauenvollen Widerhall nie loswerden? Die Formel auf dem Pergament erklärte, warum die Inquisition die Ahnentafel von Don Manuel Villegas und seiner Gattin Doña Margarita de Peralta überprüfte. Um sicherzustellen, daß die beiden keine jüdischen oder maurischen Vorfahren hatten.

Ich fand die Zeugenaussage, die ich gesucht hatte. Eine eidliche Aussage der Beatriz de Andrade, der zweiten Frau von Juan Xaramillo, die offenbar mit Doña Margarita de Peralta verwandt war. Zum Zeitpunkt dieser Untersuchung, 1570, war Xaramillo schon seit mehr als zwanzig Jahren tot, aber Doña Beatriz war bei der Eheschließung sehr jung gewesen, also mochte sie bei ihrem Zeugenauftritt nicht viel älter als fünfzig sein. In ihrer Aussage erwähnte sie Malinche, die »erste und legitime Ehefrau« Xaramillos, aber darüber hinaus nichts, was ich hätte brauchen können, keine Daten, keine Angaben über ihre Todesursache.

Im zweiten Band fand ich ein Dokument mit der Jahreszahl 1609, das sich auf Fernando Cortés bezog. Die Überschrift lautete »Fernando Cortés, *casado dos veces*«, »zweifach verheiratet« – eine Anzeige wegen Bigamie. Die Worte waren in dünner Schrift quer über die rechte obere Ecke geschrieben, und *»casado«* las sich wie *»cafado«*, die Vertauschung von »f« und »s« ist bei Dokumenten dieser Zeit häufig, auch in anderen Sprachen.

Capitan Justino Sanchez de Sosa beschuldigte Fernando Cortés, er habe erst eine Frau in Sevilla und dann, während sie noch lebte, eine zweite Frau in Lima geheiratet, die nun in Mexiko-Stadt mit ihm zusammenlebe. Einen Hinweis auf die Abstammung des Beschuldigten gab es nicht, aber die Einzelheiten seines Lebens waren mir vertraut. Ein Aufenthalt in Lima, anschließend längere Zeit in Mexiko-Stadt. Ich war mir sicher, daß dieser Mann Malinches Enkel, der Sohn ihres Kindes Martín Cortés sein mußte.

Das Dokument enthielt weder Hinweise auf das Resultat der Denunziation noch auf das weitere Schicksal von Fernando Cortés. Sanchez des Sosa erklärte höchst selbstgerecht, er fühle sich »als gehorsamer Sohn der Kirche« zu dieser Anzeige verpflichtet, und es war bitter, Malinches Enkel auf so schwankendem Boden zu sehen. Angaben, die mir bei meiner Suche nach Malinche hätten helfen können, fanden sich jedoch nicht.

Ich wußte, daß die Verbindung nur sehr schwach war. Ich hatte nicht damit gerechnet, in diesen alten Inquisitionsakten die Antworten zu finden, die ich brauchte. Aber wenn man einer Frau wie Malinche nachforscht, gewöhnt man sich daran, jeden Stein einzeln umzudrehen.

Gegen Ende der Woche begann ich, in meinem Zimmer in der Pension die Unterlagen aus Sevilla durchzuarbeiten, die Filomena Alvarado für mich verwahrt hatte, als ich durch den Isthmus reiste. Es waren Fotokopien von Protokollen eines zwanzigjährigen Rechtsstreits in der Xaramillo-Familie.

1542 war Malinches Tochter María Xaramillo sechzehn Jahre alt und frisch verheiratet mit Luis de Quesada, dem Neffen des Vizekönigs. Dem gesellschaftlichen Rang nach war dies für eine junge *mestiza* eine äußerst günstige Verbindung, und doch gibt es Beweise dafür, daß sie Quesada gegen ihren Willen heiratete. Die Beweise kommen aus einer interessanten Quelle: von Hernán Cortés persönlich. Kurz nach der Hochzeit von María Xaramillo sagte er in einem Verhör unter Eid aus, der Vizekönig Don Antonio Mendoza habe María gegen ihren Willen und gegen den Willen ihres Vaters zur Ehe mit seinem Neffen gezwungen. Cortés bezeugte, daß Quesada mit Hilfe der Diener des Vizekönigs über die Mauern von Xaramillos Haus gestiegen sei und María entführt habe. Danach habe derselbe Quesada öffentlich behauptet, sie seien verheiratet, und damit so viele Probleme für María Xaramillo geschaffen, *le hizo tantas molestias*, daß sie gezwungen gewesen sei, ihn zu heiraten.

Diese außergewöhnliche Geschichte von der Entführung der Tochter Malinches durch den Neffen des Vizekönigs ist nur ein kurzer Absatz in einer langen Reihe von Verhören. Was sollen wir damit anfangen? War Luis de Quesada besessen von leidenschaftlicher Liebe zu María Xaramillo? Oder trieb ihn der Gedanke an ihre zu erwartende Erbschaft – schließlich war ihr Vater inzwischen einer der reichsten Männer in der Kolonie – zur Entführung? Oder hat Cortés die ganze Geschichte erfunden, um die Familie des Vizekönigs anzuschwärzen und sich so an seinem bitteren Feind zu rächen?

Es mag so oder so gewesen sein, was María Xaramillo von ihrem Ehemann hielt, wissen wir nicht, fest steht jedoch, daß die beiden 1542 einen Prozeß gegen ihren Vater Juan Xaramillo anstrengten. Sie hatten erfahren, daß er María nur ein Drittel seines Vermögens vererben und den Rest seiner zweiten Ehefrau Beatriz de Andrade hinterlassen wollte.

María Xaramillo begann ihr Zeugnis vor der königlichen Audencia mit einem langen förmlichen Brief; darauf folgte eine Reihe eidlicher Aussagen ehemaliger Konquistadoren, die behaupteten, sie hätten Marías Mutter gekannt, die »berühmte Indianerin Doña Marina«.

Marías Anspruch auf das Eigentum ihres Vaters hing davon ab, ob sie seine legitime Tochter war, und so begannen die Zeugen mit der eidlichen Aussage, daß die Eltern der Klägerin die Ehe gemäß dem Sakrament der Heiligen Kirche geschlossen hätten. Danach bezeugten sie, daß Malinche während de Eroberungsfeldzüge »gute Dienste« geleistet und Loyalität bewiesen habe. Sie rühmten Malinches Klugheit, Weisheit, ihren Mut und die hohe Achtung, die sie bei den »Indianern« genoß.

Die Namen vieler dieser Zeugen kannte ich, Juan de Orteguilla zum Beispiel, der als Page von Malinche Nahuatl gelernt und Moctezuma während der Gefangenschaft gedient hatte. Aber zwei wichtige Namen fehlten in der Zeugenreihe: Bernal Díaz, der im fernen Guatemala lebte, und Geronimo de Aguilar, der schon mehrere Jahre zuvor gestorben war.

Die Zeugen lobten Malinches Sprachvermögen und ihre Rolle als Nachrichtenübermittlerin, und mehrere bezogen sich ausdrücklich auf ihren Tod »Nach dem Tod von Doña Marina«, sagten sie, »wurde María in Xaramillos Haus aufgezogen.« Oder: »Doña Marina starb«, und María wuchs in Xaramillos Haushalt auf.

Ist an diesen Aussagen etwas auffallend? Es scheint doch selbstverständlich, daß María im Haus ihres Vaters aufwuchs, wo sonst? Deutet der Wortlaut der Zeugenaussagen darauf hin, daß die Tochter vor dem Tod der Mutter nicht beim Vater wohnte?

In den Xaramillo-Quesada-Akten fand sich eine eidliche Aussage von María Xaramillo selbst. Sie sagte, nach dem

Tod ihrer Mutter habe »besagter Juan Xaramillo« wieder geheiratet, und zwar Doña Beatriz de Andrade, »mit der er keinen Sohn und keine Tochter mehr hatte, obwohl sie seit zwanzig Jahren verheiratet sind«.

Ich blätterte zur ersten Aussage der María Xaramillo zurück und sah, daß sie das Datum des 29. März 1547 trug. Wenn also Juan Xaramillo und Betriz de Andrade seit zwanzig Jahren verheiratet waren, als María diese Aussage beeidete, dann muß Malinche 1527 schon tot gewesen sein. Damals wäre sie ungefähr siebenundzwanzig Jahre alt gewesen und María kaum zweijährig. Sie hätte ihre Mutter kaum gekannt.

Das Archivo Historico von Mexiko-Stadt ist in einem herrlichen Gebäude aus dem achtzehnten Jahrhundert an der Calle Republica de Chile untergebracht. »Hier wird das Andenken an die Hauptstadt Mexikos bewahrt« las ich auf einer Denktafel am Eingang, als ich durch massive Tore in einen schattigen Kreuzgang trat, der so schwerelos und ruhig wie das Innere eines Klosters war.

Der Bibliothekar fragte mich, ob ich lieber die gedruckten Ausgaben oder lieber die Originale auf Mikrofilm lesen wolle. Ich entschied mich für den unerwarteten Luxus der gedruckten Texte und wartete, während er auf der Suche danach zwischen den Regalen verschwand. Dann trug ich die schweren gebundenen Ausgaben der Jahre 1521–1529 und 1530–1539 zu einem Tisch am Fenster, wo das Licht gut war.

Draußen donnerten Autos und Busse über die Straße, während ich dort saß und die ältesten Protokolle, die *Actas* des gerade eingerichteten Stadtrates von Mexiko-Stadt las, als es noch – ein verballhorntes Echo seines früheren Namens – Temystitan-México hieß. Ein merkwürdiges Gefühl, vertrauten Gestalten wieder zu begegnen und zu wissen, daß sie überlebt hatten. Es war, als wäre ich ihnen durch einen langen Tunnel von einem Ende zum anderen gefolgt.

Da war Isabel Rodriguez, eine der Frauen, die mit Cortés' Flotte gekommen und für ihre Fähigkeit, Kranke und Verletzte zu heilen, bekannt geworden war. Die Akten nennen sie »die berühmte Frau, die in den Kriegen der Conquista Wunden heilte«. Eine Eintragung vom 17. November 1525 besagt, daß Isabel Rodriguez ein Stück Land für einen Garten hinter ihrem Haus zugesprochen wurde. Am folgenden Tag bewilligte man auch Geronimo de Aguilar, jetzt mit Elvira Toznenitzin, einer Indio-Frau aus Topoyanco verheiratet, Land für einen Garten.

Juan Xaramillo tauchte in den Akten häufig auf, denn er war damals schon ein reicher und prominenter Bürger von Temystitan-México und wurde am 28. Februar zum Stellvertreter des Stadtoberhaupts ernannt. Ein paar Wochen später, am Samstag, den 14. März, wurde endlich auch Malinche kurz erwähnt. Die Eintragung lautete: Juan Xaramillo und seiner Ehefrau Doña Marina wurde Land in der Waldung an der Mauer von Chapultepec bewilligt, zur Schafhaltung.

Also glaubte die Stadtverwaltung, daß Malinche im März 1528 noch lebte. Daraus ergab sich eine Unstimmigkeit, denn María Xaramillo glaubte 1547, ihr Vater habe sich zwanzig Jahre vorher wiederverheiratet. Aber diese Unstimmigkeit war nur gering und nicht unplausibel, da María so sehr jung war, als ihre Mutter starb.

Gegen Mittag war der Lesesaal voller Studenten. Sie hatten ihre eigenen Sorgen und untersuchten andere Phasen im Leben ihrer Stadt. Ich bat den Bibliothekar, mir nun den Mikrofilm des Originaldokuments zu geben.

Ich hatte hauchdünne Buchstaben auf dem Bildschirm vor mir, die vor Jahrhunderten so sorgsam in das Pergament geritzt worden waren. Die Originalhandschrift hatte etwas Bezwingendes, selbst auf dem Mikrofilm noch. *Juan Xaramillo e a doña Marina su mujer ... un sytió ... en la arboleda ... a la pared de Chapultepec.* Mir fiel ein, daß ich hier zum erstenmal einen Text las, der sich auf die lebende Malinche bezog und nicht nur Erinnerungen an sie wiedergab.

Den Rest des Nachmittags verbrachte ich mit einer genauen Durchsicht der Akten aus den nächsten zwanzig Jahren. Juan Xaramillo wird im gesamten Jahr 1526 mehrfach erwähnt, am 4. April, 22. Juni, 14. August. Aber Malinche taucht nach dem 14. März nicht mehr auf.

Mexiko war im sechzehnten Jahrhundert eine Gesellschaft, in der Scheidungen nicht vorkamen und Bigamie gefährlich war. Immer wartete ein Feind oder ein Rivale nur auf eine Gelegenheit, seinen Opponenten bei den kirchlichen Autoritäten denunzieren zu können, wie Malinches Enkel Fernando Cortés 1609 hatte erfahren müssen. Xaramillos Ehe mit Malinche mag viele verborgene Mängel gehabt haben, aber sie war von einem hochangesehenen Priester vor Zeugen geschlossen worden und galt in der Gesellschaft, in der das Paar lebte, als förmliche Vereinigung.

Es ist sehr unwahrscheinlich, daß Xaramillo sich zu Malinches Lebzeiten wiederverheiratet haben sollte. Wenn also María Xaramillo glaubte, daß ihr Vater und seine zweite Frau im Jahr 1547 seit zwanzig Jahren verheiratet waren, dann muß Malinche kurz nach dem letzten Eintrag im März 1528 gestorben sein.

Zwischen 1527 und 1532 konnte man in Mexiko-Stadt auf viele Weisen zu Tode kommen. War man Spanier, konnte man von einem Menschen, den man sich auf dem Weg zum Reichtum zum Feind gemacht hatte, als Jude denunziert werden; so geschah es dem ehemaligen Konquistador Hernando Alonso. Dieser unglückliche Mann wurde 1528 auf dem Scheiterhaufen verbrannt.

Viele Mitglieder der spanischen Gemeinde verloren in diesen Jahren ihr Leben nach mysteriösen Magenbeschwerden. Eine ganze Reihe Todesfälle stadtbekannter Personen führte zu Spekulationen über Gift oder dunkle Machenschaften: Gerüchte gab es zum Beispiel, als Cortés' erste Frau in seinem Haus in Coyoacán umkam, und wieder, als zwei Abgesandte der Spanischen Krone mit ihm dinierten und kurz darauf starben. Die Einwohnerinnen der Stadt waren, ganz gleich, welcher Rasse sie angehörten, durch Schwangerschaft und Gebären erhöhten Risiken ausgesetzt. Insgesamt war jedoch die Gefahr, einen plötzlichen grausamen Tod zu sterben, für die indianischen Einwohner von Mexiko-Stadt tausendmal größer als für die Spanier. Nach der Conquista überschwemmten Epidemien in Wellen die Stadt, und die Culua-Mexica, die bis dahin am Leben geblieben waren, fielen den Pocken, Windpocken, Mumps und Masern zu Zehntausenden zum Opfer.

Daß die zahlreichen Zeugen, die Malinches Tod bekundeten, es nicht für nötig hielten zu sagen, wie sie gestorben war, ist nicht verwunderlich. Inmitten dieses Massensterbens kam es auf einen Tod mehr oder weniger nicht an. Erstaunlich ist eher, daß Malinche sich so lange am Leben halten konnte.

1528, kurz nachdem die Stadtverwaltung Malinche und Juan Xaramillo zum letzen Mal ein Stück Land bewilligt hatte, brach Hernán Cortés nach Spanien auf. In seinem Gefolge waren viele Culua-Mexica und tlaxcaltekische Edelleute, die dem königlichen Hof vorgestellt werden sollten, und er nahm Malinches Kind mit, den etwa sechsjährigen Martín.

Es gibt keinen Beleg dafür, daß Malinche Cortés auf dieser gut dokumentierten Reise begleitet hätte, und wenn sie mitgekommen wäre, hätte man ihre Anwesenheit sicherlich vermerkt. Die Abreise ihres kleinen Sohnes und ihres einstigen Beschützers fällt jedoch ziemlich genau mit Malinches Verschwinden aus den Akten der Stadtverwaltung zusammen. Hat ihr der Verlust ihres Kindes den Lebensmut zerstört und ihr Ende in dieser von Seuchen verwüsteten Stadt beschleunigt?

Seit dem Tag, an dem sie aus Jaltipan verschleppt wurde, hatte Malinche allein und außerhalb der Gesellschaft gestanden, nirgendwo hingehört und war zum Überleben auf ihre Geistesgegenwart und den persönlichen Mut angewiesen, die Bernal Díaz so an ihr bewundert hatte. Ein paar kurze Jahre hindurch, von 1519 bis 1526, hatte sie eine Rolle gespielt, in der sie so unersetzlich war, daß ihr Überleben gesichert schien, aber damit war es nun vorbei. Sie hatte keine formelle Machtbasis. Sie war nicht die Tochter einer hochangesehenen Familie wie Isabel de Moctezuma. Abgesehen von dem kleinen Stück Land im Wald an der Mauer von Chapultepec hatte sie, soweit wir wissen, keinerlei Besitz. Alles, was sie hatte – wenn überhaupt etwas –, waren ihre kleine Tochter und ihr Ehemann Juan Xaramillo, von dessen gutem Willen sie nun vollkommen abhängig war.

Welcher Art Malinches Beziehung zu diesem Mann war, bleibt für uns dunkel, aber die Geschichten von seiner Trunkenheit in Orizaba lassen nichts Gutes vermuten, mag Bernal Díaz sie auch abgestritten haben. Xaramillos unverständlicher Versuch, María Xaramillo zu enterben, ist ein ebenso schlechtes Zeichen. María war sein einziges Kind, aber er hat offenbar wenig väterliche Zuneigung zu ihr empfunden.

Ist Hernán Cortés' Interesse an María Xaramillos Hochzeit ein Indiz dafür, daß sie in Wahrheit seine Tochter war? Vielleicht vermutete Xaramillo dies und verhielt sich deshalb so ablehnend gegenüber María? Soweit wir wissen, war Cortés jedoch gewöhnlich bereit, seine illegitimen Kinder anzuerkennen, und er bedachte sie in seinem Testament auch dann, wenn ihre Mütter mit anderen Männern verheiratet waren. Wenn also María Xaramillo seine Tochter gewesen wäre, warum sollte er nicht auch sie anerkannt haben?

Wie immer die Wahrheit aussehen mag, Malinches letzten Jahre werden von einer lieblosen, bitteren Ehe überschattet gewesen sein. In einer Stadt, die dermaßen von Krankheit und Leid heimgesucht war, muß es auch für Menschen, die so bekannt waren wie Malinche, leicht gewesen sein, einfach zu verschwinden.

Wie sich unschwer denken läßt, gibt es Geschichten, die behaupten, nach Cortés' Abreise habe Xaramillo Malinche verstoßen. Oder er habe sie ermorden lassen und dafür gesorgt, daß ihr Leichnam in einem der Kanäle der Stadt versenkt wurde. Oder sie sei zum Sterben nach Jaltipan heimgekehrt. Aber kein schlüssiger Beweis zur Bestätigung dieser Spekulationen ist aufgetaucht. Mit Sicherheit wissen wir nur, daß Malinche nach dem März 1528 starb, wahrscheinlich an einer der weitverbreiteten furchtbaren Krankheiten, die damals in Mexiko-Stadt wüteten. Und wie Hunderttausende Indios, die in den grauenvollen Jahren nach der Conquista umkamen, wurde sie in einem namenlosen Grab beerdigt.

In der Altstadt von Mexiko-Stadt steht beinahe an jeder Ecke eine schöne alte Kirche. Die Kirchenmauern sind von erschreckenden Rissen zerklüftet, und viele sehen aus, als würden sie das nächste große Erdbeben nicht mehr überstehen. Einige werden zwangsläufig geschlossen, um die öffentliche Sicherheit nicht zu gefährden, wie die alte Basilika von Guadalupe, die jetzt durch eine große moderne Wallfahrtskirche ersetzt ist.

An der Ecke der Pino Suarez fand ich die Iglesia de Jesus Nazarene, eine der frühesten spanischen Kirchen in Mexiko-

Stadt. Ich trat in den dunklen Innenraum. Er war ganz schmucklos und einfach, und diese ruhige Strenge gefiel mir: Steinfußboden, unverkleidete Steinmauern, keine eleganten Schnitzereien, nichts als der Schimmer der Altarkerzen. Ich saß auf der hinteren Kirchenbank, während Leute kamen und gingen, stumm ihre Andacht verrichteten, niederknieten, beteten, beim Hinausgehen das Knie beugten und sich bekreuzigten – alles in tiefem Ernst.

Schräg vor mir am Seitengang in einer kleinen Nische saß ein Ministrant, in sich versunken, die gefalteten Hände leicht auf die Bank vor ihm aufgestützt. Ich ging zu ihm und fragte ihn flüsternd, ob dies der Ort sei, an dem die sterblichen Überreste von Hernán Cortés bestattet seien. Er sah mit dunklen ernsten Augen zu mir hoch. Er war sehr jung, kaum älter als sieben oder acht Jahre. »Ja, Señora«, sagte er und zeigte zum Altar. »Da vorn ist seine Gruft, an der linken Seite, in der Mauer.«

Ich ging durch den schmalen Gang nach vorn und sah die Grabstätte oben in der Mauer. Sie war mit einer bescheidenen Tafel verdeckt, auf der nur ein Name und zwei Daten standen: HERNÁN CORTÉS 1485–1547.

Cortés kehrte 1528 als reicher Mann nach Spanien zurück. Er heiratete eine Adlige, nahm sie mit nach Mexiko und hatte mehrere Kinder mit ihr, auch den zweiten Martín Cortés, seinen Erben. Cortés erreichte in seinem Leben alles, nur nicht das, was er sich am meisten wünschte: Gouverneur oder Vizekönig der von ihm eroberten Länder zu werden. Einem Abenteurer wie ihm wollte die Krone eine solche Aufgabe nicht anvertrauen.

1540 kehrte er endgültig nach Spanien zurück und starb sieben Jahre später. Zuerst wurde er in der Nähe von Sevilla begraben, 1566 jedoch exhumiert und von seinem Sohn, dem legitimen Martín Cortés, nach Mexiko gebracht. Nach der ersten Beisetzung in Mexiko wurden seine sterblichen

Überreste noch mindestens sieben Mal erneut exhumiert und wieder beerdigt.

Während der mexikanischen Unabhängigkeitskriege gegen Spanien im neunzehnten Jahrhundert drohte man, die Gebeine von Cortés durch die Straßen zu schleifen und öffentlich auf einem Scheiterhaufen zu verbrennen. Sie wurden noch einmal exhumiert und blieben ein ganzes Jahrhundert lang unauffindbar. Als sie 1946 wiederentdeckt wurden, beschloß man, sie im darauffolgenden Jahr in der Iglesia de Jesus Nazarene feierlich beizusetzen.

So kamen Cortés' Gebeine nach einer vierhundertjährigen Wanderschaft von einer Gruft zur anderen endlich in dieser kleinen schlichten Kirche zur Ruhe; sie steht auf genau dem Abschnitt der alten Dammstraße, auf dem Moctezuma Cortés 1519 empfangen hatte. Am 9. Juli 1947 fand die Beisetzung im Rahmen einer kleinen Feier statt; einer der Teilnehmer war der Gelehrte Federico Gómez de Orozco, ein unmittelbarer Nachkomme von Cortés und Malinche.

In Mexiko wird Cortés noch immer verachtet. Aber seine Überreste ruhen nun seit über fünfzig Jahren ungestört in dieser Kirche, und das ist für Cortés eine lange Zeit. Es ist lange her, seit jemand gedroht hat, seine Gebeine aus der Gruft zu reißen und zu entwürdigen. Seit die Unabhängigkeit von Spanien erreicht ist, haben sie ihren Symbolgehalt verloren und kümmern niemanden mehr.

Bernal Díaz war 1521, als Tenochtitlán endlich fiel, erst fünfundzwanzig Jahre alt. Im Anschluß daran ließ er sich für eine Weile in der Gegend von Coatzocoalcos nieder, wo Malinche geboren worden war, aber schließlich zog er nach Süden, nach Guatemala, in die schöne Stadt Antigua. Er heiratete eine Spanierin und hielt sich außerdem eine Maya-Mätresse, von der er mehrere Kinder bekam.

Mit zweiundsiebzig Jahren schloß er den ersten Entwurf seiner Erinnerungen ab; anzüglich nannte er das Buch »Die wahre Geschichte der Conquista Neuspaniens«, um den Unterschied zu den akademischen Historien zu markieren, die zu seinem Ärger in Spanien so beliebt waren. Nur er war dabeigewesen, nur er hatte alles mit eigenen Augen gesehen. Das war die Geschichte, die er erzählen wollte. 1575 schickte er sein Manuskript nach Spanien, aber die Veröffentlichung erlebte er nicht mehr: Das Buch erschien erst, als das nächste Jahrhundert fast zur Hälfte um war.

Das kleine Haus in Antigua, in dem Bernal Díaz wohnte und seine Erinnerungen schrieb, steht noch. Jetzt ist es eine Schule, oder jedenfalls war es eine Schule, als ich es Anfang 1974 sah. Díaz war immer maßvoller als sein Generalkapitän. Den Rest seines Lebens brachte er in Guatemala zu, umgeben von seiner Familie, und starb im für damalige Zeiten extrem hohen Alter von achtundachtzig Jahren. Soweit ich weiß, ruhen seine Gebeine seither unangetastet im Schatten dreier Vulkane in Antigua.

Bis zu ihrem Tod um 1568 hat Malinches Tochter María Xaramillo angeblich täglich viele Stunden betend in der Kirche Santísima Trinidad in Mexiko-Stadt verbracht. La Santísima, wie sie liebevoll genannt wird, liegt vier Querstraßen vom Zócalo entfernt in der kleinen Straße, die ihren Namen trägt, la Calle de la Santísima. Ich fragte Filomena, ob sie mich dorthin begleiten wurde.

»Dies ist unser *churriguera* oder mexikanischer Barockstil«, sagte Filomena stolz, als sie mir das kunstvolle Schnitzwerk der Holztüren mit den komplizierten Wirbeln und Spiralen zeigte. »La Santísima ist eines der schönsten *churriguera*-Bauwerke von Mexiko-Stadt.«

Ein paar Stunden zuvor hatte ich mir im Archivo Historico ein paar Daten zur Geschichte der Santísima kopiert.

Aus den Stadtakten ging hervor, daß sie 1526 als Eremitage mit angeschlossenem Hospiz gebaut worden war. Sie war ein Ort, an dem die Armen und Bedürftigen, *los pobres e miserables,* versorgt werden konnten.

»Als María Xaramillo zum Beten hierher kam, war die Kirche noch Hospiz«, flüsterte ich Filomena zu. »Meinst du, daß sie glaubte, ihre Mutter sei hier gestorben? War das der Beweggrund für Marías Anhänglichkeit an diese Kirche?«

»Möglich« erwiderte Filomena. »Wenn Malinche an den Pocken starb, wenn Xaramillo sie aus dem Haus und auf die Straße getrieben hat, dann konnte sie sich womöglich hierher flüchten. Wohin sonst hätte sie gehen können?«

Am Altar gingen zwei Meßknaben schweigend hin und her und zündeten lange, spitz zulaufende Kerzen an. »Hier steht«, las Filomena leise aus meiner Textkopie vor, »daß die ursprüngliche Santísima im siebzehnten Jahrhundert ein Heim für geistesverwirrte Priester war. Aber schließlich wurde sie gefährlich baufällig und mußte abgerissen werden.«

»Ist nichts mehr von der ursprünglichen Kirche übrig?« fragte ich sie.

»Nein, offenbar nicht.«

Wir standen schweigend da, während Kirchgänger kamen und gingen, sie hielten die Köpfe gesenkt, bekreuzigten sich, berührten ihre Kruzifixe mit den Lippen.

»Nichts ist mehr übrig«, sagte Filomena leise. »Wenn Malinche also hier starb, wenn ihre Gebeine in diesen Mauern zur Ruhe gebettet wurden …«, ich ließ den Blick über die Blumen und die brennenden Kerzen schweifen, »dann wären sie vor mehreren hundert Jahren unter diesen gewaltigen Steinmauern zu Staub zermahlen worden.«

IV

Mythologien

Aus Legenden nehmen Menschen
die für ihre Existenz notwendigen Ideen.

Anatole France

Avatar

Malinche starb, aber ihre letzte Ruhe fand sie nie. Sie wurde zum stillen Strom, in den nach und nach die Erinnerungen an die großen präkolonialen Göttinnen sickerten, langsam zusammenflossen und im Fließen allmählich an Kraft und Geschwindigkeit zunahmen.

Malinche nannten die Tlaxcalteken den Vulkan, der vorher der Göttin Matlecueye mit dem Jaderock zugeordnet war. Die Maya gaben Malinche zu Ehren einem kleinen Fluß an der Golfküste ihren Namen, in der Gegend, in der sie ihre Sklavenjahre zugebracht hatte. Auf dem Isthmus von Tehuantepec erzählt man sich die Geschichte, daß sie ganz allein zurück in die Heimat gekommen sei, um dort zu sterben, und unter dem Grabhügel in Jaltipan beerdigt liege.

Nach und nach entstanden die Malinche-Tänze mit ihren verschlungenen Variationen. In manchen Dörfern wurde die Rolle Malinches entweder von einem Mädchen oder einem Jungen gespielt. In anderen war Malinche ein Mann im Frauenkostüm, ein sonderbarer Transvestit bis hin zur männlich-weiblichen Maske: ein lebendiges Symbol menschlicher Fruchtbarkeit. Manchmal zeigte die Malinche-Figur Gram über ihre Rolle bei der Conquista. In anderen Spielarten war sie die Vorbotin der Katastrophe, aber keine Mitschuldige.

Im Malinche-Tanz in und um Jaltipan wurde sie von zwei kleinen Mädchen dargestellt, Marina und La Moctezuma waren ihre Namen. »König, wach auf aus deinem schweren Traum«, mahnen die kleinen Malinches ihren Ehemann, den Herrscher. »Sieh doch, daß sie dich fangen, wenn du weiterschläfst.« Aber Moctezuma achtet nicht auf die Warnung, und der Tanz endet mit seinem Tod und der Krönung eines neuen Königs, der im nächsten Jahr seine Rolle spielen wird. In Jaltipan ist der Malinche-Tanz zum Ritual von Tod und Auferstehung geworden.

In den Eingeborenengemeinden Neuspaniens lebte Malinche nach ihrem Tod in einer Vielzahl solcher Gedenkriten weiter. Einen flüchtigen Augenblick lang gehörte sie schon zu Lebzeiten zur Geisterwelt. Das geschah Ende 1525, als sie auf dem Weg nach Honduras war. Ein Spanier, der in Tenochtitlán über einen Platz ging, behauptete, er sehe ihren Geist dort brennen, neben dem von Cortés. Der Mann erzählte überall herum, diese Geistererscheinung bedeute, daß die beiden in Honduras gestorben seien, aber er irrte sich. Zu seiner großen Verlegenheit kehrten sie am Anfang des folgenden Jahres lebendig zurück.

Aber diese flüchtige Episode gehört zum spanischen Zweig von Malinches Geschichte. Die indianische Seite ihrer Mythologie, deren Ursprünge und merkwürdige Verschmelzung mit älteren Legenden, ist eine kompliziertere Reise durch Zwielicht und Verdopplung und durch unendlich widergespiegelte Spiegelungen.

Ich gewöhnte mir an, jeden Morgen zum Museo Nacional de Antropología im Chapultepec-Park zu gehen. Vom Standbild des tragischen Cuauhtémoc aus nahm ich den Bus, manchmal ging ich auch zu Fuß, dann drängte ich mich durch die schweigende Menge der Maya aus Chiapas, die in stummem Protest an der Statue des Engels der *Independencia* standen. Der Verkehr auf der Avenida de la Reforma war ohrenbetäubend, und ich war jedesmal froh, wenn ich durch die Eisentore am Eingang in die Ruhe der Parkgärten schlüpfte.

Das Stück Land, das die erste Stadtverwaltung Malinche und Xaramillo 1528 »an der Mauer von Chapultepec« zugeteilt hatte, muß irgendwo in diesem Gehölz gelegen haben. Noch lange nach Malinches Tod, bis ins neunzehnte Jahrhundert hinein, behaupteten Leute, sie hätten gesehen, wie sie stumm unter den Bäumen gewandelt sei.

Chapultepec ist längst nicht mehr der üppige Wald von einst, aber Reste davon behaupten sich irgendwie in der braunen erstickenden Atmosphäre, obwohl der einzige Regen, der noch fällt, sauer ist. Und noch immer kommen jeden Sonntag Familien zu Tausenden und halten im trockenen Gras unter den alten Bäumen ihr Picknick.

Ich saß lesend oben im ersten Stock des Museums, schaute ab und zu auf die Parklandschaft hinaus und versuchte, mich durch das Labyrinth der präkolonialen Mythologie hindurchzufinden. Ich wußte, daß die Geschichten vom nächtlich weinend umgehenden Geist Malinches Gemeinsamkeiten hatten mit Sagen aus der Zeit vor der Ankunft der Spanier, und ich war gespannt, ob es mir gelingen würde, sie bis zu ihren Wurzeln zurückzuverfolgen. Einfach war dies nicht. Das Pantheon der Culua-Mexica ist nicht leicht durchschaubar, es hat keine klar definierten Götter und Göttinnen mit nur einer fest umrissenen Rolle. Und keine von allen Göttinnen ist so komplex und polymorph wie Cihuacoatl, die »Weibliche Schlange«.

Sie war ursprünglich keine Gottheit der Culua-Mexica, das heißt, diese brachten den Mythos nicht auf ihrer langen Wanderung von Aztlan, dem Horst des weißgefiederten Reihers, nach Süden mit. Cihuacoatl gehörte zu den älteren Besiedlern des Tals von Mexiko; deren Schutzpatronin war sie seit Jahrhunderten gewesen. Aber als die Culua-Mexica um 1430 die letzte dieser alten Siedlungen schleiften, übernahmen sie den Cihuacoatl-Kult. Von dem Tag an erklärten sie die Göttin zu ihrem Eigentum.

Ich fand einen anregenden Essay der Kunsthistorikerin Cecilia Klein zum Thema. In »Rethinking Cihuacoatl« [Cihuacoatl neu überdenken] beschrieb Klein die zahlreichen Steinbilder von Cihuacoatl und ihre Vielgestaltigkeit. Aus der Plazierung der Göttin am Fuß dieser verschlungenen Steinschnitzereien, aus ihrer Nacktheit und ihrer Enthauptung schloß Klein, daß Cihuacoatl in der Gestalt der gefangenen Frau für die Culua-Mexica in der Anfangszeit nach der Übernahme des Kults von entscheidender Bedeutung gewesen könnte. Die überwältigte, geschändete Göttin wurde zum höchsten Symbol für die Herrschaft der Culua-Mexica über die älteren, von ihnen eroberten Städte oder Stadtstaaten.

Die Schändung von Frauen im Krieg wird so selten zugegeben und so selten dokumentiert, daß wir mit unserer im zwanzigsten Jahrhundert geprägten Sensibilität schockiert sind von der unverblümten Deutlichkeit, mit der die Culua-Mexica dieses Symbol verwendeten. Aber später verfügte Cihuacoatl in den Herzen und Köpfen der Culua-Mexica über andere Attribute und andere Manifestationen.

In der Gestalt von Coatlicue, »Schlangenrock«, konnte sie erschreckend sein, mutig als Yoacihuatl, »Kriegerin«, und gütig als Quilatzli, Schutzgöttin der Hebammen. Am Ende bezeichneten die Culua-Mexica sogar die zweithöchste politische Stellung in ihrem Staat mit dem Namen der Göttin, so daß seit Mitte des fünfzehnten Jahrhunderts der höchste Ratgeber des *Tlatoani,* des Sprechers, *Cihuacoatl* hieß: Weibliche Schlange.

Die Göttin *Cihuacoatl* war besonders bekannt für eine angsterregende Tätigkeit. Nachts ging sie um. Sie weinte, klagte und schrie laut nach ihren Kindern, und eisige Furcht überfiel alle, die sie hörten. Ihre schauerlichen Klagelaute wurden immer als Vorzeichen drohender Katastrophen interpretiert.

Manche Vorstellungen sind nicht auszurotten, auch wenn Kirche oder Staat noch so viele Edikte und Verfügungen erlassen. Statt dessen ändern sie über die Jahrhunderte ihre Gestalt, ganz subtil, fast unmerklich, so wie Vögel oder Säugetiere im Lauf der Evolution mutieren und dadurch überleben. Dieses Phänomen könnten wir Folkloregedächtnis, Rassengedächtnis oder kulturelles Gedächtnis nennen. Der Name ist nicht ausschlaggebend, aber wir müssen wissen, daß das, was er bezeichnet, unzerstörbar ist.

Nach der Conquista hörten die eingeborenen Bewohner des Gebietes, das von nun an Neuspanien hieß, immer noch in den Nächten eine Frau weinen und laut nach ihren Kindern rufen; aber sie sagten nicht mehr, diese Frau sei Cihuacoatl, wahrscheinlich weil die christlichen Fratres verboten hatten, den Namen der Göttin zu nennen. Statt dessen wählten sie eine andere Bezeichnung für ihr altehrwürdiges Phantom, eine, die unverfänglicher und anonymer war: *La Llorona*, die »Weinende Frau«.

Eingeborene und *mestizo*-Mexikaner hören sie noch immer. Manchmal – das weiß ich aus meinen Unterhaltungen mit der Leguanverkäuferin in Jaltipan und mit den Kindern in Malinches Haus – assoziieren sie die weinende Frau mit Malinche. Als ob Malinche, nachdem sie schon – wer weiß wie lange – tot war, irgendwo in einem unbeobachteten Augenblick wie ein trauriger Avatar an Cihuacoatls Platz ins Gedächtnis der Allgemeinheit geschlüpft sei. Sie erbte den Schmerz der Göttin, den untröstlichen, alles umfassenden Kummer einer Frau, die ihre Kinder verloren hat.

Wenn man in Mexiko-Stadt von der Kathedrale aus ein paar Straßen weiter zur Plaza de Santo Domingo geht, kommt man an der Stelle vorbei, wo einst der Cihuacoatl-Tempel stand, ungefähr dort, wo sich die Calle República de Brasil und die Calle Justo Sierra kreuzen, wo heute Cafés und Bäckereien sind und die Ladenbesitzer jeden Morgen eifrig die Gehsteige fegen.

Kurz nach der Conquista kam ein kleiner Junge aus Spanien mit seinen Eltern in Tenochtitlán an. Er hieß Diego Durán. Wie viele seinesgleichen wuchs er zweisprachig auf und beherrschte Nahuatl wie Spanisch. Später erinnerte er sich, daß die Ruinen des Cihuacoatl-Tempels in diesen frühen Jahren nach dem Fall Tenochtitláns nicht angerührt wurden, sondern als trostloses Mahnmal der letzten Belagerung liegenblieben. Er sagte, er und andere spanische Jungen hätten immer in das lichtlose Innere gespäht und einander zum Betreten dieses Ortes provoziert, des »Teufelshauses«, wie sie es nannten, mit seinen erschreckenden, im Schutt vergrabenen steinernen Götzenbildern.

Diego Durán wurde Dominikaner und einer der Väter moderner Ethnologie. Er machte es sich zur Lebensaufgabe, die Mythen und Legenden der Culua-Mexica aufzuzeichnen, denn er sah sich als ihr geistlicher Hirte und Hüter ihres geistigen Erbes. In der Bibliothek des Museo Nacional de Antropologia fand ich sein berühmtes Buch *Ritos y fiestas de los antiguos mexicanos* [Götter und Riten des Alten Kalenders] mit den gelehrten Beschreibungen der zahlreichen präkolonialen Gottheiten. Alle großen Götter waren vertreten, jeder mitsamt seiner Mythologie, erzählt mit biographischer Genauigkeit, wie eine heidnische Variante christlicher Heiligenviten.

Ich stieß auf seine Darstellung Malinalxochitls, der »Wildgrasblume«. Ich sah die eleganten Buchstaben, den schwungvollen Schriftzug, mit dem dieser schöne ausgefallene Name quer über die Seite geschrieben war, und ich bemerkte seine Ähnlichkeit mit dem Namen Malinche. Laut Durán stammt die Legende von Malinalxochitl aus der Zeit, als die zukünftigen Culua-Mexica noch Barbaren waren und durch die Wildnis zogen, bevor sie ins Tal von Mexiko hinabstiegen und ihre bildschöne Stadt Tenochtitlán gründeten.

Als sie ihre lange Völkerwanderung nach Süden begannen, war Malinalxochitl eine ihrer Stammesführerinnen. Aber unterwegs kam irgendwann Uneinigkeit und Streit auf, und der Stamm teilte sich in zwei Parteien. Die eine zog mit Malinalxochitl weiter, die andere blieb bei ihrem Bruder Huitzilopochtli, der später der höchste Gott der Culua-Mexica werden sollte.

Nach diesem Schisma waren Malinalxochitl und ihre Anhänger die ersten Stadtgründer ihres Stammes. Die Stadt wurde zu Ehren der Anführerin Malinalco genannt, sie steht noch heute, 25 Kilometer südwestlich von Mexiko-Stadt. Aber die Trennung besserte die Beziehung zwischen Bruder und Schwester und deren jeweiligen Anhängern nicht. Die Feindseligkeiten verschärften sich, bis schließlich Malinalxochitls Sohn Copil einen großen Krieg gegen seinen Onkel führte. Er wurde in einer Reihe blutiger Schlachten an den Ufern des Sees im Tal von Mexiko ausgefochten. Copil wurde besiegt, und als er im Sterben lag, riß ihm sein Onkel Huitzilopochtli das schlagende Herz aus dem Leib, hielt es hoch, damit es alle sähen, und warf es dann in weitem Bogen auf den sumpfigen See hinaus.

Huitzilopochtl und seine Anhänger sahen zu, wie es im Wasser versank. Im selben Augenblick erhob sich ein Kaktus aus dem See, auf dem landete ein mächtiger Adler mit einer Schlange im Schnabel. Der Vogel bewegte den Kopf langsam auf und nieder und rief: »O Mexica, hier soll es sein.« Und nun wußten sie, daß ihr Wanderleben zu Ende war. Auf dieser Insel im See sollten sie eine eigene große Stadt bauen und ihr den Namen Tenochtitlán, »Kaktusfelsen«, geben.

In der Bibliothek wurden die Lampen eingeschaltet. Es war noch nicht Abend, aber die Regenwolken über der Stadt hatten den Himmel verdüstert. Studenten und Lehrer gingen leise herum, suchten Bücher zusammen, machten Notizen, unterhielten sich flüsternd, und ich saß da und sann über die Legende von Malinalxochitl nach.

Ebenso wie Malinche hatte sie Zerstörung bewirkt. Wie Malinche hatte sie teil an der Gründung einer neuen Stadt. Malinalxochitl war aus der Hieroglyphe für Wildgras abgeleitet, genau wie Malinches vermutlicher indianischer Name: Malinalli. Diese Hieroglyphe sieht so zart wie ein Schmetterling aus und gibt bei genauerem Hinsehen eine merkwürdige Mehrdeutigkeit zu erkennen. Sie sollte windbewegtes Gras darstellen, aber in unserer durch das zwanzigste Jahrhundert geprägten Sicht könnte sie auch ein eleganter Kopfschmuck aus Federn sein. Unter bestimmten Blickwinkeln ähnelt sie dem Unterkiefer eines Totenschädels – ein häufig verwendetes Symbol für Cihuacoatl, die Weibliche Schlange.

Die Motive: Exil, Uneinigkeit, Enterbung, die in Malinalxochitls Legende wichtig sich, haben wir auch in Malinches Geschichte gefunden. Wie viele dieser Übereinstimmungen waren rein zufällig? Wie viele wurden von den überlebenden Culua-Mexica absichtlich hergestellt oder unbewußt verstärkt im Versuch, Malinche und ihrem aktiven Anteil an der Katastrophe, die sie erlitten hatten, einen Sinn zu geben?

Ich dachte noch oft über Malinalxochitl nach. Mir fiel ein, daß Malinche Moctezumas erste Kandidatin hätte sein müssen, wenn er tatsächlich dazu geneigt haben sollte, einen der Konquistadoren irrtümlich für einen wiederkehrenden Gott zu halten. Es hätte eine gewisse Logik gehabt, wenn nicht Cortés, sondern Malinche Grund für sein Entsetzen und seine Verzweiflung gewesen wäre, denn ihr

Name und ihr Werk hatten eine überwältigende Ähnlichkeit mit Malinaxochitl, der Göttin seiner Vorfahren.

Aber was wir Geschichte nennen, kann eine kapriziöse und hochselektive Angelegenheit sein. Die Franziskaner, die frühen Missionare, denen wir die zählebige Sage von der Wiederkehr des Gottes Quetzalcoatl und seiner Gleichsetzung mit Cortés verdanken, haben anscheinend vom Malinalxochitl-Mythos kaum Notiz genommen. Wie alle mesoamerikanischen Göttinnen war sie ganz anders als die Heiligen Jungfrauen der christlichen Theologie, und welchen Nutzen für ihre Lehre die Franziskaner durch eine dermaßen komplexe Frauengestalt gewinnen konnten, ist schwer zu sehen. Denkbar ist allerdings, daß unsere allgemein übliche Auffassung von der Conquista Mexikos sich ganz anders gestaltet hätte, wenn die Franziskaner der Legende dieser Göttin Aufmerksamkeit geschenkt hätten.

Durch die Bibliotheksfenster sah ich Leute draußen durch den strömenden Regen zu ihren am Straßenrand wartenden Bussen und Taxis hasten. Es war zu naß zum Weggehen, deshalb hielt ich mich noch eine Treppe tiefer im Mexica-Raum des Museums auf. Vor der monumentalen Basaltstatue von Coatlicue, »Schlangenrock«, einem der vielen Avatare Cihuacoatls, blieb ich stehen. Bedrohlich ragte sie vor mir auf, erschreckend mit ihrem Halsband aus abgeschlagenen Menschenhänden und Menschenherzen und dem Rock aus geringelten Schlangen.

Die Statue wurde Ende des achtzehnten Jahrhunderts von Kanalarbeitern gefunden, die unter dem Zócalo von Mexiko-Stadt Abwasserrohre reparierten. Sie wurde ausgegraben und zur Universität verfrachtet, von einem Gelehrtengremium untersucht, vermessen, gezeichnet, dokumentiert und dann schleunigst und heimlich wieder vergraben. Die Stadtväter fürchteten, der Anblick des Götterbildes könne in den Herzen ihrer eingeborenen Untertanen das Feuer der alten Religion wieder anfachen.

Dreizehn Jahre später kam Alexander von Humboldt auf einer Südamerikareise nach Mexiko-Stadt und erreichte, daß Coatlicue wieder ausgegraben wurde. Sobald er sie untersucht hatte, ließen die Stadtväter sie wieder eingraben. Aber die Zeiten ändern sich. Heute beherrscht Coatlicues schreckliche Schönheit den Mexica-Raum des Museums. Von allen Besuchern, die kommen, um sie zu sehen, wird sie hoch geschätzt, als grandioses Beispiel skulpturaler Kunst und als Symbol der großen indianischen Vergangenheit.

Als Ignacio Bernal Direktor des Museo Nacional de Antropologia in Chapultepec war, äußerte er, in Mexiko seien sogar archäologische Artefakte dem Diktat wechselnder Moden unterworfen. Die mehreren Ausgrabungen und Begräbnisse Coatlicues sind ein sprechender Beweis dafür.

So war wohl auch unvermeidlich, was die kleine, aber mächtige weiße Elite Mexikos im neunzehnten Jahrhundert mit Malinches Image anstellte. Sie war eine Frau, deren Namen jeder kannte, von der man aber fast nichts wußte. Deshalb muß es leicht gewesen sein, ihr, als die Zeit dafür reif war, ein neues Gewand, eine neue Gestalt anzumessen, die zu einer neuen, weniger versöhnlichen Mythologie paßten.

Verräterin

»Dem einen sin Uhl, dem andern sin Nachtigall« – der Abtrünnige des einen ist der Held des andern, das weiß ich, solange ich denken kann. Ich bin in den sechziger Jahren aufgewachsen, und damals galt Mohammed Ali in den Vereinigten Staaten als Verräter, weil er sich weigerte, im Vietnamkrieg mitzukämpfen, der für ihn ein Krieg des Weißen Mannes war. Genauso beschimpfte man im Ersten Weltkrieg in Australien irische Einwanderer wie meinen Großvater, die sich weigerten, für ihren alten Feind Großbritannien zu kämpfen. Chilenen, die sich Ende 1998 dafür einsetzten, daß Pinochet von England an Spanien ausgeliefert und wegen Folter und Mord vor Gericht gestellt würde, mußten sich als Vaterlandsverräter anprangern lassen. Nach Beispielen für die inhärente Subjektivität des Begriffs Verrat braucht man nicht lange zu suchen.

Ich weiß nicht mehr, an welchem Punkt ich mich zu fragen begann, ob es berechtigt sei, Malinche eine Verräterin zu nennen. Ich weiß jedoch, daß meine Skepsis wuchs, als ich mich durch die Dokumente, die bebilderten Bücher, die Landkarten der Sprachgebiete hindurcharbeitete, als ich in jenem Sommer in Mexiko herumreiste und die politischen und Sprachgrenzen, die einst dieses alte Land geteilt hatten, mehrmals in beide Richtungen überschritt.

Wenn ich einen Augenblick der Offenbarung erlebte, dann muß er sich ereignet haben, als ich begriff, daß Malinche in der Geschichtsschreibung der Eingeborenen während der Nachwehen der Conquista niemals als Verräterin bezeichnet wird, nicht einmal in der Culua-Mexica-Sicht des Florentiner Codex. Malinche war für diese Geschichtsschreiber eine Feindin wie die Spanier, die Tlaxcalteken, die Leute aus Huejotzinga. Aber das Wort »Verräter« bezeichnet einen Feind anderer Art, einen Feind in den eigenen Reihen, und in Culua-Mexica-Schriften fand sich kein Hinweis darauf, daß sie Malinche je so sahen.

Zwischen Malinches Tod und ihrer Dämonisierung als Mexikos nationale Übeltäterin verging merkwürdigerweise sehr viel Zeit. Dieser Umwandlungsprozeß kam erst dreihundert Jahre nach ihrem Tod in Gang, und sein Beginn fiel mit dem Aufkommen des mexikanischen Nationalismus Anfang des neunzehnten Jahrhunderts zusammen. Daß es so gewesen ist, hätte ich vermuten können. Überhitzte nationale Begeisterung schafft gewöhnlich die Stimmung, in der Gesellschaften sich ihre Helden und Übeltäter konstruieren und rekonstruieren. Aber Malinches Fall in Ungnade ist eine sonderbare, paradoxe Geschichte, denn die Stimmen, die sie des Verrats beschuldigten, weil sie in der Conquista gemeinsame Sache mit den Spaniern gemacht habe, waren gerade nicht die Stimmen der eingeborenen oder *mestizo*-Mexikaner. Die Beschuldigungen wurden von europäischen Stimmen erhoben, sie kamen aus der zahlenmäßig kleinen, aber einflußreichen weißen Elite der ausschließlich von spanischen Vorfahren abstammenden Führungsschicht, die das politische und ökonomische Leben in der Kolonie seit der Conquista beherrscht hatte: den *criollos.*

Wer aus dieser privilegierten Schicht der mexikanischen Gesellschaft sich zuerst auf Malinche besann, ist schwer zu sagen, denn die *criollos* hatten bis dahin wenig Interesse an dieser schon so lange toten Indianerin gezeigt. Sie hörten die Frau nicht nachts weinen. Sie beteiligten sich nicht an den Malinche-Tänzen. Wahrscheinlich hatten sie auch nie von Malinalxochitl gehört. Die *criollos* sehnten sich verständlicherweise nach Befreiung von der spanischen Herrschaft, aber in ihrer kulturellen Orientierung waren sie vollkommen spanisch geblieben.

Musterbeispiel für ihre Einstellung gegenüber Malinche ist die Rede, die einer der eloquentesten Nationalisten Mexikos bei einer Feier zum Tag der Erklärung der mexikanischen Unabhängigkeit von Spanien im Jahr 1821 hielt. »Es ist eines der Geheimnisse des Schicksals«, verkündete er, »daß alle Nationen ihren Untergang und ihre Schande einer Frau zu verdanken haben.«

Er hätte zum Beweis viele Namen anführen können: Eva, Helena, sogar Malinalxochitl, wenn es ihm auf ein mexikanisches Beispiel angekommen wäre. Aber die hochgeachteten Gäste, die ihm an jenem Tag zuhörten, wußten, daß er eine ganz bestimmte Frau im Sinn hatte. Malinche natürlich. Sie sei eine mexikanische Eva, verkündete er. Sie habe bewirkt, daß ihr Volk aus dem Garten Eden vertrieben worden sei.

Der Redner hieß Ignacio Ramirez. Er war spanischer Herkunft, aber im weiteren Verlauf seiner Rede beklagte er die Conquista Tenochtitláns so, also ob die Einwohner der todgeweihten Stadt seine eigenen Vorfahren gewesen wären. Warum tat er das? Weil es ihm beliebte, sich Ahnen auszuleihen. Wie für Politiker nicht unüblich, korrigierte er die Geschichte zum Nutzen seiner eigenen ideologischen Zwecke.

Als die mexikanischen Nationalisten mit der Spanischen Krone brachen, war es wichtig für sie, sich durch eine andere Ahnenreihe zu legitimieren. Um das zu erreichen, bedienten sie sich selektiv der mexikanischen Vergangenheit: Die Vergangenheit, auf die sie setzten, war von ihrer gesamten präkolonialen Vielfalt gereinigt und nur noch von einem einzigen Volk besetzt: den Culua-Mexica Tenochtitláns. Falls die Führer der Unabhängigkeitsbewegung das Kaleidoskop aus Eingeborenenkulturen überhaupt sahen, das vor dem Eindringen der Spanier charakteristisch für Mexiko gewesen war und noch im neunzehnten Jahrhundert bestimmend blieb, dann gaben sie nicht zu, daß sie es sahen. Die Wahrheit hätte die modische Symmetrie des nationalistischen Arguments zerstört: Es behauptete, die gerade ausgerufene weiträumige Republik Mexiko sei eine Wiederherstellung des Culua-Mexica-Reiches.

Und diese traurige Verzerrung der mexikanischen Vergangenheit führte auch zur Neuerschaffung Malinches als Verräterin. Sie war eine Feindin der Culua-Mexica gewesen. Daraus folgte, daß sie auch eine Feindin der neuen Nation Mexiko war. Aber Ignacio Ramirez' Rede macht auch deutlich, daß Malinches in böser Absicht geschaffenes Bild das Werk von atavistischen Kräften war, die über Politik oder Patriotismus weit hinausgingen. Mit im Spiel war auch die ebenso alte wie vertraute Überzeugung von der grundsätzlichen Perfidie aller Frauen. Das ist vermutlich der Grund, warum die Vorstellung von Malinches Verrat so leicht Eingang fand in die Herzen und Köpfe der mexikanischen Nationalisten. Ramirez hatte es gesagt: Alle Nationen verdanken ihren Untergang einer Frau, und jeder wußte es. Malinche hatte ihr Land auf eine Weise verraten, die keinem tlaxcaltekischen Krieger möglich gewesen wäre, einfach nur, weil sie ein Frau war.

In einer Buchhandlung an der Avenida Madero fragte ich den Verkäufer, ob er in einem der Regale Literatur über Malinche habe.

»Malinche?« Er kräuselte die Lippen und sah mich mißbilligend an. »Das glaube ich kaum.«

Aber ein schmales Bändchen fand sich doch. Sein Umschlag faszinierte mich: Er zeigte eine wunderschöne Sepia-Reproduktion einer Bildtafel aus dem *Lienzo de Tlaxcala,* eine Szene, in der Malinche Geschenke annimmt, gewebte

Decken, die ihr von einer Gruppe junger Frauen aus Tlaxcala überreicht werden.

Das Buch hatte den Titel *La Malinche in Mexican Literature,* die Autorin war Sandra Messinger Cypess, und es hatte trotz der Verachtung des Verkäufers den Weg in die Regale gefunden. Daß es dort stand, war ein kleines Wunder, aber es war sehr teuer, und eine Weile rang ich mit mir, ob ich es kaufen könne, denn mein Geld war inzwischen beinahe aufgebraucht. Am Ende nahm ich das Buch, trug es in mein Zimmer in der Pension und fing an zu lesen. Ich schlug das Kapitel auf, das sich mit der nationalistischen Periode befaßt; Cypess hatte es geschickt »Eva und die Schlange« genannt.

Die Romane und Stücke, die sie analysierte, hatten herrliche evokative Namen, zum Beispiel *Die Märtyrer von Anahuac* und *Xicontencatl.* Basis der Handlung war der Haß auf alles Spanische, was nicht verwunderlich ist, da er weit verbreitet war, als diese Bücher geschrieben wurden. Personen der Handlung waren reale historische Gestalten: Cortés, Cuauhtémoc, Juan Xaramillo und vor allem Malinche.

Eine Faustregel in der Kunst und der Literatur besagt: Willst du das Ansehen eines Mannes vernichten, mußt du ihn verunstalten. Mach ihn zum Krüppel und pack ihm einen Buckel auf, so wie Shakespeare seinen Richard III. präsentierte, oder gib ihm das Aussehen eines Syphilitikers und sabbernden Schwachsinnigen, so wie Diego Rivera Cortés auf etlichen seiner Wandbilder porträtierte. Willst du eine Frau attackieren, gelingt dies am besten über ihre Sexualität. Deshalb erhielt die Legende von »Malinches politischem Verrat« in der Literatur der nationalistischen Periode eine ganz neue Dimension sexueller Verworfenheit.

In diesen sonderbaren Tugendmärchen des neunzehnten Jahrhunderts wurde Malinches Laszivität bisweilen durch den Kunstgriff des Kontrasts besonders hervorgehoben:

Man fügte eine erfundene Indio-Edelfrau in die Handlung ein. Diese Dame, ein Ausbund von Tugendhaftigkeit, wies Cortés' Annäherungsversuche zurück, die unersättliche Malinche dagegen ging ihren lasterhaften Geschäften nach und suchte reale und erfundene Männer in schwindelerregender Zahl zu verführen: Cortés, Puertocarrero, Diego de Ordaz, sogar Cuauhtémoc.

Diese Fantasien über Malinches Promiskuität haben nicht den geringsten Rückhalt in der Realität. Bernal Díaz, der den Klatsch liebte, macht nicht die leiseste Andeutung, daß Malinche irgendwann ins Gerede gekommen wäre. Die zahlreichen von der *Residencia* vorgeladenen Zeugen, die Aussagen über Cortés' sexuelle Gewohnheiten machten, verloren diesbezüglich kein Wort über Malinche, auch Zeugenaussagen in María Xaramillos Klageprozeß enthalten keinen Hinweis auf Malinches Sexualverhalten, nicht einmal die Angaben der Zeugen, die zugunsten von Marías Stiefmutter aussagten und deshalb guten Grund gehabt hätten, Malinche zu verleumden. Und doch ist die Vorstellung von Malinches sexueller Unersättlichkeit, die in diesen erfindungsreichen literarischen Werken des neunzehnten Jahrhunderts entwickelt wurde, zum integralen Bestandteil der Legende von ihrem Verrat geworden. Sie hat den Bereich der mexikanischen Literatur des neunzehnten Jahrhunderts weit überschritten.

Als der englische Autor Gary Jennings in den frühen achtziger Jahren den Bestseller *Der Azteke* schrieb, erfand er für seinen Helden Mixtli mehrere unerfreuliche sexuelle Begegnungen mit Malinche. Als sie zum ersten Mal versucht, ihn zu verführen, ist sie kaum mehr als ein Kind. Der noble Mixtli ist von ihrer Unverschämtheit schockiert und widersteht ihr mit mannhafter Tugend. »Ich habe andere Frauen gekannt«, sagt er zu ihr, »die waren käuflich, betrügerisch und hinterhältig wie du.«

Jennings folgt dem traditionellen Muster und präsentiert uns eine tugendsame Frau, mit der wir die verderbte Malinche vergleichen können. Diesmal ist es Mixtlis Tochter, und um die Pikanterie des Vergleichs noch zu erhöhen, nennt der Autor sie ebenfalls Malinalli. Aber diese Tochter stirbt in tragisch frühem Alter, und der trauernde Vater sagt in seinem Kummer der bösen Malinalli (Malinche) voraus, sie werde den Namen, den sie mit seinem toten Kind gemeinsam hat, »zu etwas Unreinem, Schmutzigem und Verächtlichem machen, und alle Menschen werden ausspucken, wenn sie ihn in den Mund nehmen«.

Als Mixtli Malinche zum letztenmal sieht, hat sie ihr Haar rot gefärbt »wie die Huren in Santiago de Cuba«. Sie ist geworden, was er vorausgesehen hat: »eine rothaarige Schlampe, die dem Eindringling Cortés mehr als nur ihren Körper verkauft hat.«

Welchen Reim hätte sich die wirkliche Malinche darauf gemacht? Die Maya schenkten sie Cortés zum Zweck des Konkubinats, und sie wird gewußt haben, was man von ihr erwartete. Sie hatte keinen Grund, sich gegen ihr Schicksal zu wehren, und nicht die mindeste Chance, es aufzuhalten. Hätte sie in ihrem kurzen, gefährdeten Leben begriffen, daß sie eines Tages für ihre Intimität mit diesem Mann verurteilt werden würde, so wäre sie wahrscheinlich bestürzt und verwirrt gewesen. Oder vielleicht hätte sie auch gelacht. Angesichts ihres Dilemmas hätte sie diese Anschuldigung für vollkommen unsinnig gehalten.

Jeder, der aus den Vereinigten Staaten nach Mexiko einreist, erkennt sofort, daß in diesem älteren iberischen Kolonialreich ein erstaunliches Rassenexperiment stattgefunden haben muß, das der britischen Erfahrung mit Kolonien ganz fremd war. In der spanischen Sprache heißt es *mestizaje,* im Englischen *miscegenation* (Rassenmischung). *Mestizaje* ist in Mexiko ein Wort der Alltagssprache, weil es die Mehrheit des mexikanischen Volkes beschreibt. Im Englischen hat man für den entsprechenden Terminus kaum Verwendung.

In Mexiko erkennt man die *mestizaje* am anmutig schrägen Augenschnitt, an der Adlernase und an der Kombination spanischer Namen und indianischer Formen. Und wenn man gut zuhört, kann man im mexikanischen Spanisch ebenfalls *mestizaje* erkennen: es enthält sehr viele Lehnwörter aus dem Nahuatl.

Wenn Kulturen zum erstenmal aufeinandertreffen, werden Vokabeln aus der jeweils anderen Sprache zuerst zur Bezeichnung von bisher unbekannten Dingen ausgeliehen: Früchte und Pflanzen, Vögel und Tiere, Waffen und Artefakte, die man noch nie gesehen hatte. *Boomerang* und *woomera* sind typische Lehnwörter, die das Englische aus den Sprachen der australischen Ureinwohner übernommen hat, weil es keine eigenen Bezeichnungen für die fraglichen Gegenstände besaß.

Wie zu erwarten, findet sich auch im mexikanischen Spanisch diese typische Kategorie von Anleihen aus dem Nahuatl immer dann, wenn neue unbekannte Dinge bezeichnet werden mußten, vor allem die außergewöhnlichen Pflanzen und Eßwaren der Neuen Welt. Viele dieser Lehnwörter wurden in den Jahren nach der Conquista über das Spanische an andere europäische Sprachen weitergegeben, zum Beispiel Schokolade aus *chocolatl,* Tomate aus *tomatl,* Avokado aus *awuacatl* und andere mehr.

Aber das mexikanische Spanisch übernahm auch Tausende von Nahuatl-Wörtern für Gegenstände, die den spanischen Konquistadoren wohlbekannt waren. Nicht die große Menge dieser Lehnwörter ist das eigentlich Erstaunliche, sondern die Tatsache, daß sie in so weiten Bereichen auftraten. Wörter für Haushaltsgegenstände, zum Beispiel Holzkästchen, Spindeln, Mörser und Stößel, Körbe und Kochutensilien, für die es schon spanische Bezeichnungen gab, wurden durch Nahuatl-Äquivalente ersetzt.

Die Entwicklung des spanischen Mexikanisch weist auf einen komplexen Sachverhalt hin, der übliche männliche Kontext von Erkundung, wissenschaftlicher Untersuchung, Gefechten und Kriegsführung reicht als Erklärung nicht aus. Vielmehr spiegelt sich in dieser Sprache die Tatsache, daß Indio-Frauen nach der Conquista in die spanischen Haushalte einzogen, als Küchenmädchen und Ammen, aber auch als Mätressen und Ehefrauen. Sie sorgten für ihre *mestizo*-Kinder und damit zugleich für das Überleben ihrer Sprache und ihrer Kultur.

Es ist immer leichter zu erklären, was in der menschlichen Gesellschaft geschehen ist, als zu erklären, warum das Geschehene eingetreten ist. Im Fall Mexikos kommen von Historikern, Soziologen, Anthropologen und Demographen viele und unterschiedliche Ansätze zur Erklärung der reichen mexikanischen Erfahrung mit Rassenverschmelzung. Manche Annahmen sind pragmatisch und vernünftig. Zum Beispiel klingt es vollkommen plausibel, daß Ehen zwischen Spaniern und Indio-Frauen nur eine natürliche Reaktion auf die Knappheit an Spanierinnen in den Anfangsjahren nach der Conquista waren.

Die Spanische Krone förderte die *mestizaje* auch dadurch, daß sie jungen Indio-Frauen ansehnliche Mitgiften zur Verfügung stellte, damit sie spanische Ehemänner für sich gewinnen konnten. Aus der Sicht einiger Kolonisten hat dieses System fast zu gut funktioniert. Ein gewisser Jeronimo López machte sich die Mühe, den spanischen König in einem Brief vom 6. Februar 1541 darauf hinzuweisen, daß viele spanische Mädchen und Frauen in der Kolonie große Probleme hätten, Ehemänner zu finden, da sie im Gegensatz zu den »Indianerinnen« keine vizekönigliche Mitgift bekämen.

Es gibt jedoch auch andere, nachdenklichere Erklärungsansätze. Der brasilianische Soziologe Gilberto Freyre weist darauf hin, daß Spanien und Portugal achthundert Jahre lang unter dem Einfluß islamischer Kultur standen und deshalb weniger instinktiv rassistisch reagierten als andere Europäer, die dunkle Haut häufig mit Sklaverei assoziierten, da ihnen dunkelhäutige Menschen zunächst in der entwürdigenden Rolle der Sklaven entgegengetreten waren.

Oder könnten die Wissenschaftler recht haben, welche die Erklärung in der Wesensart des Katholizismus im sechzehnten Jahrhundert suchen? Es ist richtig, daß die Franziskaner und Dominikaner, die Cortés nach Mexiko folgten, die utopischen Konzepte der großen Humanisten Thomas Morus und Erasmus im Kopf hatten. Jedenfalls kamen die Fratres als Glaubenshirten, ihre eingeborenen Schäfchen einzusammeln und mit der Herde zu vereinen. Sie waren entschlossen, diese Neulinge in ihre Welt aufzunehmen, sie nicht auszuschließen. Diese Einstellung unterscheidet sich deutlich vom Verhalten der Pilgerväter und ihrer Anhänger hundert Jahre danach bei der Ankunft in Nordamerika. Diese neuen Eindringlinge scheuten den Kontakt mit den Eingeborenen. Sie zäunten ihre Dörfer mit hohen Palisaden ein, weil sie in ihrer separatistischen Vorstellung von der Neuen Welt keinen Platz für die eingeborenen Amerikaner sehen konnten.

Auch die Mehrheit der britischen Kolonisten, die sich im achtzehnten und neunzehnten Jahrhundert in Australien niederließen, konnte sich nicht ohne weiteres intime Beziehungen mit australischen Ureinwohnern vorstellen. Zwar schliefen weiße Männer mit Aborigines-Frauen, aber nur vereinzelt, und die einzelnen, die es taten, waren meist selbst Randexistenzen: Robbenjäger, Walfänger, Viehtreiber, Sträflinge. Die feine angloaustralische Gesellschaft hielt nichts von Vermischung, und wie wir wissen, wurden die Kinder aus solchen Verbindungen häufig ihren Müttern mit Gewalt weggenommen und in weißen Familien aufgezogen – bis in die siebziger Jahre des zwanzigsten Jahrhunderts.

Die mexikanische Erfahrung der Mischehe ist in den Annalen europäischer Eroberungen einmalig. Die Gründe dafür mögen praktisch oder philosophisch sein, die Praxis frei gewählt oder unfreiwillig, in jedem Fall begann sie, als Malinche und andere eingeborene Frauen mit ihr in Potonchan zu den Spaniern gingen. Die Route der spanischen Expedition war die Fortsetzung dieser Praxis, denn in jeder zweiten am Wege liegenden Stadt entschlossen sich die Honoratioren, den Spaniern ihre Töchter, Nichten, abgelegten Konkubinen anzubieten.

Deshalb war die *mestizaje* Malinches Hinterlassenschaft für Mexiko, ob sie es so wollte oder nicht. Paradox genug, war diese Hinterlassenschaft zugleich der Hauptgrund dafür, daß sie als Verräterin verflucht wurde.

Es war Juli geworden, und Filomenas Abreise nach El Salvador stand unmittelbar bevor. Sie wollte in einer Gemeinde am Rand der Hauptstadt unterrichten. Ein gefährliches Unternehmen, aber sie sagte mir, sie sei trotzdem entschlossen zu gehen. Wir saßen unter dem riesigen Drachenbaum im Garten der Pension ihres Vetters. Sie hatte ein Gedicht mitgebracht, das wollte sie mir zeigen, aber zuerst redeten wir von Mexiko, von Octavio Paz und seinem berühmten Essay über Malinche.

»Ich bin es gewohnt, in einer Gesellschaft mit überwiegend mischblütigen Leuten zu leben«, sagte ich. »Aber Mexiko ist anders.«

»Warum?« fragte sie.

»Weil hier die geschichtliche Symbolik so machtvoll und so schmerzhaft ist. Weil die eine Seite den Eroberer darstellt und die andere die Eroberten.«

»Einer unserer größten Philosophen hat uns die ›Kosmische Rasse‹ genannt«, sagte Filomena.

Ich muß ein verständnisloses Gesicht gemacht haben.

Filomena erklärte mir: »José Vasconcelos war es. Er sagte, wir seien eine kosmische Rasse, in Blut und Feuer zusammengeschweißt durch eine einzige plötzliche Katastrophe, die Conquista.«

Ich saß in Gedanken versunken und versuchte mir ein Australien vorzustellen, das unter vergleichbaren Umständen so nahtlos zusammengeschweißt worden wäre. Eine Gesellschaft, in der fast alle von Aborigines-Frauen und weißen Invasoren abstammten, in der sich wie in Mexiko seit der Conquista eine neue Rasse entwickelt hätte. Wenn wir nun versuchten, unsere politische Verwicklung mit Großbritannien abzustreifen, würden auch wir in derselben Weise, wie manche Mexikaner Malinche, unsere eingeborenen Ahninnen verleugnen, weil sie sich in früher Zeit mit britischen Invasoren eingelassen hatten? Würden die Söhne und Enkel Truganinis und die sogenannten »drover's boys« (Söhne der Viehhüter) sich wegen ihrer Mütter und Großmütter entehrt vorkommen? Und die Töchter? Würden sie Verständnis und Mitgefühl haben?

»Ich habe wieder Octavio Paz gelesen«, erzählte ich Filomena. *»Die Söhne der Malinche.«*

Sie nickte.

»Als ich den spanischen Titel zum erstenmal sah, dachte ich, er bedeute ›Die Kinder der Malinche‹, das weiß ich noch.«

»Stimmt«, antwortete sie, »*›Los Hijos‹* kann beides heißen: ›die Kinder‹ oder ›die Söhne‹.«

»Ja, und deshalb hat es mich überrascht, daß in diesem Fall nur ›die Söhne‹ gemeint sind.«

Sie stimmte mir zu: »Natürlich. Aber in diesem speziellen Essay kommen Malinches Töchter überhaupt nicht vor. Er richtet sich eben ausschließlich an mexikanische Männer.«

Wir saßen eine Weile schweigend da.

»Hältst du dich für Malinches Tochter?« fragte ich sie.

Sie antwortete nicht gleich, sondern dachte einen Augenblick nach.

»Früher hätte ich nein gesagt«, erwiderte sie dann. »Ich hätte mich über eine solche Verbindung geschämt. Aber jetzt glaube ich nicht mehr, daß Malinche mir Schande macht. Jetzt kann ich zugeben, daß ich ihre Tochter bin.«

Die Nacht war warm, aber ein paar Regentropfen fielen.

»Ich habe mir gedacht, du möchtest vielleicht etwas von Sor Juana Inez de la Cruz hören«, sagte Filomena und schlug das zerlesene Buch in ihrem Schoß auf: »Ein kleines Gegenmittel aus dem siebzehnten Jahrhundert.«

Ich erriet, welche Zeilen sie ausgesucht hatte. Ich schloß die Augen und überließ mich ihrer hellen melodischen Stimme, als sie Sor Juanas berühmte Worte vorlas.

Ah, ihr törichten Männer, ohne Verstand
Tadelt ihr Frauennatur
Ihr vergeßt, daß euer Tun sie schafft,
Die Fehler, die ihr verdammt.

Filomena hielt inne. »Vor dreihundert Jahren hat Sor Juana dies geschrieben«, sagte sie und schloß das Buch. »Ich habe keine Ahnung, ob sie etwas von Malinche wußte, aber offenbar hat sie gespürt, was kommen würde.«

In der Nacht, als der Präsidentschaftskandidat starb, hörte ich in Mexiko Octavio Paz. Der Fernsehmoderator kündigte ihn mit all der Feierlichkeit an, die dem berühmtesten Intellektuellen Mexikos gebührt. In einer Kultur, die Dichter über alles schätzt, hatte man Paz gerufen, damit er, so gut es ihm möglich war, Worte des Trostes im Zusammenhang mit dem Mord spreche.

Das Interview hielt jedoch nicht, was ich mir davon versprochen hatte. Es bestand aus einer Übertragung der Stimme von Paz vor einer Silhouette seines Profils. Sie erinnerte mich an eine feine römische Kamee, und als ich ihm zuhörte, wie er in hochpoliertem Spanisch seine Trauer und Verzweiflung über diesen Mord zum Ausdruck brachte, der Mexiko mit seiner plötzlichen Gewalttätigkeit in tiefes Leid gestürzt habe, dachte ich an die Gedichte von ihm, die ich geliebt hatte, Gedichte wie »Hymne in den Ruinen« und »Der zerbrochene Wasserkrug«.

Es schien mir seltsam, daß ein so wortmächtiger und leidenschaftlicher Lyriker nicht für ein Gedicht, sondern für einen Essay besonders bekannt war. *Die Söhne der Malinche* ist eine Reflexion über vieles: über Sprache, Geschichte, die Wesensart Mexikos und über die Frage, was es bedeutet, Malinches Sohn zu sein. Paz stellt fest, daß der abwertende Ausdruck *›malinchista‹* erst vor kurzem von den Zeitungen in Umlauf gesetzt sei. Er fragte sich, warum Malinche so fluchbeladen sei, aus welchem Grund sie soviel Verachtung wecke.

In diesem berühmt gewordenen Essay ging Paz nicht so sehr dem persönlichen Unglück Malinches nach, sondern vielmehr dem Symbolcharakter ihres Lebens. Er hatte kein Interesse an der verlorengegangenen Ereigniskette, die Malinche erst zu Cortés führte, sondern er drang mitten ins Herz der Problems Malinche – auf seine ganz eigene, schwer dingfest zu machende, assoziative, geschmeidige und manchmal widersprüchliche Weise. Er schrieb: »Während es für den Spanier eine Schande bedeutet, von einer Frau geboren zu sein, die sich freiwillig hingibt, einer Prostituierten also, besteht die Schande für den Mexikaner darin, daß er die Frucht einer Vergewaltigung ist.«

Malinche, so Paz, sei zum Symbol, ja, zur Inkarnation dieser Schändung geworden. Sie hatte mit Cortés gelebt und ihm ein Kind geboren, den ersten *mestizo*. Sie hatte eine neue Rasse von Söhnen ins Leben gerufen, aber indem sie das tat, deren Ehrgefühl beleidigt. Paz war überzeugt, daß dies der Kern des Vorwurfs gegen Malinche ist. Daß man ihr politischen Verrat vorwerfen könne, war für ihn keine ernst zu nehmende Möglichkeit. Er schien zu spüren, daß diese Anklage immer unbegründet war. Malinche war in den Augen ihrer Söhne eine Verräterin, weil sie in ihr die Verächtlichkeit einer geschändeten Frau sahen.

Die geschändete Frau. Octavio Paz schrieb in den fünfziger Jahren und berief sich doch auf die uralte Symbolik, die im vierzehnten Jahrhundert für die Culua-Mexica so wichtig gewesen war. Damals hatte die geschändete Frau den höchsten Sieg der Culua-Mexica über ihre Feinde symbolisiert, für die mexikanischen Männer des zwanzigsten Jahrhunderts dagegen wäre sie, wenn Paz recht haben sollte, zur Metapher der Schande und der Niederlage geworden, zum Mahnmal der fünfhundert Jahre zurückliegenden Eroberung Mexikos durch die Spanier.

Der Essay *Die Söhne der Malinche* war vom Augenblick seines Erscheinens (1959) an umstritten. Viele von Octavio Paz' Kollegen in der mexikanischen Intelligenz fanden es unmöglich, ihren langgehegten Glauben an Malinches politischen Verrat aufzugeben. Andere wiesen sein Porträt dieser Frau schlicht zurück, ihre Mutter konnten sie darin nicht erkennen. Kein Wunder, denn die meisten dieser Intellektuellen gehörten zu der kleinen weißen Elite Mexikos, und nur ganz wenige waren wirklich Kinder der *mestizaje*.

Im wesentlichen war Paz' These eine genauer ausgearbeitete und verstörendere Variante des Themas, das der Parlamentarier hundert Jahre zuvor schon in seiner Rede behandelt hatte: Malinche als mexikanische Eva. Aber ob mit oder ohne Absicht, Paz brachte durch seine Erkundung der sexuellen Dimension von Malinches Rolle als Verräterin zum erstenmal ans Licht, was alle anderen Kommentatoren vorsichtig im dunkeln gelassen hatten: Atavistische Regungen waren der tiefe Grund dafür, daß Malinches Name in der mexikanischen Gesellschaft in Verruf geriet.

Was die geschändete Frau selbst betrifft, so mag sich ihre symbolische Bedeutung in den Augen der mexikanischen Männer zwischen dem vierzehnten und dem zwanzigsten Jahrhundert gewandelt haben, aber sonst hat sich nur wenig geändert. Die Frau blieb stumm, und die Frage ihrer persönlichen Ehre und ihrer privaten Nöte war für diese philosophischen Erörterungen so unwesentlich wie eh und je.

V

Malinches Kinder

Noch ein Blick auf die Stadt aus Malinches Sicht. Mexiko
ist übersät mit den Schalen und Schädeln Spaniens …
Aber wohin man auch blickt in diesem großen Museum
Spaniens, man sieht lebendige Indios.
Wo sind die Konquistadoren?

*Richard Rodriguez: Days of Oblivion:
An Argument with my Mexican Father*

Noch ein Blick auf die Stadt …

An einem bewölkten Freitag ging ich zum letztenmal ins Museo Nacional de Antropología. Unterwegs blieb ich einen Augenblick am Denkmal Cuauhtémocs stehen. Er hatte ehrenvoll in der Schlacht oder auf dem Opferstein sterben wollen, aber statt dessen wurde er wie ein Verbrecher irgendwo an der Straße nach Honduras exekutiert. Jetzt steht er festgebannt auf seinem Podest über der verkehrsreichsten Durchgangsstraße von Mexiko-Stadt.

1982 errichtete der Stadtrat in Coyoacán ein Standbild Malinches. Genaugesagt war es eine Figurengruppe: Malinche, Cortés und ihr Sohn Martín. Das Denkmal sollte eine Ehrung dieser Eltern der mexikanischen *mestizaje* sein, und in ärmeren Stadtteilen oder im fernen Jaltipan hätte man dies vielleicht akzeptiert.

Aber Coyoacán war kein geeigneter Ort für ein solches Denkmal. Studenten und Intellektuelle gingen protestierend auf die Straße. Das Standbild wurde derartig mit Hohn und Empörung aufgenommen, daß es schließlich wieder entfernt werden mußte. Wie die Skulptur der Coatlicue, »Schlangenrock«, wartet es an versteckter Stelle auf das Umschlagen der politischen Modeströmung zugunsten Malinches.

Am Fuß des Cuauhtémoc-Denkmals ist Malinche abgebildet. Ihr Bild ist in den Stein geschnitten, auf dem er steht, es ist Teil eines Frieses, der die berühmte Begegnung auf der Dammstraße nach Tenochtitlán zum Thema hat. Malinche steht hinter Cortés, nicht zwischen ihm und Moctezuma, wie es für die Illustrationen der von Eingeborenen geschriebenen Geschichte der Conquista selbstverständlich war, also hat man ihre Position korrigiert. Aber immerhin ist sie da. Und niemand würde auch nur im Traum daran denken, das Standbild des geliebten Cuauhtémoc zu entweihen, also ist sie geschützt dadurch, daß er über ihr steht.

Der Hauptlesesaal war voll besetzt, als ich im Museum ankam, deshalb ging ich zum größeren Hörsaal weiter und fand einen ruhigen Tisch am Fenster. Dort saß ich eine Weile und starrte aus dem Fenster auf die Bäume, ich war abgelenkt und erschöpft. Filomena war nach El Salvador abgereist. Die Geschenke für ihre Schwester in Australien lagen wohlverpackt in meinem Koffer. Mir hatte sie eine kleine bemalte Schachtel mit einer Silbermedaille der Madonna von Guadalupe dagelassen. Mir blieben nur noch ein paar Tage in Mexiko-Stadt.

Eine Weile blätterte ich in Alonso de Molinas berühmtem frühen Nahuatl-Spanisch-Wörterbuch, dem *Vocabulario de la Lengua Mexicana*. Mit Bewunderung betrachtete ich die Nahuatl-Wörter: Geschmeidig wie eine Katze dehnten sich lange elegante Namen über die Buchseite, *Popocatépetl, Cihuacoatl, Malinalxochitl*, die durch lateinische Buchstaben eine sichtbare Form bekommen hatten. Ich sprach die Wörter laut und fragte mich, wie ich den Klang des Nahuatl jemandem beschreiben könnte, der es noch nie gehört hat. Zärtlich und klangvoll, würde ich sagen. Oder vielleicht könnte ich auch aus einem alten Gebet an die Madonna von Guadalupe zitieren: »Wie Atem durch eine Flöte … wie das fließende Wasser.«

Es ist das übliche Schicksal eingeborener Sprachen, daß sie unter dem Druck der Eroberersprachen zurückgehen und verschwinden, aber Nahuatl ist ein erstaunliches Idiom. Es hat sich seit der Conquista in Mexiko noch weiter verbreitet und wird heute von mehr Menschen gesprochen als 1519 bei Cortés' Landung in der Flußmündung von Potonchan.

1554 schrieb ein dominikanischer Mönch einen Beschwerdebrief an die Spanische Krone: Seine Konkurrenten beim Missionieren, die Franziskaner, hätten ein »Land, so groß wie das mexikanische, besetzt und dabei nur eine einzige Sprache benutzt, obwohl man mehr als zweihundert Sprachen brauchen würde.«

Die fragliche Sprache war Nahuatl, und der Dominikaner hatte recht mit seiner Beschwerde. Sobald die Franziskaner mexikanischen Boden betraten, machten sie sich diese Sprache zu eigen. Sie lernten erstaunlich brillant und hingebungsvoll und verbreiteten Nahuatl durch ihren Religionsunterricht in weiten Gebieten. Sie verfaßten Nahuatl-Wörterbücher, schrieben Nahuatl-Katechismen und -Gebetbücher. Indem sie Umschriften in lateinischen Buchstaben machten, verwandelten sie Nahuatl in eine Schriftsprache. Sie gaben ihm ein neues Leben in neuer Form. Vor allem aber unterwiesen sie die überlebenden Culua-Mexica im schriftlichen Gebrauch des Nahuatl, so daß diese ihre Geschichten und ihre religiösen Überzeugungen in der eigenen Sprache aufzeichnen konnten.

Ich stand auf, um Molina wieder ins Regal zu stellen, und bemerkte dabei ein Poster am Anschlagbrett am anderen Ende des Raums: »La Malinche, ihre Eltern, ihre Kinder«, stand darauf. Oder hieß es »ihre Söhne«? Ich ging hinüber, um es mir aus der Nähe anzusehen. Das Poster warb für ein Symposium, das schon vor zwei Jahren im philosophischen Fachbereich einer der Universitäten von Mexiko-Stadt stattgefunden hatte, aber es zeigte das Bild einer schönen Frau mit einem extravaganten Kopfputz aus leuchtenden Federn und war einfach zu gut, um weggeworfen zu werden.

Eine Frau, die in einem der Büros an der Seite des großen Raums arbeitete, kam zu mir und sprach mich an: »Das Poster scheint Ihnen zu gefallen«, sagte sie und sah mich neugierig an.

»O ja,«, antwortete ich. »Es ist wunderschön.«

Sie erzählte mir, sie sei Archäologin und arbeite hier im Museum. Ich erklärte ihr, daß ich Malinches wegen nach Mexiko gekommen sei.

»Was für ein Zufall: Hier ist noch eine Frau, die über Malinches Leben schreibt«, sagte sie. »Kommen Sie, ich bringe Sie zu ihr.«

Wir gingen zusammen über glänzende Flure, und unterwegs erzählte sie mir mehr: »Sie ist Linguistin und Anthropologin und heißt Rosamaria Zuñiga. Ich glaube, sie wird sich für Ihre Arbeit interessieren.« Wir brauchten eine Weile, bis wir die Abteilungssekretärin gefunden hatten, aber als es dann soweit war, erklärte sie uns, die Frau, die wir suchten, sei nicht da und komme erst in zwei Wochen wieder. Zwei Wochen! Und ich hatte nur noch zwei Tage in Mexiko-Stadt.

Als wir zusammen zurückgingen, fragte ich die Archäologin nach dem Symposium, das auf dem Plakat angekündigt war.

»Was würden Sie sagen, bedeutet der Titel ›die Söhne‹ oder ›die Kinder‹ von Malinche?«

»Sie haben wohl Octavio Paz gelesen?« erwiderte sie mit einem ironischen Lächeln.

Ich nickte.

»Ehrlich gesagt, weiß ich sehr wenig von diesem Symposium«, fügte sie hinzu.

Inzwischen waren wir wieder vor dem Poster angekommen.

Sie musterte es noch einmal und sagte dann: »Ich habe so das Gefühl – aber vielleicht ist es auch nur mein verrückter Optimismus –, daß diesmal ›ihre Kinder‹ gemeint waren.«

In Carlos Fuentes' *El Naranjo* [Der Orangenbaum] erinnert sich Martín Cortés, Malinches Sohn, wie seine Mutter ihn jede Nacht in ihre Arme nahm. »Das war der einzige

Weg, wie wir uns vor der Panik schützen konnten«, sagt er. »Wir umarmten einander, meine Mutter und ich, und zitterten vor Angst.« Diese Worte sind ein verbales Spiegelbild der Szene, die Diego Rivera an die Wände des Nationalpalasts gemalt hatte: Malinche legt schützend die Arme um ihren kleinen Sohn, der sein Gesicht in ihrem Kleid vergräbt.

1942 veröffentlichte ein direkter Nachfahre von Martín Cortés, also auch von Malinche, eine kleine Geschichte ihres Lebens. Ich fand sie in den Regalen der Bibliothek. Es war ein schmales, hübsch gebundenes Buch. Der Autor hatte es auf der Innenseite des Buchdeckels mit elegantem Schriftzug signiert: »Federico Gómez de Orozco«. Er hatte der Bibliothek ein Exemplar seines Buches geschenkt.

Da standen die bekannten Details aus Malinches Leben: ihre Geburt auf dem Isthmus, die Zeit in Potonchan, die Verbindung mit Cortés. Aber als ich weiterlas und zur Geburt ihres Sohnes Martín Cortés kam, war ich entsetzt: Orozco hatte geschrieben, daß Cortés Malinche dieses Kind kurz nach der Geburt wegnahm und in die Obhut seines Vetters Luis Altamirano gab; in dessen Familie sollte es aufwachsen.

So hat Malinche – im Gegensatz zu den liebevollen Schilderungen auf dem Wandbild im Nationalpalast und zwischen den Buchdeckeln des »Orangenbaums« – ihren Sohn Martín vielleicht nie in den Armen gehalten und gestillt, allenfalls in den ersten Stunden seines Lebens, bevor sein Vater kam, ihr den Säugling wegzunehmen. Sie durfte ihr Kind nicht großziehen, und wenn sie den Sohn nach der Geburt überhaupt sah, dann wohl nur aus der Ferne und nur bis er sechs Jahre alt war; danach reiste er mit seinem Vater nach Spanien ab, und sie verlor ihn für immer aus den Augen.

Für mich als Australierin hat diese Geschichte von dem

Mischlingskind, das seiner Mutter weggenommen wurde, einen furchtbaren Widerhall. Orozco hatte mir die erschreckende Koinzidenz von Mythos und Realität in Malinches Legende deutlich gemacht. Wenn seine Erzählung auf Wahrheit beruhte, so hieß dies, daß Mexikaner, die behaupteten, Malinche nachts weinen zu hören, dabei nicht nur eine vorzeitliche Göttin im Sinn hatten, sondern die Klagen einer Sterblichen, der man ihr Kind entrissen hat.

Wir wissen, daß in Australien bis gegen Ende des zwanzigsten Jahrhunderts Kinder aus Aborigines-Verbindungen und aus Mischehen zu Tausenden ihren Familien geraubt wurden, und deshalb sind wir in Versuchung zu unterstellen, daß im sechzehnten Jahrhundert in Neuspanien die gleiche Handlungsweise üblich war. Aber so war es nicht. Im Spanien des sechzehnten Jahrhunderts mögen viele Greueltaten stillschweigend geduldet worden sei, aber weder war man einverstanden noch empfahl man, Mischlings- oder Eingeborenenkinder ihren Müttern wegzunehmen. Derartige Praktiken hätten gegen die Absichten der Kirche wie der Krone verstoßen, die durch Mischehen die Stabilität in den Kolonien fördern wollten. Wir kennen jedoch zumindest ein anderes berühmtes Beispiel eines Mischlingskindes, das seiner Mutter weggenommen wurde.

Doña Isabel Moctezuma war ungefähr sechzehn Jahre alt, als ihr Ehemann und Vetter Cuauhtémoc 1526 im Süden am Candelaria-Fluß umgebracht wurde. Zu dieser Zeit war sie eine wohlhabende junge Witwe, denn als Erbin Moctezumas hatte sie Anspruch auf viele reiche Ländereien im damaligen Neuspanien, und die Spanische Krone hatte diesen Anspruch anerkannt. Also arrangierte Cortés gleich bei seiner Rückkehr nach Mexiko-Stadt eine Ehe zwischen ihr und einem seiner engsten Vertrauten, der allerdings wenige Monate nach der Hochzeit starb. Als ihr zweiter spanischer

Ehemann die Hochzeit auch nur kurze Zeit überlebte, vermittelte Cortés eine dritte Ehe, wieder mit einem seiner Freunde.

Das Schicksal von Doña Isabels spanischen Ehemännern läßt die Vermutung zu, daß Moctezumas Tochter auf ihre Weise mit ihrer Notlage umging. Aber um die Zeit ihrer dritten Heirat wurde sie schwanger von Cortés. Sie brachte eine Tochter zur Welt, die Leonor Cortés getauft wurde, womöglich jedoch von Doña Isabel auch einen Nahuatl-Namen bekam, der verlorengegangen ist. Auch Leonor wurde ihrer Mutter gleich nach der Geburt weggenommen und wie Malinches Sohn Martín von der Familie Altamirana aufgezogen. Malinche war also nicht die einzige, die um ihr Kind leiden mußte.

Trotzdem waren Malinches und Doña Isabels Tragödien private, aber keine politischen Schicksale. Hätten sich diese Frauen mit gewöhnlichen Spaniern eingelassen, so hätten sie ohne Zweifel ihre Kinder selbst großgezogen wie die Mehrheit der eingeborenen Frauen. Aber Cortés hatte höchst ehrgeizige Ziele für sich und seine Kinder. Offenbar hatte er sich fest vorgenommen, in die spanische Aristokratie einzuheiraten, und das erreichte er am Ende auch. Nicht einmal Moctezumas vornehme, reiche Tochter war ihm als Ehefrau gut genug.

Für eine Frau wie Malinche konnte in den hochfliegenden Plänen eines solchen Mannes kein Raum sein. Sein zielgerichteter Ehrgeiz, sein rucksichtsloses Wesen, seine offenkundige Bindung an seinen erstgeborenen Sohn wirkten zusammen als unübersteigbare Barriere gegen sie. Hätten die Demonstranten 1982 in Coyoacán gewußt, daß Malinche nie mehr als eine Ersatzmutter für Martín Cortés gewesen ist, so wären ihnen vielleicht Zweifel an ihrer selbstgerechten Verurteilung dieser Frau gekommen.

Als Martín Cortés 1522 geboren wurde, war er nicht der erste *mestizo* auf dem amerikanischen Festland. Irgendwo im Süden lebte Gonzalo Guerrero mit seiner Maya-Frau und den gemeinsamen Kindern; er hatte sich geweigert, diese Familie zu verlassen, und war vorläufig in sicherer Entfernung vom Chaos in Zentralmexiko. Und weil Fortpflanzung nicht wartet, bis Schlachten und Kriege aufhören, müssen wir annehmen, daß die verschiedenen Indiofrauen, die von den Spaniern auf dem Weg nach Tenochtitlán aufgesammelt wurden, ebenfalls Kinder gebaren. Aber als Kind von Malinche und Cortés mußte Martín Cortés, wenn nicht faktisch, so doch symbolisch die Rolle des ersten *mestizo* übernehmen.

Am Ende verlief Martíns Leben beinahe genauso sonderbar und tragisch wie das seiner Mutter. Es war ein ständiges Leben im Exil, fast immer außerhalb des Heimatlandes. Er war sechs Jahre alt, als ihn Cortés nach Spanien mitnahm, und dort verbrachte er seine Kindheit und Jugend. Bald nach seiner Ankunft wurde er von Papst Clemens VIII. für rechtmäßig erklärt, in den Orden von Santiago aufgenommen und als Page des Prinzen Philipp an den Spanischen Hof gebracht.

Man weiß, daß der zweiunddreißigjährige Martín 1554 zur Hochzeit Philipps mit Maria Tudor nach London gereist ist. In Westminster Abbey muß er eine interessante Erscheinung gewesen sein, der junge *mestizo*-Edelmann. Als er wieder in Spanien war, heiratete er und hatte mindestens einen Sohn, Fernando, gegen den die Anzeige wegen Bigamie erstattet worden war, die ich im Archivo General in Mexiko-Stadt gesehen hatte. Als Martín Cortés 1563 endlich in das Land seiner Geburt zurückkehrte, war seine Mutter Malinche schon seit fünfunddreißig Jahren tot.

Er scheint seinem Halbbruder, dem jüngeren legitimen Martín Cortés, sehr nahegestanden zu haben, aber diese brüderliche Zuneigung brachte ihn bei der Rückkehr in unmittelbare Gefahr. Er beteiligte sich an der ersten kurzlebigen Unabhängigkeitsbewegung der Kolonie, die den Plan hatte, die spanische Monarchie zu entmachten und den jungen Cortés, Marques del Valle, zum ersten König von Neuspanien zu krönen.

Die Gerichtsakten identifizieren Martín Cortés als den Sohn des Don Hernando Cortés und der Indianerin Doña Marina. Sie protokollieren auch, daß sein hochnotpeinliches Verhör, seine Folterung mit Wasser und Strick, am 8. Januar 1568 begonnen wurde: »Seine Arme, Beine und Füße wurden zusammengebunden und gestreckt, und mehrere Gefäße Wasser wurden ihm in den Mund gegossen«, notierte der diensttuende Schreiber. Er hielt fest, daß der Häftling sich trotz der Folterqualen geweigert habe, die Beteiligung an der Verschwörung zuzugeben. Schließlich habe sich Martíns physischer Zustand jedoch so bedenklich verschlechtert, daß die Folterung eingestellt wurde. Zwei Tage später wurde er für immer aus Amerika ausgewiesen.

Der Rest von Martíns Leben »liegt im Dunkel«, laut der Eintrag zu seinem Namen im *Diccionario Porrua,* jedoch scheint er in Algerien und Deutschland für die Spanische Krone gekämpft zu haben und soll in einer der letzten großen Schlachten Spaniens gegen die Mauren irgendwo in der Gegend der alten islamischen Hochburg Granada gefallen sein. Das genaue Datum seines Todes ist nicht bekannt.

Malinches Tochter María Xaramillo lebte bis 1569 und zog in ihrer Ehe mit Luis de Quesada drei Söhne groß. Sie wird von der Existenz ihres Bruders gewußt haben, aber wenn sie einander je begegnet sind, dann nur heimlich, denn während der kurzen Zeitspanne seines Aufenthalts in Mexiko-Stadt gehörten die Geschwister verfeindeten politischen Lagern an.

Als angeheiratete Nichte des Vizekönigs gehörte María Xaramillo zur herrschenden Familie der Kolonie. Martín dagegen hatte Kontakt zu den Verschwörern, die den Vizekönig stürzen und den Marqués, den jüngeren Martín Cortés, zum Oberhaupt Neuspaniens machen wollten. Martíns Jahre in Mexiko-Stadt waren die letzten Lebensjahre Marías; sie starb bald nachdem er ins Exil geschickt worden war.

Der Rechtsstreit, den María 1542 gegen ihren Vater Juan Xaramillo anstrengte, dauerte zwanzig Jahre, und nach Xaramillos Tod wurde der Ton der Auseinandersetzung zunehmend antagonistischer. Xaramillos Witwe Beatriz de Andrade behauptete, Xaramillo habe durch die Heirat mit Malinche so viel Ehre und Rang eingebüßt, daß seine Verpflichtungen gegenüber seiner Tochter María damit als abgegolten anzusehen seien. Beatriz de Andrade nannte den Namen Marina ohne den üblichen respektvollen Titel Doña, und obwohl sie Malinche nie kennengelernt hatte, warf sie ihr vor, sie habe sich in ihrer Art zu sprechen und im Stil ihrer Kleidung ein affektiertes spanisches Air gegeben.

Im Gegenzug brachte María Xaramillo neue Zeugen für den guten Ruf ihrer Mutter. Die üblichen förmlichen Fragen wurden gestellt und mit den üblichen Standardinformationen beantwortet, aber eine kurze, ungewöhnlich persönliche Zeugenaussage war dabei. Sie stammte von einem Mann namens Diego de Atempenecatl. Sein Nahuatl-Nachname deutet darauf hin, daß er kein Spanier war, sondern wahrscheinlich aus dem Dorf Atempen im Tal von Mexiko stammte.

»Ich war Diener bei der besagten Doña Marina«, sagte Diego de Atempenecatl, »und ich war immer bei ihr. Und ich habe gesehen, daß sie sich immer wie eine ehrbare Frau betrug und immer wie die Eingeborenen dieses Landes ge-

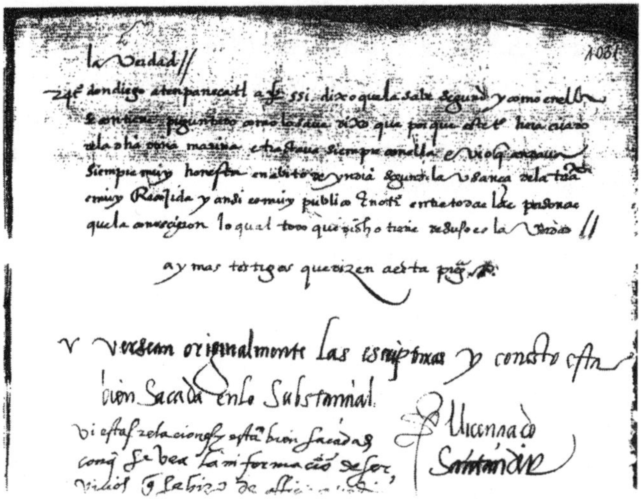

Die gerichtliche Zeugenaussage von Diego de Atempenecatl (um 1569).

kleidet ging, und das wußten alle Leute, die sie kannten, sehr genau.«

»Und ich war immer bei ihr.« Diener waren Mitwisser der tiefsten Geheimnisse der Haushalte, in denen sie arbeiteten. Sie kannten alle Treulosigkeiten, die Geburten und Tode, die Gegenstände der Liebe und des Hasses ihrer Herrinnen. Diego de Atempenecatl hätte uns sehr viel über Malinche berichten können, aber wir hören kein weiteres Wort von ihm. Seine Aussage ist genauso exakt, knapp und würdevoll wie der sehr persönliche Blick auf Malinche, den er uns gestattet.

In den letzten Tagen vor meiner Abreise aus Mexiko-Stadt ging ich noch einmal zu dem Wandbild unter der Treppe im alten Colegio de San Ildefonso. Ich saß im Schatten, blickte zu Malinche hinauf und fand in ihr die Dauerhaftigkeit und Unermeßlichkeit der uralten Gottheiten Coatlicue und Cihuacoatl und der zahllosen Indio-Frauen, welche die Conquista ausgehalten und überlebt hatten. Männer mögen ehrenvoll auf dem Schlachtfeld oder auf dem Opferstein gestorben sein, aber Frauen wie Malinche hatten einen Kampf anderer Art zu bestehen. Sie waren gezwungen, dem Feind zu Willen zu sein, in einer verwüsteten Welt Kinder aufzuziehen, und sie mußten lernen, diese Kinder ungeachtet der bitteren Begleitumstände ihrer Empfängnis zu lieben.

Malinche war kein Einzelfall. Moctezumas Tochter Isabel und deren Halbschwestern Ana und Marina waren in derselben Lage. Ebenso Luisa de Xicotencatl, die Tochter des Fürsten von Tlaxcala, die ihr ganzes Leben mit Pedro de Alvarado zubrachte, dem Spanier, dessen Haar so golden war, daß die Tlaxcalteken ihm den Namen *Tonatiuh*, Sonne, gaben. Oder Elvira de Toznenitzin, sie heiratete den Dolmetscher Geronimo de Aguilar, und Angelina, eine ansonsten unbekannte Maya-Frau, die in einer Art Konsensehe mit Bernal Díaz lebte und ihm mehrere Kinder gebar. Abgesehen von den berühmtesten Fällen wissen wir kaum etwas von diesen Frauen. Und doch waren Malinche und Tausende ihresgleichen die Begründerinnen der, wie der Philosoph Vasconcelos sagte, kosmischen Rasse des modernen Mexiko.

An einem kühlen Wintermorgen im Januar hatte ich Mexiko-Stadt zum erstenmal gesehen. Zum letztenmal sah ich die Stadt an einem heißen Spätsommerabend, mitten in einem Unwetter, so wie es Bernal Díaz nach dem Fall von Tenochtitlán erlebt und beschrieben hat. Auf dem Flughafen kam ich mit einer älteren Mexikanerin ins Gespräch. Sie war auf dem Weg zu ihren Kindern und Enkeln in Los

Angeles. Sie war noch nie geflogen, aber sie saß gelassen in ihrer *huipil* da, ihren besten Schal um die Schultern gelegt, das weiße Haar im Nacken zum Knoten gebunden. Als sie fragte, wie mir *la capital* gefallen habe, sagte ich ihr, die Stadt habe mich tief beeindruckt. *»Si«,* nickte die Frau ernst, *»es magnifico.«*

Ich würde den Großen Huitzilopochtli-Tempel vermissen, wo Malinche Moctezuma erklärt hatte, er müsse seine Götterbilder niederreißen und ein Kreuz errichten. Die Iglesia de Jesus Nazarene, wo Cortés' Gebeine endlich ihre Ruhe gefunden hatten, würde mir auch fehlen, und die Eidechsen und Kolibris im Garten meiner Pension. Aber ich hatte Heimweh und sehnte mich nach einem kalten klaren Winterhimmel, nach dem Ächzen des Windes in den Bäumen, dem Krachen eisführender Wellen am Strand des Südlichen Ozeans, dem nächtlichen klagenden Gebell der Füchse.

Mein Flugzeug startete gegen neun Uhr. Als wir nach Norden flogen, glitzerten Regentropfen am Kabinenfenster. Ich wußte, daß irgendwo dort unten zwischen den flimmernden Lichtinseln der Städte und Dörfer Aztlan lag, der Horst des weißgefiederten Reihers, von dem aus Malinalxochitl und ihre aztekischen Gefolgsleute zur großen Wanderung nach Süden ins Tal von Mexiko aufgebrochen waren. Aztlan gibt es noch, aber es heißt jetzt Mexcaltitan. Ein bescheidenes Dörfchen auf einer Insel in einer warmen Flußmündung am Pazifik, ein Dorf mit einer einzigen ringsumlaufenden Straße.

Ich hatte mir die Insel in der Flußmündung noch ansehen wollen, aber meine Zeit ging zu Ende, und ich wußte, ich würde mich mit der zerknitterten, zusammengefaltet in meinem Tagebuch steckenden Luftaufnahme zufriedengeben müssen. Vielleicht war es besser so. Aus dem Blickwinkel dieser Aufnahme war die uralte Verwandtschaft zwischen Aztlan und dem mächtigen Tenochtitlán unverkennbar: Auch Aztlan war eine Stadt auf einer kreisförmigen Insel in einem stillen See, umgeben von Reiherschwärmen.

Am Tag vor meinem Abflug aus Mexiko-Stadt hatte ich mir in der Avenida Madero mit meinen letzten Pesos ein Buch für die lange Heimreise gekauft: *Days of Obligation: An Argument with My Mexican Father* von Richard Rodriguez. Im Flugzeug schlug ich es auf und las: »Ich starrte immer den Indianer im Spiegel an«, hatte Rodriguez geschrieben. Das Gesicht, das ihm entgegenblickte, war dunkel und länglich, ein Gesicht, wie man es in der Zeitschrift *National Geographic* finden kann oder auch auf einem Tempelfries in Chichén Itzá oder Palenque. Rodriguez wuchs in Sacramento, Kalifornien, auf, aber auch er ist ein Kind der »epischen Ehe«, wie er sie nennt, zwischen Mexiko und Spanien, Malinche und Cortés.

Er beschrieb seine ersten Eindrücke von Mexiko-Stadt. Wie er an einer belebten Straßenecke stand und überall, wohin er blickte, seinesgleichen sah. In diesem Augenblick erkannte er zum erstenmal die Absurdität der europäischen Prahlerei, daß Spanien 1521 Mexiko erobert habe. Er fragte sich: »Wo ist denn nun der berühmte Konquistador?« Rings um sich sah er nur *mestizo*-Gesichter, also schloß er: Die Konquistadoren waren vollständig verschwunden, verwischt und aufgesogen von der ausdauernden Lebenskraft der Indio-Frauen.

Richard Rodriguez versteht so gut wie Octavio Paz, daß Mexikos Problem mit Malinche im Grunde die Frage ist, wie man einer Schändung Ehre geben kann. Auch Rodriguez ist Malinches Sohn. Doch er sieht in seinem *mestizo*-Status keinen Grund zum Kummer, keinen Anlaß zur Klage über verlorene Ehre. Er sagt: »Im sechzehnten Jahrhundert war mein Leben nicht am Ende, sondern es begann erst.«

Sein Leben begann mit Malinche. Mit diesem uralten Stückwerk eines Lebens aus verstreuten Teilen, einem Frauenleben, das als kleine Kantilene eingebettet ist in den großen tragischen Gesang, den wir die Conquista Mexikos nennen.

Zeittafel

Um 1466	Moctezuma Xocoyotzin in Tenochtitlán geboren
1485	Hernán Cortés in Medellín, Spanien, geboren
1492	Erste Reise des Christoph Kolumbus nach Amerika (Westindische Inseln)
Um 1500	Malinche auf dem Isthmus von Tehuantepec, Südmexiko, geboren
1502	Moctezuma wird »Sprecher« der Culua-Mexica (Azteken).
1504	Cortés erreicht die Westindischen Inseln.
Um 1510	Malinche wird als Sklavin an die Maya in Potonchan verkauft.
1511	Geronimo de Aguilar erleidet an der karibischen Küste Mexikos Schiffbruch.
1519	Hernán Cortés bricht von Kuba aus zu einer Erkundungsfahrt zum amerikanischen Festland auf. Rettung Geronimo de Aguilars Die Maya von Potonchan geben Cortés Malinche. Cortés erreicht Tenochtitlán. Tod Moctezumas
1520	Die Spanier fliehen aus Tenochtitlán *(La Noche Triste)*. Cuauhtémoc wird zum »Sprecher« der Culua-Mexica.
1521	Belagerung und Fall Tenochtitláns
1522	Geburt des Martín Cortés, Sohn von Malinche und Hernán Cortés
1524	Malinche und Cortés brechen nach Honduras auf. Malinche heiratet Juan Xaramillo.
1525	Cortés exekutiert Cuauhtémoc.
1526	Geburt der María Xaramillo, Tochter von Malinche und Juan Xaramillo
1528	Martín Cortés (6 Jahre alt) reist mit seinem Vater Hernán Cortés nach Spanien ab.
1529/30	Juan Xaramillo heiratet in zweiter Ehe Beatriz de Andrade, letzte Erwähnung Malinches in den Akten der Stadt Temystitan-México.
1547	Cortés stirbt in Spanien.
1584	Bernal Díaz del Castillo stirbt in Antigua.

Auswahlbibliographie

Bernal Díaz machte mit seiner *Wahrhaften Geschichte der Eroberung Neuspaniens* der Nachwelt ein großes Geschenk. Das Erstaunen, das er als Teilnehmer der folgenreichen spanischen Invasion des amerikanischen Festlandes erlebte, wird in seinen schlichten Worten noch heute, nach fast fünfhundert Jahren, unmittelbarer und deutlicher ausgedrückt als in den Schriften späterer Dichter und Historiker. Für die Arbeit an diesem Buch habe ich seine *Historia Verdadera de la Conquistade la Nueva España* in der von Joaquin Ramirez Cabanas besorgten Edition des Editorial Porrua, Mexiko-Stadt 1966, benutzt. Eine leicht zugängliche Übersetzung ist die *Geschichte der Eroberung von Mexiko,* herausgegeben und bearbeitet von Georg S. Narciß, Frankfurt am Main 1988, Insel Taschenbuch Nr. 1067. (Darin enthalten eine Liste der wichtigsten Standardwerke über Kunst und Geschichte Altamerikas.)

Hernán Cortés' Berichte aus Mexiko an den spanischen König sind ein faszinierendes Porträt der Conquista und der Konquistadoren. In deutscher Übersetzung: *Die Eroberung Mexikos. Drei Berichte von Hernán Cortés an Kaiser Karl V.,* hrsg. von Claus Litterscheid, Frankfurt am Main 1980, Insel Verlag.

J.H. Elliott, »The Mental World of Hernán Cortés«, in: *Transactions of the Royal Historical Society,* Fifth Series, 17: 41–58, 1967, ist eine eindringliche, faszinierende Studie über die Literatur und die Ideen, unter deren Einfluß Cortés stand. Elliott geht auch der berühmten, aber nicht auf Wahrheit beruhenden Geschichte von der Verbrennung der Schiffe in Veracruz nach.

Der Florentiner Codex, aufbewahrt in der Biblioteca Laurentiana in Florenz, ist eine Sammlung von Berichten, die junge Mexica-Edelleute unter Anleitung des großen Ethnologen Fray Bernardino de Sahagun verfaßten. Sahagun nannte dies außergewöhnliche Werk *Historia General de las Cosas de la Nueva España.* Es bestand aus einem Nahuatl-Text und einer spanischen Parallelfassung. Kopien des Originals und Ausgaben der englischen Übersetzung von Charles

Dibble und Arthur O. Anderson (Arthur J.O. Anderson and Charles Dibble, Santa Fé, School of American Research and the University of Utah Press, 1950–1982) finden sich in Universitätsbibliotheken in Australien, Europa und den Vereinigten Staaten.

Inga Clendinnen, *Aztecs* (Cambridge University Press, 1991), schildert das Leben der Culua-Mexica von Tenochtitlán vor der Conquista. Ihr Buch ist eine bahnbrechende Studie von großer Eindringlichkeit und Eleganz. Ich empfehle auch ihren Artikel »Fierce and Unnatural Cruelty: Cortés and the Conquest of Mexico« (in: *Representations*, 33, 1991). Dieser Essay bietet eine einfühlsame, anregende Interpretation des Verhaltens von Cortés, Moctezuma, Cuauhtémoc und der Culua-Mexica insgesamt während der Conquista.

James Lockhart, *We People Here: Nahuatl Accounts of the Conquest of Mexico* (University of California, Berkeley 1993) enthält die aktuellste englische Übersetzung von Buch 12 des Florentiner Codex, außerdem weniger bekannte Dokumente, zum Beispiel die *Anales de Tlatelolco,* die sich vor allem mit den katastrophalen Ereignissen der spanischen Conquista aus der Sicht der Eroberten befassen. In seiner Übersetzung dieser Texte macht Lockhart deutlich, daß die Culua-Mexica eine sehr viel differenziertere Auffassung von der Conquista hatten, als das verbreitete Vorurteil von ihrem abergläubischen Fatalismus wahrhaben will.

Wichtig für das Verständnis der Beweggründe, die zur Konstruktion der Legende von der Verräterin Malinche geführt haben, sind Octavio Paz, *Los Hijos de la Malinche,* Mexico City 1959 (deutsch: *Die Söhne der Malinche,* in: *Das Labyrinth der Einsamkeit,* übersetzt von Carl Heupel, Frankfurt 1998, suhrkamp taschenbuch 2972), und Sandra Messinger Cypess, *La Malinche in Mexican Literature: From History to Myth* (University of Texas Press, Austin 1991) – zwei sehr aufschlußreiche und lesenswerte Bücher. Messenger Cypess macht auch deutlich, daß mexikanische (Chicana-)Dichter in Los Angeles und San Francisco in zunehmendem Maß Malinche für sich entdecken.

Cecilia Klein untersucht, wie die Culua-Mexica den Cihuacoatl-Mythos übernommen und weiterentwickelt haben. Ihre faszinierende Studie »Rethinking Cihuacoatl: Aztec Political Imagery of the Conquered Women« ist veröffentlicht im Bd. 1 von *Smoke and Mist: Meso-American Studies in Memory of Thelma D. Sullivan* (Hrsg.: J. Kathryn

Josserand und Karen Dakin, British Archeological Reports, Oxford 1988).

Richard Rodriguez, *Days of Obligations: An Argument with my Mexican Father* (Penguin, New York 1993) ist wegen seiner großen Komplexität schwer einzuordnen; ein besonderer Vorzug des Buches besteht darin, daß Rodriguez der Frage nachgeht, was es bedeutet, ein Sohn Malinches zu sein. Seine sehr bedenkenswerte Antwort bietet eine Alternative zu Octavio Paz' Aussage in *Die Söhne der Malinche.*

Viele der an der Conquista der Culua-Mexica Beteiligten verfaßten eidesstattlichen Erklärungen oder *probanzas,* Aufzählungen ihrer Verdienste, um ihre Ansprüche auf Land, Geld, Titel oder andere Vergünstigungen gegenüber der Spanischen Krone zu vertreten. Das gilt für Malinches Ehemann Juan Xaramillo de Salvatierra, ihren ehemaligen Dolmetscherkollegen Geronimo de Aguilar, Bernal Díaz del Castillo sowie Doña Isabel Moctezuma und ihre Schwestern. Auch Kinder und Enkelkinder verstorbener Konquistadoren gaben *probanzas* ab. 1542 verfaßten María Xaramillo und Luis de Quesada, Malinches Tochter und ihr Schwiegersohn, im Zusammenhang mit ihrem Prozeß gegen Juan Xaramillo eine *probanza* bezüglich Malinches, und in späteren Jahren schrieben Malinches Enkel Pedro de Quesada und Fernando Cortés ebenfalls unter Berufung auf Malinche *probanzas,* um eigene Interessen durchzusetzen. So gut wie alle Weggenossen von Cortés, ebenso später die Teilnehmer an Francisco Pizarros Eroberungszug in Peru, schrieben und beeideten derartige *probanzas,* um von der Spanischen Krone Entschädigungen für die Mühen während der Eroberungszüge einzufordern. Die Mehrzahl dieser Dokumente liegen im Archivo General de Indias in Sevilla. Wer sich für die außergewöhnliche tragische Phase des sechzehnten Jahrhunderts interessiert, als die Spanier ihre Herrschaft über weite Teile Amerikas ausdehnten, findet in diesem Archiv reiches Quellenmaterial.

Anmerkung zu Schreibweise und Aussprache

Viele der spanischen Namen in diesem Buch werden den Lesern vertraut sein, besonders der Name Hernán Cortés. Aber die Orthographie des sechzehnten Jahrhunderts war vor allem in der Schreibweise der Personen- und Ortsnamen variantenreich. Ich habe in meinem Text die heute übliche Version seines Namens übernommen und schreibe ›Hernán‹, halte mich aber beim Zitieren zeitgenössischer Quellen an die jeweils verwendeten Varianten ›Fernando‹, ›Hernando‹ oder ›Ferdinando‹.

Der Name Moctezuma taucht in vielen spanischen und englischen Varianten auf, die versuchen, die Nahuatl-Aussprache des sechzehnten Jahrhunderts annähernd zu erfassen. Anthony Pagden, der Herausgeber der Cortés-Briefe, empfiehlt ›Montecuçoma‹ als die wahrscheinlich genaueste phonetische Umschrift. Ich bin aus Gewohnheit bei der üblichen spanischen Form ›Moctezuma‹ geblieben, möchte aber die Leser darauf aufmerksam machen, daß sich in manchen älteren Texten die Schreibweise ›Montezuma‹ findet und daß der Name im Nahuatl-Text des Florentiner Codex ›Moteucçoma‹ geschrieben wird.

Tenochtitlán, der Name der Stadt Moctezumas, brachte die spanischen Konquistadoren offenkundig in Verwirrung. In den zeitgenössischen Quellen, also in den Briefen von Cortés und Bernal Díaz' Geschichte der Conquista, kommt dieser Name in mehreren deutlich voneinander abweichenden Variationen vor, sogar als ›Temixtitan‹ und ›Temystitan‹.

Aussprache

›Malinche‹ wird *Mar-lin-tsche* ausgesprochen.

›Maltinzin‹ wird gesprochen wie geschrieben.

Nahuatl-Aussprache

X spricht man wie sch: ›Tlaxcala‹ = *Tlaschkala*

›tl‹ am Wortanfang wird ausgesprochen wie im Deutschen: *Atlas.* Am Wortende fällt das ›l‹ in der Alltagssprache weg: ›Pocatépetl‹ = *Popocatepet.*

›z‹ = sz

›hua‹ wird wie *hwa* ausgesprochen.

›c‹ vor ›e‹ und ›i‹ = sz; ›Cihuacoatl‹ = *Szi-hwa-co-hwat*

Namensregister

Abbildungsnachweis

Inhalt

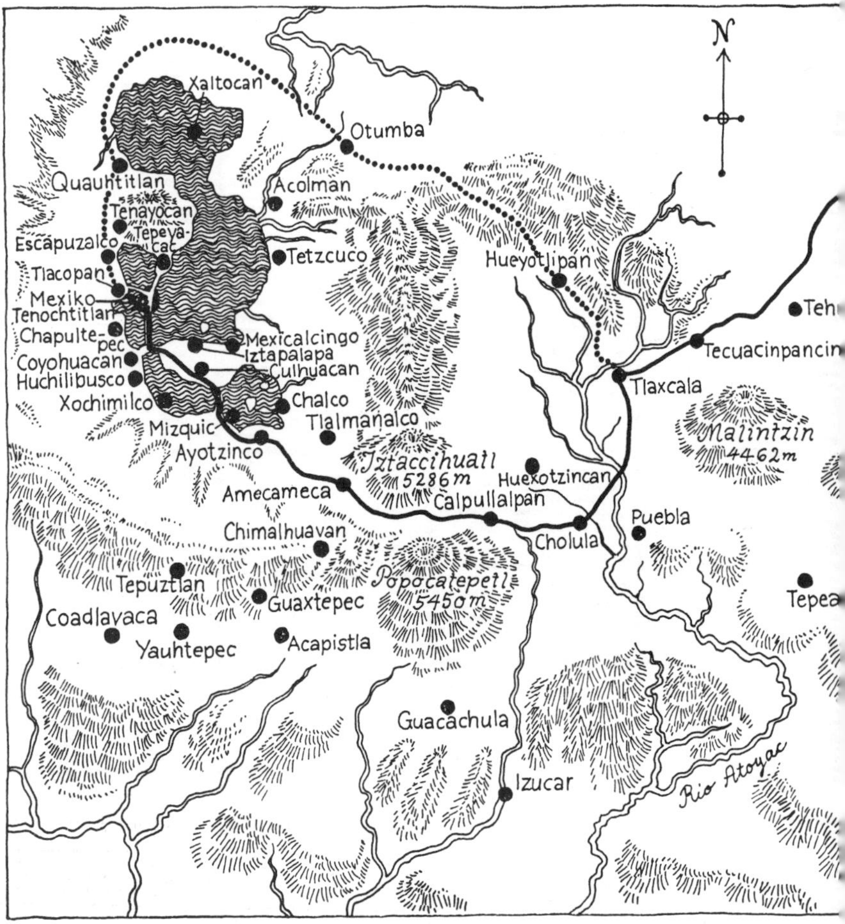

Zug von Hernán Cortés von der Küste nach Mexiko im Jahr 1519

Rückzug bis Tlaxcala 30.6. – 7.7.1519